dtv

Amsterdam, März 1664. Hat die achtzehnjährige Elsje aus Dänemark ihre Zimmerwirtin mit einem Beil erschlagen, weil sie die Miete nicht bezahlen konnte? War der Streit eskaliert, als sie sich gegen die mögliche Forderung ihrer Vermieterin, ihren Körper zu verkaufen, verwahrte? Elsje war aus ihrer Heimat auf der Suche nach ihrer älteren Schwester und einem besseren Leben nach Amsterdam gekommen, doch bald verlor sie sich, unerfahren und naiv, zwischen Hoffnung und Verzweiflung schwankend, in der großen Stadt wie in einem Labyrinth aus Verheißung und leeren Versprechen. Und plötzlich galt Elsje als Mörderin. Und sie bereute nicht. – Damit war ihr Schicksal besiegelt. Sie wurde öffentlich erdrosselt, ihr Leichnam zur Abschreckung ausgestellt.
Rembrandt, fast sechzigjährig, wirtschaftlich ruiniert und in namenloser Trauer um seine geliebte Frau, die der Pest anheim fiel, erfährt von der öffentlichen Hinrichtung des jungen Mädchens. Er, dessen Name im Roman niemals genannt wird, hält ihr Bild fest. In detailgetreuen, packenden historischen Szenen und sinnlichen Beschreibungen erzählt Margriet de Moor von der Begegnung eines »sehr dummen Mädchens und eines Mannes, der absolut nicht weiß, wohin mit seinem Kummer, aber viel vom Malen versteht«.

Margriet de Moor, geboren 1941, studierte in Den Haag Gesang und Klavier. Nach einer Karriere als Sängerin, vor allem mit Liedern des 20. Jahrhunderts, studierte sie in Amsterdam Kunstgeschichte und Architektur. Sie veröffentlichte zunächst die Erzählungsbände »Rückenansicht« und »Doppelporträt«. Zahlreiche Romane folgten. Schon ihr erster Roman »Erst grau dann weiß dann blau« wurde ein sensationeller Erfolg und in alle Weltsprachen übersetzt.

Margriet de Moor

Der Maler und das Mädchen

Roman

Aus dem Niederländischen
von Helga van Beuningen

Deutscher Taschenbuch Verlag

Von Margriet de Moor sind im
Deutschen Taschenbuch Verlag erschienen:
Morgendämmerung (8231)
Doppelporträt (8433)
Sturmflut (8636)
Rückenansicht (12101)
Der Virtuose (12330)
Ich träume also (12576)
Herzog von Ägypten (12716)
Die Verabredung (12958)
Kreutzersonate (13226)
Der Jongleur (13869)
Erst grau dann weiß dann blau (19513)

Ausführliche Informationen über
unsere Autoren und Bücher
finden Sie auf unserer Website
www.dtv.de

FSC www.fsc.org MIX Papier aus verantwortungsvollen Quellen FSC® C019821

2013
Deutscher Taschenbuch Verlag GmbH & Co. KG, München
Die niederländische Originalausgabe erschien 2010 unter dem Titel
»De schilder en het meisje« bei De Bezige Bij in Amsterdam.

Umschlagkonzept: Balk & Brumshagen
Umschlagbild: ›A Girl at the Window‹ (17. Jh.) von Godfried Schalcken
(bridgemanart.com/National Museum Wales)
Satz: Gaby Michel, Hamburg
Druck und Bindung: Druckerei C.H. Beck, Nördlingen
Printed in Germany · ISBN 978-3-423-14190-1

Mein junges Leben hat ein End …
Jan Pieterszoon Sweelinck, Bearb. Louis Andriessen

Doch die Judenbraut – welch
ein intimes, welch ein unendlich sympathisches Bild …
Vincent van Gogh

1

Damals, hier

An dem Tag, an dem das Mädchen erdrosselt werden sollte, war der Maler schon morgens in die Stadt gegangen. Normalerweise wäre er zu dieser Stunde bei der Arbeit, jetzt ging er die Rozengracht entlang. Nach zehn Uhr und sehr schönes Wetter. Seine Stimmung, die die ganze Woche über bedrückt gewesen war, entspannte sich. Die ersten Maitage sind von Natur aus fröhlich, an den Sommer mit seiner brütenden Hitze denkt man noch nicht. Im Morgenlicht bestehen die Häuserfassaden aus Grau- und Brauntönen, Schwarz braucht man dafür nicht, und der Himmel darüber ist von einem nicht zu benennenden Blau. Er überquerte die Straße. Seine Stirn mit den vielen waagrechten Falten verlieh ihm das Erscheinungsbild eines Denkers, der er auch war. Maler pflegen mit den Händen zu denken.

Wo die Rozengracht die Prinsengracht kreuzte, fiel ihm auf, wie voll es war. Alles zog in Richtung der Brücke über den Nieuwezijds Achterburgwal. Was wollten die alle dahinten, beim Rathaus? Denn wer hier ging, war in Richtung Dam unterwegs. In der Biegung, ein paar Schritte weiter, blieb er stehen und bückte sich, um sich zu erkundigen. Am Fuße der kleinen Treppe zu einem Dienstboteneingang war eine Frau gerade dabei, die Haustür mit beiden Händen zuzudrücken.

»Was geht hier vor?«

Die Dienerin blickte über die Schulter. Sie sah einen älteren Herrn mit durchdringendem Blick, der nicht wußte, was ihrer Meinung nach die ganze Stadt schon seit Tagen wußte. Sie stieg die Stufen hinauf.

»Wissen Sie das denn nicht?!«

Heute sei Gerichtstag.

Er reagierte nicht.

Es gebe eine Hinrichtung auf dem Dam.

Aha, sagte er mit einem Kopfnicken und wollte schon weitergehen, doch die Frau starrte ihn immer noch eindringlich an. Das Besondere kam also noch. Er sah, wie sich ihre Wangen und ihr Mund kurz verzerrten, in den Augen blitzte Neugier auf, brennend wie ein starkes Verlangen.

»Eine Frau«, sagte sie. »Ein Mädchen. Erst achtzehn.«

Sie machte einen Schritt zur Seite, um ihn vorbeizulassen.

»Es findet um elf Uhr statt«, sagte sie noch.

Als er weiterging, war er im Prinzip noch immer auf dem Weg in die Warmoesstraat, um bei einem seiner Lieferanten Material für ein Gemälde einzukaufen, ein im Werden begriffenes Werk, das zu diesem Zeitpunkt bereits weit an seinem Verstand und auch an seinen Gedanken vorbeigestrebt war und daher wie ein Magnet an ihm zog. Ein Liebespaar, zwei Personen in Gold und Rot, in einen dunklen Raum gesetzt. Ausnahmsweise war das Bild nicht unmittelbar für einen Käufer bestimmt, bis zu dem Moment, da er dringend Geld benötigte, gehörte das, was es darstellte, ihm. Doch was er soeben erfahren hatte, hatte sich bereits in sein Herz geschlichen und würde dort, Beachtung fordernd, bleiben. Hinrichtungen gab es in der Stadt natürlich regelmäßig. Einige sahen sich das an, das heißt, mindestens ein paar hundert Leute, und wenn der Fall die Phantasie ansprach, waren es mitunter mehr als tausend, andere taten es nie.

Als Kind, in Leiden, hatte er natürlich Hinrichtungen durch Erhängen gesehen. Durch Erdrosseln nie. War das weiblichen Kriminellen vorbehalten? Sitzend. Fand man das vielleicht schicklicher?

Im Ohr noch die paar Worte, die ihm berichtet hatten, was hier bevorstand, bereits im Begriff war, im Leben eines erst achtzehnjährigen Mädchens zu geschehen, erreichte er die Brücke in dem Moment, als die Glocken zu läuten begannen. Zunächst etwas weiter weg, dumpf, träge, schon bald übertönt vom schweren Dröhnen der Westerkerk genau über seinem Kopf.

Die übertreiben, dachte er.

Tatsächlich machten die Kirchen heute mehr Tumult als üblich, und das war verständlich. In dieser Stadt war schon seit langem keine Frau mehr vom Leben zum Tode gebracht worden, genau gesagt, seit einundzwanzig Jahren. Männer dagegen regelmäßig. Diebe, Gewalttäter, Rückfällige, irgendwann war man das Theater leid und band sie aufs Rad oder hängte sie auf.

Obwohl der Dam auf seinem Weg lag, bewirkte der Trubel, daß der Maler, jetzt auf andere Weise, zwingend, in die Menge aufgenommen, dorthin gezogen wurde. Es ging ihm auf die Nerven. Vor kurzem hatte er in einem Buch die Darstellung eines Götzenbilds gesehen. Es hatte den gehörnten Kopf eines Büffels und vier gekrümmte Menschenarme. An bestimmten Tagen, so hatte er mit Interesse gelesen, wurde im Inneren der Figur ein loderndes Feuer entzündet, und das Volk erhielt die Gelegenheit, den Gott dadurch gnädig zu stimmen, daß man ein Opfer in seine glühenden Arme legte, Früchte, lebende Vögel, Säugetiere, einen Sklaven, einen Gefangenen oder, was die Gottheit am meisten schätzte, ein Kind.

Das eigene Kind opfern, nach reiflicher Überlegung, nachdem man ihm zuvor wie einem Stück Federvieh die Füße zusammengebunden hat. Damit überschreitet man doch eine Grenze. Haben diese Wilden in einem Idiom, das wahnsinnig erscheint, es aber möglicherweise nicht ist, die Sprache ihres Gottes entdeckt?

Er überlegte, ob er nicht besser nach links abbiegen sollte. Ihm war nicht nach Hinrichtungen, weder nach denen der Menschen noch nach denen Gottes. Vor nicht mal einem Jahr war seine Frau gestorben. Über eine der Brücken beim Nieuwe Dijk kam man genausogut auf die andere Seite des Damrak. Inzwischen sah er bereits riesengroß, gelblichweiß, in Bodennähe schlammiggrau verfärbt, die Rückseite des Rathauses aufragen, das die gesamte Umgebung völlig erschlug. Dort, rechts, in einer der unterirdischen Zellen, saß also dieses Kind, und darüber erhob sich eines der mächtigsten Bauwerke Europas, ein Spektakel von perfekt aufeinander abgestimmten Längen und Höhen, allesamt exakt berechnet und mit hochmütigem Willen vom Bauleiter bis hin zum Maurer strikt befolgt, das eine einzige Botschaft ausstrahlte.

Dies ist Amsterdam, dies ist die Welt.

Er faltete die Hände auf dem Rücken, ging langsamer. Das Gebäude, in dem er oft genug gewesen war, öffnete sich vor seinem geistigen Auge wie ein Kartenhaus. Treppen, Galerien, Amtsräume, alles um den funkelnden Saal herum gruppiert, der das Eigentum der Stadtbevölkerung war, der moralische Besitz der Bürger, die das vollste Recht besaßen, wann immer sie Lust dazu verspürten hier einzutreten, sich umzusehen, Geschäfte abzuwickeln und in ihren Schlupfschuhen über die in den Marmorfußboden eingelegten Kreise mit den Himmels- und Weltkarten zu gehen.

Von einer Idee übermannt blieb er stehen. Solche blitzartigen Einfälle mußte man ernst nehmen. Ein Mann mit einem Hündchen im Arm prallte gegen ihn. Die beiden sahen sich auf kaum eine Handbreit Abstand an, nicht länger als eine Sekunde, in der der eine dachte: Warum sollte ich zwei so vollkommene Kreise nicht mal übereinandersetzen als Hintergrund für ein Männerporträt? Und in der der andere gar nichts dachte, weil sein Kopf voll war vom Glockengeläut, dem dröhnenden Aufruf, der zweifellos bis tief ins Gebäude hinein zu vernehmen war.

Sie würden jetzt gleich mit der jungen Verbrecherin beten.

Danach würden sie sie ein letztes Mal fragen, ob sie bereue.

Das halsstarrige Ding würde nein sagen.

2

Kranke, blinde, fehlende Augen

Er bog links ab, nach einem verärgerten Blick auf das Bauwerk, das einen unnahbaren Blick zurückwarf, und zwar vollkommen zu Recht. Wunder haben immer recht. Der Erbauer dieses Wunders hier, ein trunksüchtiger Streithammel, aber doch einer, der seinen Vitruv kannte, hätte einige eiserne Argumente seines heidnischen Kollegen bedingungslos unterschrieben. Jawohl! Grandios denken heißt kurz denken. Mit sehr klarem Kopf hatte er sich an den Zeichentisch gesetzt.

Das Bauwerk der Schöpfung ist vollkommen dank seiner vollkommenen Proportionen. Die Schöpfung, sprich: Gott, denkt symmetrisch. Dessen dem gesamten Universum auferlegte arithmetische und geometrische Maße gelten selbstverständlich auch Seinem Produkt Nummer eins. Uns. Soll ein Gebäude die Vollkommenheit der Schöpfung widerspiegeln, konzipiert man es deshalb tunlichst analog zu unserem Menschenkörper.

So kommt es, daß dem Amsterdamer, wenn er am Rathaus vorbeigeht oder es betritt, ein paar kolossale, noch aus der Zeit vor dem Jahr Null stammende Weisheiten verabreicht werden. Verstehen muß er sie nicht. Er braucht sich lediglich die Maße der Fassade und die Plazierung der Fenster, Kapitelle und Frontispize anzusehen, und seine Erkenntnis entrollt sich wie eine Fahne. Auch du, Vorbeigehender, bist nach dem arithmetischen und geometrischen Ebenbild Gottes erschaffen. Strecke deine Arme schräg nach oben, spreize die Beine, nimm Bleistift und Lineal und ziehe von Fuß zu Fuß und von Hand zu Hand ein Quadrat. Es wird gleich Seinem Quadrat mit den Eckpunkten genau in Seinen Kreis passen!

Ein großes Mirakel, nachweislich wahr.

Das junge Weltwunder ruht auf einem Skelett aus Tausenden von Kiefernstämmen. Sie wurden von Amsterdamer Arbeitern singend und brüllend durch den Sumpfboden in den festen Sand in zwölf Meter Tiefe gerammt. Grobe, unsichtbare, selbstentäußernde Arbeit. Doch wer das Gebäude betritt, sieht sofort, daß Zupacken in dieser Stadt auch unerhört grandios, schamlos selbstgefällig sein darf. Künstler müssen sich selbst großartig finden. Nur ein bißchen gut reicht nicht. Die Skulpturen, Fenster, Leuchter, Gemälde, Reliefs und Mosaiken des Interieurs sind denn auch samt und sonders meisterhaft entworfen und ausgeführt. Wir Bürger, Eigentümer dieser glänzenden Schau, stellen fest, daß die Welt mit ein paar kundigen Händen gestaltbar ist.

Ausländer schweigen meist eine Weile fassungslos.

Dann: »Ähm … der Petersdom ist größer.«

»Na schön, aber das ist ein kirchliches Bauwerk.«

»Soweit ich weiß, ist der Dogenpalast in Venedig mindestens so groß und ganz sicher genauso schön.«

»Den darf man als normaler Bürger aber nicht so einfach betreten.«

»Die Uffizien in Florenz …«

»Das gleiche, mein Herr, genau das gleiche, da kommt man auch nicht so einfach hinein!«

Auch der Maler war mit seinen Gedanken noch im Rathaus. Auf dem Weg zur zweiten Brücke am Nieuwe Dijk, nicht zu der ersten, die lag ihm etwas zu nah bei dem bevorstehenden gewaltsamen Tod, ging er den Nieuwezijds Achterburgwal entlang, war in Wirklichkeit aber noch *dort*.

Erster Stock. Zeit der Handlung: vor einem Jahr und neun Monaten. Auf einer der Galerien des Bürgersaals hängt in sieben Meter Höhe das größte und gewagteste Werk, das er je malen sollte, ein Historienbild, die Demütigung seines Lebens.

Sie hatten zu fünft dagestanden und nach oben geblickt, er und die vier Mitglieder des Kunstausschusses, der aus einem Holzhändler, einem Schiffsmagnaten und zweien der vier Bürgermeister der Stadt bestand, alles sehr reiche und feine Leute. Der August war naß in dem Jahr. Draußen strömte der Regen, drinnen brannten Kerzen und Fackeln, aber es blieb eher düster. Alle fünf hatten das Bild bereits gesehen, dennoch waren sie, einer wie der andere, von neuem überwältigt, auch der Maler selbst. Die einschüchternde Wirkung des Gemäldes lief darauf hinaus, daß die reale Welt – Treppen, Wände, Beleuchtung, fünf echte Männer – ohne nennenswerte Begrenzung in eine sechs Meter breite und mehr als fünf Meter hohe Doppelwelt überging, in der das Licht heller war, der Raum geräumiger und die Männergruppe an dem langen Tisch wesentlich wirklicher als die Männer, die sie in diesem Moment betrachteten. Die dominierende Gestalt der Tafelrunde war ein grobschlächtiger Hüne, Typ Banditenkönig, aber mit einer Art Tiara auf dem Kopf, also eigentlich ein Papst. Stiernacken. Das Schwert gezückt in der Faust. Als wären sie irgendeiner Höllenschmiede entstiegen, saßen sie in einem glühenden Rampenlicht beisammen.

Der Maler hatte abgewartet und dem schweren Atmen um sich herum gelauscht. Manchmal benötigt Wut eine Weile, um sich warmzulaufen. Ein Mensch wird böse, weiß aber nicht immer gleich, warum.

»So geht das nicht«, hörte er murmeln.

Der Holzhändler.

Mit seinen hohen Wänden, Bögen und der Treppe hatte das Interieur in dem Gemälde viel Ähnlichkeit mit dem des Rathauses, allerdings war es höhlenartiger, gefährlicher. Durch die unverschämt steile Perspektive schaute man gleichsam wie aus einer Erdgrube zu der Männergruppe empor, die eindeutig irgendeinen Plan schmiedete – du bist tot, die da leben.

»Nein, so geht das nicht.«

Der Schiffsmagnat.

Sie hatten ihre Betrachtung fortgesetzt – das Bild strahlte Ernst, Freiheit, Alkohol und Blut aus, das sind Dinge, die locken –, und danach hatten die vier Regenten noch einmal genauer hingeschaut: Es strahlte, an diesem säkularen Ort in der kalvinistischen Republik, auch eine Art unangebrachter Heiligkeit aus. Die gezückten Schwerter, die Gesichter, das Tafelgeschirr, der Gefolgsmann, der, als hinge sein Leben davon ab, einen Kelch anbetet – ein übrigens meisterhaft gemaltes Glas, das sahen sie durchaus, in den Farbtönen, die auf einer Palette schlammig und rotzartig aussehen mögen, sich auf einer Leinwand jedoch äußerst hell und licht zeigen.

Der Maler wartete ab, als gehöre er nicht dazu. Was wollten sie? Er konnte keine Gesichter lesen, nicht im wahren Leben, nicht ohne den Geruch von Harz und Leinöl, ein Stück Holzkohle genügte auch. Also, was wollten sie? Ein paar Anpassungen, nicht zu weitgehend, hätte er natürlich jederzeit vornehmen können. Da räusperte sich der Holzhändler, den Blick noch immer auf den riesenhaften Barbaren gerichtet, den Anführer, der auftragsgemäß den allerersten niederländischen Widerstandskämpfer hätte darstellen sollen, wie er in einem nächtlichen Wald eine Verschwörung gegen die Römer anzettelt.

Die Stimme klang leise, aber empört, als habe der Mann nur mit Mühe sein »gottverdammt noch mal« hinuntergeschluckt.

»Sieht aus wie irgend so eine heidnische Version von Jesus beim Letzten Abendmahl.«

Daraufhin hatte der Maler gespürt, wie sie sich entspannten. Wie den anderen klar wurde, daß sie also richtig gesehen hatten. Alle vier schauten jetzt vom Gemälde zu ihm, doch er sagte nichts, nickte nur unbestimmt. Die Demütigung nahte, war aber noch abstrakt. Hatte noch nicht die Gestalt eines normalerweise für den Transport von Bier verwendeten Pritschenwagens angenommen, der mit viel Lärm die Rozengracht entlanggerollt kommt und vor Haus Nummer 184 anhält. Das würde erst einige Tage später geschehen.

Noch bevor an die Tür geklopft wurde, würde seine Frau sie öffnen.

»Ach, du meine Güte! Sie haben es schon gebracht!«

Er und sie würden sich auf halber Treppe entgegenlaufen, er vom ersten Stock, wo er am Arbeiten war, sie von der offenen Haustür, durch die man auf der Straße das Pferd sehen konnte, den leeren Bock und ein Stück der peinlichen, bis zur Deichsel nach vorn geschobenen Ladung, ein nachlässig gerolltes fahlgraues Ding, zusammengeklappt zu ein paar Metern Durchmesser.

Noch nicht. Stand noch nicht mal zur Debatte. Die fahlgraue Rolle hing in diesem Moment noch prächtig ausgebreitet, sämtliche Farben nach außen, an einem der ehrenvollsten Orte, an denen sie nur hängen konnte. Eigentlich zweite Wahl, stimmt, aber trotzdem. Unterdessen brachte die Kommission kritische Bemerkungen über den wüsten Stil des Werks vor, Argumente, die ganz gewiß relevant waren, seinem Schöpfer jedoch nur ein Lächeln entlockten – dies ist, verflixt noch mal, meine beste Gruppe, besser noch als die Schützen, die jetzt doch schon an die zwanzig Jahre ohne nennenswertes Genörgel in De Doelen hängen!

Sein Lächeln wirkte irritierend.

»Ein Pinsel ist kein Hackebeil«, tönte es böse.

»Manchmal schon«, sagte der Maler.

»Das ist einfach so hingeschludert.«

Der Maler verneigte sich.

Einer der Bürgermeister öffnete nun eine blaßgrüne Mappe, nahm eine Zeichnung heraus und wollte ihm die reichen. Doch der Maler rührte keinen Finger.

Er kannte den Entwurf, das wußten sie doch.

Als das Rathaus acht Gemälde benötigte, um lauthals zu verkünden, wir, die Bataver, hätten seinerzeit Cäsar glatt besiegt, ging der Auftrag an einen seiner ehemaligen Schüler. Ein außerordentlich geschickter Bursche und, wenn es nach den Amsterdamern ging, zu diesem Zeitpunkt genauso berühmt wie der Grieche Apelles, der Maler aller Maler, von dem niemand je ein Werk gesehen hatte oder je sehen würde, sie bestanden lediglich in Worten. Doch welches Talent ist einer solchen Herausforderung gewachsen: acht Gemälde zu malen, die einem, zusammengenommen, die Möglichkeit eines grandiosen Lebenswerks vorgaukeln, ein für allemal? Und tatsächlich, die vorbereitenden Skizzen waren noch nicht fertig, da starb der Glücksvogel, unklar, woran genau, vielleicht aber doch an mangelndem Talent.

Die Demütigung, nun sehr nahe, war unvermeidlich geworden, als die Diskussion sich dem Auge, dem fehlenden Auge des batavischen Widerstandskämpfers zuwandte.

»So ein abscheulicher Spalt«, murrte einer.

»Ja, so eine Verstümmelung, mitten im Gesicht!«

Der Blick des Malers wurde lebhafter. Wenn er an irgend etwas mit faszinierter Zufriedenheit denken konnte, dann an diese leeren Augenhöhlen, die Blinden und Einäugigen, die seine Leinwände und Holztafeln und Kupferplatten fast zwanghaft schmückten.

»Dieses Auge, ja …«

Zustimmend blickte er noch einmal hinauf zu der breiten, doppelten Kruste eines zugenähten Augenlids.

»Scheint er verloren zu haben. Ich nehme an, Sie wissen das, Tacitus ist da sehr deutlich.«

Sie nickten, hielten ihm die Skizze seines ehemaligen Schülers unter die Nase und sagten, ein sachkundiger Maler verfüge über andere, eigene Möglichkeiten. Er starrte sie abwesend, leicht schwindlig im Kopf an. Gerade waren ihm zwei glänzende Fälle von Blendung in den Sinn gekommen, Themen, denen er bereits einige sehr gelungene Bilder gewidmet hatte. Die Begleitumstände jener beiden alttestamentarischen Vorfälle, erkannte er nun plötzlich, waren auf höchst verabscheuungswürdige Weise miteinander verwandt. Als dem schlafenden Simson das Ende eines glühenden Stabs in die Augen gedrückt wurde, erst in das eine, dann in das andere, träumte er gerade, er läge noch immer mit dem Kopf im Schoß der Frau, in die er heftig verliebt war. Als der rechtschaffene Tobit eine Ladung Spatzendreck abbekam, lag er mit offenen Augen unter einem Baum und dachte an Gott.

»Hier, bitte«, sagten sie, den Zeigefinger auf der Skizze. »Ein Mann, der große Entscheidungen trifft, muß ganz besonders gut sehen können. Das hat Ihr verstorbener Kollege trefflich verstanden. Man kann einen Anführer mit einer Augenverletzung auch im Profil darstellen.«

Er hatte höflich die geschlossene mandelförmige Linie eines starrenden Auges betrachtet.

»Schade. Das geht so nicht.«

Die Regenten wechselten Blicke und entschieden. Die Demütigung war beschlossene Sache. Er war unterdessen in Gedanken bei seinem Vater, der in den letzten Jahren vor seinem Tod erblindet war.

Die Erinnerung stammte von einem Wintertag, als er mitten am Vormittag seine Pinsel abgewischt und seine Hauspantoffeln gegen ein Paar Schuhe gewechselt hatte, weil er plötzlich meinte, er sollte seinen alten Vater jetzt, da es noch möglich war, häufiger besuchen. Er war Anfang zwanzig, wohnte und arbeitete aber bereits in einer eigenen Wohnung. An jenem Tag wehte ein eisiger Wind. Leiden ist eine dicht bebaute Festungsstadt, doch an jenem Vormittag schien der Wind in einer einzigen, nicht abreißenden Bö geradewegs vom Pol durch alle acht Tore zugleich zu blasen. Über dem Galgewater flogen wie immer unzählige kreischende Möwen. Weiße Raubtiere, auf der Jagd nach Nahrung, egal, ob lebend oder tot. Er sah sie hart über die eingefrorenen Schuten schießen. Beim Haus im Weddesteeg angelangt, gelang es ihm erst durch einen Stoß, die klemmende Haustür zu öffnen. Da ertönte, gleichzeitig mit dem Kreischen des Holzes, ein Schrei aus dem Dunkel. Im nächsten Moment sah er seinen Vater, aufrecht in der lediglich vom Herdfeuer erleuchteten Küche, mit tastenden Armen auf sich zukommen. Die Augen in dem vom Feuer abgewandten Gesicht waren schwarz. Sie waren flehend, ratlos genau neben die Stelle gerichtet, an der er stand.

Die Fackeln flackerten. Der Vorsitzende der Kommission, einer der Bürgermeister, hatte ihm mitgeteilt, was sie zu ihrem Bedauern nicht umhingekommen waren zu beschließen. Drei von ihnen hatten ihn daraufhin mit einer Handbewegung gegrüßt und sich über die Galerie von dannen gemacht. Der vierte leistete ihm, von einem Hustenanfall festgehalten, noch kurz Gesellschaft, eifrig mit seinem Taschentuch hantierend.

Das irritierte ihn.

»Einen Schluck Bier bekommt man da unten!«

Der Mann nickte, drehte ihm jedoch lediglich den Rükken zu und gab seine Tränen und Atembeklemmung voll dem Gemälde preis.

Folglich nahm der Maler nicht weiter von ihm Notiz, schüttelte den Kopf und ging, ohne sich noch ein einziges Mal nach der perspektivisch vollkommenen Komposition umzusehen. Die echte Wand und der echte Fußboden darunter waren nichts weiter als Stichwortgeber für eine andere Architektur. Was in dieser anderen Architektur geschah, ein viele Jahrhunderte zurückliegendes Ereignis aus der nationalen Geschichte, fand aus einem blendenden Helldunkel subtil und ganz von selbst den Weg ins Hier und Jetzt: Niederländer sind treu, zuverlässig, fromm, unternehmungslustig, offen, geradeheraus, ehrlich, rebellisch, kaltblütig, unbeugsam und erschreckend kampflustig.

3

Die auf dem Kopf stehende Stadt

Verstimmt durch das Glockengeläut und nicht willens, sich auch nur in Gedanken damit zu befassen, ging er den Nieuwezijds Achterburgwal entlang, ein Straßenname, der einige Jahrhunderte später vom Stadtplan verschwunden sein würde, jetzt aber noch für eine breite Wohngracht mit einer Uferbefestigung bis zum Hafen stand. Wie überall in der Stadt wurde hier wieder einmal gegraben und Schlamm weggekarrt. Arbeiter waren dabei, mittelgroße Pfähle in den Boden zu rammen, sie taten das mit Hilfe einer Marie, eines Pfahls mit einem Hohlraum, den sie quer auf das obere Ende eines senkrechten Exemplars setzten und an den sie sich dann mit sechs Mann hängten und zogen. Wegen des Lärms der Glocken verrichteten sie ihre Arbeit mürrisch und schweigend, normalerweise hätten sie, um im Rhythmus zu bleiben, in allen möglichen Variationen ein Lied gesungen, das mit den Worten begann: *Runter! Runter! Runter, Marie!*

Vor dem Geschäft, in dem er Stammkunde war, blieb er gewohnheitsgemäß stehen und spähte eine Weile ins Schaufenster. Waffen, Skulpturen, zu Stein gewordene Tiere, die als Art schon seit Jahrtausenden nicht mehr existierten, toter als tot, die man aber trotzdem in die Hand nehmen, betrachten und, wenn man bei Kasse war, als Besitz erwerben konnte. Sein Blick blieb an ein paar Büchern auf einem Tisch direkt hinter dem Fenster hängen. Hebräische, portugiesische und lateinische Titel. Handelten alle von Gott. Nach den Worten seines Sohnes war vor einer Weile ein gelehrter Jude in dieser Stadt herumgelaufen, der mit guten Argumenten behauptete, Gott sei die Summe all dessen, was existiert und geschieht.

»Also einschließlich meiner Zahnschmerzen?« hatte er verdrießlich gefragt, denn das Thema war zu einem Zeitpunkt zur Sprache gekommen, als es in seinem Kiefer zu pochen begann, wahnsinnig vor Schmerzen würde er erst einige Stunden später werden.

Sein Sohn, schnell von Begriff, schnell von Gefühl, hatte ihn erschrocken angesehen. Sie kannten einander. Sie kannten einander so gut, daß, wenn der Vater seine Zahnschmerzen erwähnte, sie sich beide sofort darüber im klaren waren, daß Zahnschmerzen Zahnschmerzen sind, aber auch etwas Skandalöses, etwas Unerträgliches, das zu den Dingen gehört, die es in einer ordentlichen Schöpfung nicht hätte zu geben brauchen. Der Sohn sah seinen Vater düster an. Der schwere Tod, den seine Stiefmutter gestorben war, voller Protest, sie wollte nicht sterben, lag da erst wenige Monate zurück.

Die beiden hatten ihr Gespräch im Stehen in der Küche begonnen, an einem unfreundlichen Herbstabend gegen elf.

»Einschließlich deiner Zahnschmerzen.«

Der Sohn, der die zweite Frau seines Vaters bedingungslos geliebt hatte, stellte eine Flasche Korn auf den Tisch.

»Probier den mal.«

Der Maler und sein Sohn hatten sich einander gegenüber an den Tisch gesetzt. Es war sehr still im Haus gewesen, der

Regen hatte für den Moment aufgehört, das Töchterchen und das Dienstmädchen waren bereits im Bett. Der Sohn, vor einer Viertelstunde nach Hause gekommen und noch immer in seinen Mantel gehüllt, hatte mit hochgezogenen Schultern weiter von dem geheimnisvollen Gespräch erzählt, in das er in einer Kneipe am Zeedijk geraten war.

»Diese Kneipe gleich um die Ecke? Zum Storchen?«

Ein stechender Schmerz. Der Maler warf den Kopf zurück und kippte den Schnaps hinunter.

»Ja. Geht's?«

Als Antwort wischte sich der Maler mit dem Handrücken über den Mund. »Halleluja!« fluchte er zwischen den Zähnen und mit zugekniffenen Augen. Nach einer Pause beugte er sich über den Tisch und sah seinen Sohn interessiert an.

»Mit wem hast du denn da gesessen?«

»Mit zwei Männern, Stammgästen. Sie haben anschreiben lassen.«

Sein Sohn schenkte ihm noch einmal ein.

»Und einer von denen war dieser gelehrte Jude?«

»Nein, sie erzählten, daß der zur Zeit in Rijnsburg wohnt. Aber sie hatten ihn erst vor kurzem getroffen, hier in der Stadt, bei irgendeinem ehemaligen Jesuiten, einem Familienvater, der jetzt fünf Kinder hat, und sie wußten noch ziemlich genau, was er alles gesagt hat.«

Der Maler fragte, um zu fragen. Der Schmerz begann sich zu mäßigen, wie ein Hund, der sich in seine Hütte verkriecht, doch darauf verlassen konnte man sich nicht.

»Was denn?«

Während er sich berichten ließ, was die Stammgäste von den Worten des Juden weitergegeben hatten, hörte er, wie draußen Wind und Regen wieder zunahmen. Die Bibel sei keine Quelle exakten Wissens, sondern eine Sammlung von zweitausend Jahre alten Geschichten. Er nahm die Flasche, meinte: »Gut gesagt!« und hob den Kopf. Irgendwo klopfte es. An der hinteren Hauswand, rechts, mochte sich ein Stück der Regenrinne verschoben haben, falls dem so war, hatte sich jetzt das Fallrohr gelöst.

»... und er hat auch behauptet, sagten sie, daß man alles, wonach sich ein Mensch im Leben sehnen kann, mit einer ganz einfachen kleinen Zeichnung darstellen kann, einer der banalsten geometrischen Formen, die es gibt, dem gleichseitigen Dreieck. Die drei Linien, hatte er gesagt, sind die drei größten menschlichen Leidenschaften. Während er diese Linien in die Luft malte, hatte er die Leidenschaften auch genau benannt, aber sie hatten wegen des Alkohols nur eine behalten, die Basis. Nun ja, das war aber auch die wichtigste.«

Aus dem Klopfen war ein Reiben von Holz an Stein geworden. Der Maler war aufgestanden, hatte die Zwischentür geöffnet und war zum Fenster in dem kalten, dunklen Hinterzimmer gegangen, wo die zum Verkauf bestimmten Gemälde standen oder hingen.

»Und welche wäre das?« hatte er geflüstert, während er mit dem Arm über die beschlagene Scheibe fuhr. Ein Wasserstrahl war fröhlich plätschernd auf dem Weg zu den Ritzen im Blechdach, unter dem das Brennholz für den kommenden Monat lagerte.

Bevor sein Sohn in der Küche antwortete, langsam, mit so einer Stimme, wie wenn man Selbstgespräche führt, war er schon zu dem dreieckigen Stuhl gegangen, auf dem die Katze tagsüber schlief.

»Daß jedes Wesen, so elend es ihm auch ergehen mag, immer alles daransetzen wird, am Leben zu bleiben. Nur das. Dasein und dableiben.«

Er hatte das Kissen weggeschleudert, das Ding bei den Beinen gepackt und über seinen Kopf gehoben. Anstatt es mit aller Kraft gegen die Fensterscheibe zu schleudern, war er einige Augenblicke so stehen geblieben und hatte es dann ganz behutsam wieder abgestellt.

Er hatte ihre letzte Stunde nicht mit ansehen können.

Eine sechsunddreißigjährige Frau, eine Woche zuvor noch blond und blühend, die vom Bett aus mit glitzernden, blutroten Tieraugen um sich blickte auf der Suche nach Rettung. Als sie ihn entdeckte, war er bereits an der Tür. Das letzte, was er noch bemerkt hatte, bevor er aus dem Sterbezimmer floh, war, daß sein Sohn auf den Stuhl neben ihrem Bett kroch, sich dicht zu ihr beugte, sehr gefährlich, am Rande des Selbstmords, und ihr etwas ins Ohr zu flüstern begann.

Er liebte Spitznamen. Seine erste Frau hatte er die Kleine Rote genannt (sie war nicht klein gewesen und rothaarig nur bei einer bestimmten Beleuchtung), diese nannte er meist Ricky, manchmal aber auch Maerti, was eigentlich nur ihre Funktionsbezeichnung gewesen war, als sie vor Jahren in sein Haus kam. Sie hatte nach dem Tod ihres Vaters ein Jahr lang bei einem Bauern in ihrem Dorf im Achterhoek gedient. Eine Dorfbewohnerin hatte ihr von einer guten Stelle in Amsterdam erzählt, wo ihr Bruder bereits wohnte. Sie zögerte einen Monat lang. Danach, ermutigt vom Bruder, der Torwächter des Anthonies-Tors war, Trompeter im Rathaus und gelegentlich natürlich auch Erdarbeiter, tauschte das damals zwanzigjährige Mädchen den Blick der dumpf auf die Stallwand starrenden Kuh gegen den scharfen Blick des

Malers ein, der, wie sie fand, durchaus kein lästiger Kerl mit miesen Launen war. Absolut nicht! Wohlgemut erlebte sie die Luftveränderung von Mist und Milch zu Teer, Öl, Leim, Harz, Kohle und Kreide, bis sich zuletzt der Geruch der Pest näherte. Maerti bedeutet im Achterhoeker Dialekt, der wie das Westfriesische einen singenden, gutmütigen Tonfall hat, Magd, Dienstmagd, schwer schuftende Frau.

Er ging weiter den Achterburgwal hinunter, die Gedanken sowohl bei seinem abgelehnten Gemälde als auch bei seiner toten Frau. Er bog in den Korte Kolksteeg, steuerte an dessen Ende die Brücke an und überquerte den Nieuwezijds Voorburgwal. Natürlich hatte sie nicht sterben wollen. Darin hatte sie hundertprozentig recht gehabt. Optimismus ist eine Nebenwirkung der Arglosigkeit. Sogar als es zu Sommerbeginn hier in der Stadt nach der abscheulichen Pest zu riechen begann, hatte sie das nicht sofort bemerkt. Wer selbst nicht auf Fäulnis eingestellt ist, hat nicht die beste Nase für Fäulnis in seiner Umgebung. Sie war gut, schön, ihr Körper sehr weich. Ihr Körper war wie sie. Falls je im Leihhaus oder auf einer Versteigerung eine Frauenbüste mit ihrem Hals, ihren Schultern und Brüsten angeboten würde, so ein schönes Stück sahniger Dolomitenalabaster, dessen Oberfläche sich an den Fingern weich wie Puder anfühlt, dann würde er sie sofort kaufen und zu Hause ein weißes Pelzchen darumlegen. Im übrigen riecht die Pest anfangs oft keineswegs nach Pest, nicht schwer und eklig wie ein altes, in die Gracht geworfenes Stück gekochten Fleisches, sondern aromatisch wie eine Seebrise.

Es waren noch immer viele Leute auf der Straße, die, meist recht eilig, in entgegengesetzter Richtung dem Dam zustrebten. Einen Platz in einer der vorderen Reihen würden sie vermutlich nicht mehr bekommen. Da war der Nieuwe Dijk und rechts um die Ecke die Brücke über den Damrak.

Der Maler, eine bekannte Figur in der Stadt, starrte dumpf in die Ferne, weil ihm nicht danach war, bei einem Gruß seine Gedanken mit denen anderer zu kreuzen.

... Wie sie, mit beiden Armen das zusammengerollte Trumm umfassend, zu ihm aufgeblickt hatte.

»Hast du's?« hatte er gefragt.

Tief vorgebeugt im Treppenhaus sah er sie kurz kichern, mit hochgezogenen Schultern. Gleich darauf preßte sie wieder die Lippen zusammen, eine kleine Falte über der Nase, denn die Arbeit war natürlich nicht schön.

»Und rauf!«

Es kam ihnen äußerst ungelegen, daß das Rathaus die Leinwand so unerwartet prompt zurückgeschickt hatte. Der bei ihnen wohnende Lehrling war für ein paar Tage bei Verwandten in Alphen, das Dienstmädchen hatte Rückenschmerzen. Sie hatten sie zu dritt schleppen müssen.

Ja! Ja! Ja! Ruckweise hatten sie das Ding Stufe um Stufe höher gehievt. Ganz unten hatte sein Sohn das Ende wie ein Sargträger auf die Schulter genommen.

An dem Tag hatte sich keine Möglichkeit mehr ergeben, auch nur einen Gedanken darauf zu verschwenden, was jetzt weiter mit dem Desaster geschehen sollte. Das Desaster nahm Besitz vom Atelier, alles andere hatten sie auf die Seite gerückt. Es war Abend geworden. Der Maler hatte sich in der Küche eine Pfeife angezündet, seine Frau briet eine Ente. Sie hatten zu fünft gegessen, er, sein Sohn, seine Frau, Töchterchen Neelie und das Dienstmädchen, dem es eigentlich schon wieder ganz gut ging. Neelie hatte von ihrer Mutter einen Entenfuß zum Spielen bekommen, die Sehne hing noch wie eine Schnur heraus. Wenn sie daran zog, schloß der Fuß seine Zehen und Schwimmhäute, ließ sie los, schwamm er sozusagen wieder fröhlich davon.

Gleich als es am nächsten Tag hell wurde, war der Maler ins Atelier gegangen. Sein Schlaf war schwer und warm gewesen, die Körpertemperatur seiner Frau war höher als seine eigene, er war an ihre trockene, leicht glühende Haut gewöhnt, sie schwitzte nie. Ob es nun von dem Volkslied kam, das sie im Schlaf gesungen hatte – *Es regnete sehr, un ich wurd' naß* –, oder vom violettblauen Himmel an diesem sehr frühen Morgen, freundliche Dinge alle beide, ohne Verzweiflung, jedenfalls bekam er Lust, auf der Stelle das Problem dort auf dem Fußboden anzupacken.

»Es ist zwar noch nicht November ...« hob er an, als seine Frau erschien. Sie stellte einen Teller Anisbrötchen für ihn auf die Fensterbank und nahm selbst eins. »Ähm, aber du hast deinem Vater doch im Schlachtmonat immer geholfen?«

Ihr Vater, Jäger auf Schloß Bredevoort, hatte auch stets beim Schlachtfest mit Hand angelegt.

»Stimmt«, sagte sie mit vollem Mund. Sie setzte sich auf die Fensterbank und beschrieb ihm, wie ihr Vater es fertigbrachte, mit einem einzigen genau berechneten Schnitt das Gekröse eines Rehs ordentlich vor den aufgeschlitzten Bauch gleiten zu lassen. Im letzten Jahr, erzählte sie, als er bereits krank war, hatte sie ihm manchmal geholfen, so ein Tier danach am Firstbalken der Scheune festzuzurren, damit es abhängen konnte.

Überflüssig, zu erzählen, daß sie verstand, was ihr Mann meinte, sie hatte ihn immer in allem verstanden. Als der Sohn gegen acht nach unten kam, sah er seine Stiefmutter, die im Begriff war, an den Backsteinen des äußeren Fenstersimses zwei Fleischmesser zu wetzen, ein kurzes, breites mit einer Blutrinne, mit dem man auch Knorpel zerschneiden konnte, und ein ungefähr sechs Daumen langes und eineinhalb Daumen breites zum Filetieren. Sie lachte ihn durch die Scheibe an.

Die Arbeit sollte den ganzen Vormittag und einen Teil des Nachmittags in Anspruch nehmen. Nachdem sie die Leinwand zu dritt auf dem Boden ausgerollt hatten, brauchte der Maler nur wenige Minuten, um sich das Kinn reibend einen Entschluß zu fassen und danach eine kleine Zeichnung auf ein Stück Papier zu werfen. Ein Kinderspiel – dies weg, das weg, das Übrige kann sehr gut bleiben – die eigentliche Arbeit war das Verstümmeln. »Gib her«, sagte er zu seiner Frau und streckte die Hand aus. Sie gab ihm das lange Messer, das das leichtere war. Er sank auf die Knie, drückte sich gegen die Wand unter der Fensterbank und begann mit einer Reihe fester Schnitte, den Vorplatz und die Treppen wegzuschneiden. Daß er dabei seufzte und stöhnte, hatte nicht viel zu bedeuten, das hatte er auch getan, als er mit Hilfe zweier Lehrlinge ebendiesen Vorplatz und die Treppen auf die Leinwand brachte, und es war fast zu erwarten, daß er auch jetzt wieder, getreu seiner Gewohnheit während des Pinselns, Putzens und Hauens, von Zeit zu Zeit murmeln würde: »Sehr gut, meine Herren, so macht man das!« Als er aufblickte, um seinem Sohn zu bedeuten, er solle auf der anderen Seite beginnen, sah er, daß der Junge schon bereitstand, das schwere, kurze Messer in der Hand, das an seinem Bein herabbaumelte.

Und so verschwanden auch die Ränder, Wände, Bäume, einige menschliche Gestalten, bis schließlich, so um die Essenszeit, Vater und Sohn den gesamten oberen Teil entfernten, der mit seiner räumlichen Grandeur nicht nur den Geist dieses einen Bildes geatmet hatte, sondern auch den der Gemälde einer Reihe anderer großer Meister – Leonardo, Tizian, Rubens, Velázquez –, denn Kunstwerke sprechen, wie Menschen, unaufhörlich miteinander und verstummen, wie Menschen, wenn sie mit Metzgermessern bearbeitet worden sind.

Er stand auf der Oude Brug. Unbemerkt war er dort gelandet, und jetzt blieb er stehen, um gedankenverloren auf das Wasser des Damrak zu blicken. Das blickte einige Minuten lang mit einem kalten, grauschwarzen Auge zurück, bis es, wie es sich gehört, zu spiegeln begann und ihm eine auf dem Kopf stehende Stadtansicht zeigte. Links lag eine Reihe von Tjalken aus Hindelopen, fest vertäut am Steg entlang der Rückseite der Warmoesstraat. Im Hintergrund das unvermeidliche Rathaus mit einem Teil der Stadtwaage. Dann, rechts, mit nach Südost flatternden Wimpeln, eine weitere Reihe größerer Schiffe, die einen Liegeplatz am Ufer des Damrak gefunden hatten, der mit Buden, Schenken und Herbergen vollgebaut war.

Aus einer dieser Herbergen war vor einer Woche das Mädchen gestürmt, dem der Maler an diesem Tag begegnen sollte. Eine Begegnung, die wie alle Begegnungen vor langer Zeit vorbereitet worden war und im Grunde auch schon begonnen hatte. Sie hatte einen ockerbraunen Rock, eine blutbefleckte grüne Jacke und kurze Rentierlederstiefel getragen. Sie war außer sich gewesen. Wie ein tollwütiger Hund stieß sie einen Tisch mit Aalen um, schlug einem Passanten, der sie festhalten wollte, kräftig ins Gesicht, schaute sich ein paarmal um und rannte weiter. Als sie sah, daß sie nicht die geringste Chance hatte, ihren Verfolgern zu entkommen, war sie in den Damrak gesprungen.

Sie konnte nicht schwimmen. Das Wasser zog sie wie ein Mahlstrom sofort hinunter. Ihr Rock bauschte sich auf, die Stiefel sogen sich voll, das durch die Nase eingeatmete Wasser bescherte ihr einen Hustenanfall, sie holte tief Luft, holte tief Wasser-Luft und fuhrwerkte wie eine Rasende mit Armen und Beinen herum, denn sie wollte auf keinen Fall sterben. Kein Geschöpf will das, und sie wollte es schon gar nicht. Es gibt Mädchen, die unbewußt und insgeheim wissen, daß sie fürs Glück geboren sind. So eine war sie. Und darin hatte das Leben sie auch rundheraus bestätigt. Welches Mädchen, das bereits sehr früh den Vater verloren hat, trifft es so gut mit ihrer Stieffamilie, einem Vater, einer älteren Schwester und einem Bruder? Und welches Mädchen, dessen Mutter in dieser zweiten Ehe nur noch kurze Zeit leben sollte, knapp drei Jahre, wird daraufhin so von dieser älteren Schwester verhätschelt, daß sie die Wärme der Mutter völlig mit der der Schwester verwechselt? Sie tauchte tatsächlich kurz auf, breitete die Arme aus, verschwand aber würgend erneut in dem ekelhaft schmeckenden Wasser, in dem sich lediglich der kadaverfressende Aal wohl fühlt. Als sie das zweite Mal an die Oberfläche kam, waren da plötzlich zwei Pranken.

Der Schiffer von der Anna Lien packte sie an den Haaren und am Rückenteil ihrer Jacke und zerrte sie brummend an Deck.

Er und das Mädchen sahen einander einen Augenblick lang keuchend an.

»Laß los!« rief sie, denn sie spürte noch immer die Pranke im Haar.

»Immer mitter Ruh, Meechen«, sagte der Schiffer im Dialekt des Dorfes Zwaagdijk in der Nähe des westfriesischen Enkhuizen.

4

Das Glück machte ihre Persönlichkeit aus

Zum Beispiel das eine Mal, als sie die Leiter zum Dachboden hinaufgestiegen war, blaß, miesepeterig seit dem Tag, an dem ihre Schwester Sarah-Dina ohne ein Wort verschwunden war, und als sie die Matratze hochgenommen hatte, um sie aufzuschütteln und umzudrehen, und dabei die fünf Taler fand. Es war ein nebliger Morgen Anfang Dezember. Ihre Schwester war schon drei Wochen fort, hatte sich eingeschifft, um von Jütland nach Amsterdam zu fahren und nie mehr zurückzukehren. Das wußte sie, ohne daß jemand es ihr hatte sagen müssen.

»Die Stadt ist der Wahnsinn, der absolute Wahnsinn, Kleine.«

Immer öfter und immer sehnsüchtiger gesagt. Zuletzt mit solch entschlossenem Blick, daß man hätte meinen können, sie wisse ganz genau, wovon sie sprach, weil sie schon oft genug da gewesen war.

»Auf den zwölf Stadttoren stehen abends Trompeter und blasen. Die Schiffe fahren vom Meer direkt bis zum Marktplatz, auf dem ein sehr großer Palast steht, in dem kein König wohnt.«

»Wer wohnt dann da?«

Das wußte Sarah-Dina offensichtlich nicht. Ungeduldige Handbewegung. Und warum stöhnte sie auf einmal? Nachts verriet ihr Reden im Schlaf der jungen Schwester, daß mit allen diesen Brücken, Mühlen, Märkten, Geschäften, den Fremden, den hohen Häusern direkt am Wasser in Wirklichkeit ein Bootsmann gemeint war. Ein Holländer, ein sehr schweigsamer Bursche, der von Sarah-Dinas Bruder ein paarmal zum Mittagessen mitgebracht worden war, als das Schiff, auf dem die beiden fuhren, im Hafen von Aarhus auf Ladung wartete. Das war Anfang Mai gewesen. Während des Essens sprach er kein Wort, aber danach pfiff er, wenn man ihn darum bat. Kunstvolle Triller kamen aus seinem Mund, während seine Augen taten, als gehörten sie nicht dazu. Sarah-Dina und er müssen sich in bezug auf ihre Spaziergänge schon bald einig gewesen sein. Zuerst gingen sie immer in die Scheune, in der die Daunen, die Federn und ein paar für den Markt bestimmte Matratzen aufbewahrt wurden, ziemlich lange danach spazierten sie dann gemächlich den kleinen Weg hinunter Richtung Hafen. Und wie lebhaft er dann sprach, dieser Bootsmann, während seine Gefährtin lauschte und zu Boden blickte! Wie er während ihrer Spaziergänge argumentierte, mit krummem Rücken, breit gestikulierend, auf holländisch, was hier jeder ein wenig verstand und meist auch radebrechend sprach.

Sie, die hereingeschneite kleine Schwester, hieß Elisabeth oder Elsebet oder Else, nach einer der dänischen Königinnen, die Holland so sehr geliebt hatte, daß ihr Mann eine ganze Reihe Bauernfamilien aus diesem Wasserland geholt hatte, damit sie, auf schönen Äckern arbeitend, seine Küche mit Möhren und Zwiebeln versorgten. Drei aus Edam importierte Familien bekamen eine hübsche, winzig kleine Insel geschenkt und mußten als einzige Gegenleistung dem Königspaar sechs Tonnen Aal im Jahr liefern. Ach, und dann war ausgerechnet aus diesem Supervolk die gewissenlose Sientje aufgetaucht, um der Königin das Herz ihres Gemahls abspenstig zu machen!

Else Christians – auch ihr Vatername war also ein königlicher Name – ließ die Taler von der einen Hand in die andere gleiten und zählte sie mit nachdenklich zusammengezogenen Augenbrauen immer wieder, Zählen ist Nachdenken. Sie war ein sehr hübsches Mädchen, das im kommenden März achtzehn werden würde. Ein Fisch also, mit einer starken Lebenslinie, noch keinen Tag krank gewesen, ungeborene Kinder und Enkelkinder streckten die Hände bereits nach ihr. Das Hübscheste an ihr waren ihre jungen, ehrlichen Augen, die mal grau, mal milchblau wirkten.

Fünf Taler waren eine Menge Geld. Und eine wichtige Botschaft von Sarah-Dina, die sie vorerst nicht verstand. Sie starrte weiter darauf, während sich draußen der Nebel lichtete und sich unten in der Küche ihr Stiefvater fragte, wo sie bloß blieb.

»Else!«

Diese Stimme, laut wie die aller Halbtauben, war in der letzten Zeit ihres Hierseins von Sarah-Dina des öfteren herzlos mit einem Lied übertönt worden. *Böser Neyder Zungen, Vater, hab'n gesungen von Eurem jungen Weyb …*

Sie steckte die Taler wieder unter die Matratze, dachte an Sarah-Dinas Verliebtheit, die keine lauten Stimmen duldete, und bekam, während sie die Leiter hinunterstieg, Lust, ebenfalls ein Lied zu schmettern. Nicht von alten Männern und ihrem unheilbaren Kummer, sondern von der einen Schwester, die der anderen Schwester ein beträchtliches Kapital überlassen hatte.

Der alte Mann drehte sich überrascht um. Halbe Taubheit

ist halbe Blindheit, er hatte gedacht, sie habe in der angrenzenden Scheune gearbeitet. Er fragte sie, ob sie wisse, wer an diesem Nachmittag kommen würde.

Sie trat dicht an sein Ohr heran.

»Irgend so ein Schwätzer«, schrie sie, mit dem Kopf bei anderen Dingen.

Ihr Stiefvater war ein gutmütiger Mann, der nicht so schnell böse wurde.

»Nein. Der Vater von Ragnar. Der Kartenzeichner persönlich.«

Sie hatte es gewußt.

»Setzen wir uns mal eben hin«, sagte der alte Mann.

Sie wandte den Kopf ab. Die Wiese direkt vor dem Haus war die Gänsewiese. Sie blickte von den Gänsen zu den Gebäuden am Rande des Hofs, der Scheune, dem Stall für das Pferd, dem Schutzdach über der Feuerstelle, und wieder zurück zu den Gänsen, die einer sehr großen Rasse angehörten.

»Nein«, schrie sie.

Durch das Spiel der Dezembersonne wurde die Gänseschar so angestrahlt, daß sie aussah wie *eine* blitzweiße Fläche, im Begriff, als Ganzes aufzusteigen und flirrend davonzusegeln. Ragnar war der junge Mann, dessentwegen sie einen Konflikt mit ihrer Schwester gehabt hatte, den sie noch immer nicht ganz verstand.

»Geh und koch Kaffee.«

»Ja.«

Sie schlenderte davon und blieb noch einen Moment in aller Ruhe an die Anrichte gelehnt stehen, um über Geld nachzusinnen, Geld, das stark ist und schwach, das sich eintauschen läßt gegen schrecklich viel, man weiß bloß nicht, was, Geld, das schwer ist, furchtbar schwer sogar, und sich nur mit größter Mühe zählen läßt. Dennoch war Geld ihrer Meinung nach in erster Linie so leicht wie eine Feder, denn es verhieß etwas in der unsichtbaren Zukunft.

Am Fenster sah sie ihren Stiefvater bereits mit genüßlicher Miene auf seinen Kaffeeaufguß warten. Sie selbst verzichtete gern auf das neumodische Zeug, das man nur in der Apotheke kaufen konnte. Sie nahm die Dose, schüttete die gemahlenen Bohnen in eine Kanne mit doppelter Tülle, ging zum Feuer und nahm den Wasserkessel von der Kette.

War es der scharfe exotische Duft, oder war es die finanzielle Botschaft ihrer Schwester? Entschlossen, halb trunken mit einemmal, setzte sie sich ihrem Stiefvater gegenüber.

»Bitte.« Ihre Blicke kreuzten sich. Eine kurze stumme Zwiesprache.

Auf jeden Fall: Ragnar – nein.

Der Rest – was will das Geld – würde sich finden.

5

Elsje Christiaens

An dem Tag, an dem sie gelernt hatte, ihren Namen zu schreiben, war es zu einem merkwürdigen Zusammenstoß gekommen.

»Du kannst deinen Namen schreiben?!«

Sarah-Dina hielt den Papierstreifen in der Hand, blickte aber nicht auf die vier Buchstaben. Ihre Wut galt dem zehn Jahre jüngeren Kind, das an diesem Nachmittag stundenlang weg gewesen war und jetzt die Hand ausstreckte, um genüßlich den eigenen Namen vorzulesen.

»Ja … gib her.«

Kam nicht in Frage. Das Papierstück wurde von Sarah-Dina nicht zerknüllt – in der Zeit, in der dies alles spielt, tat man so etwas nicht leichtfertig –, sondern zusammengefaltet und in die Schürzentasche gesteckt. In dieser Nacht durfte die jüngere Schwester nicht, wie seit dreizehn Jahren üblich, neben ihrer älteren Schwester auf der Federmatratze schlafen, geschweige denn in die warme Mitte rollen. Sie bekam einen Schubs, und als der nicht half oder nicht verstanden wurde, einen Tritt, der bedeutete: Ab mit dir in die Scheune!

Das war am Ende des Sommers gewesen. Nachts war es schon kalt, und ein feuchter Bodennebel zog auf, die Scheune allerdings war so beschaffen, daß man wenig unter der klammen Kühle zu leiden hatte, aber es war stockdunkel dort, und es gab Ratten. Sie tappte mit ausgestreckten Armen in die Ecke, legte sich auf eine der Matratzen und zog ein anderes Teil über sich.

Die Verbannung war nicht weiter schlimm. Die Scheune war wohlvertrautes Terrain, fast schon eine Wohnstube. In der Mitte standen mit Brettern belegte Holzböcke, auf denen sie und ihre Schwester die Matratzen und Kissen anfertigten, die sie auf dem Markt zu verkaufen versuchten. »Einfach reinstopfen«, hatte der Befehl gelautet, den Else vor dreizehn Jahren einen Tag, nachdem sie hier mit ihrer Mutter von einem mageren kleinen Pferd abgestiegen war, von ihrer Stiefschwester bekam. Das Kind hatte genickt und die dicke Halbwüchsige mit solchem Vertrauen angeblickt, daß diese sich einen Augenblick lang wie verzaubert fühlte. Von da an hatte die teils sanftmütige, teils bösartige Sarah-Dina den kleinen Neuankömmling unter ihre Fittiche genommen. Feder- und Daunenallergien gab es damals noch nicht. Die Kleine erwies sich als äußerst geschickt darin, die Arme voll mit der leichten weißen Füllung, in die Leinensäcke hineinzuspringen, mit beiden Füßen zugleich, und sich darin herumzuwälzen, um das Material zu verteilen. Die Mutter starb, doch schon bald war das nicht mehr so schlimm, denn Sarah-Dina war ihr geblieben, eine Frau wie ein Haus, dessen Windschutz und Sicherheit durch Mäuselöcher, Holzfäule und ein undichtes Dach eher verstärkt als beeinträchtigt werden. Glück ist nicht weniger gewitzt als Mißgeschick.

Else hatte im Dunkeln nach oben gestarrt. Diese Wut! Sie verstand sie nur zum Teil, daher blieb ihr Bewußtsein für den Moment noch bei dem, was greifbar und vertraut war. Dort, schräg gegenüber, war die Scheunentür. Über ihr der

Spitzboden. Rechts an der Wand lag das Brennholz, durch eine Plane von den Körben mit Gänsedaunen getrennt. Das Beil hing an einem Nagel im schwarzgeteerten Querbalken über dem bereits gespaltenen Holz.

Weil der Stiefvater alt war und der Stiefbruder den größten Teil des Jahres auf See, oblag es meist Sarah-Dina, die Buchenstämme unter dem Vordach in Kloben zu sägen und die dann wieder mit energischer Gewalt – ein paar Hiebe mittendurch und dann noch mal und noch einmal, zack! zack! – in vier Teile zu spalten. Inzwischen gab es Tage, an denen Else ihrer Schwester nicht nur bei den Daunen half, sondern auch das ziemlich kleine, schwere Werkzeug vom Nagel nahm und mit Daumen und Zeigefinger prüfend über die Schneide fuhr. Werkzeuge gleichen einander insofern, als sie unbedingt benutzt werden wollen. Arglos steht dieser angenehm in der Hand liegende Gegenstand bereits mit einem anderen in Verbindung, dem von später, dem von dort. Else griff also öfter einmal nach dem Beil, schärfte das drei mal vier Daumen große Blatt eigenhändig an einem verwitterten Fünener Stein und machte sich unter dem Apfelbaum – gar nicht unangenehm – an die Arbeit.

Kurz bevor sie einschlief, hatte sie begriffen, daß es nichts zu begreifen gab. Ihre Stiefschwester, einsam, garstig vor Sehnsucht, hätte sie wegen dieses jungen Mannes am liebsten auf den Mond geschossen.

Er hatte von elf Uhr an gegenüber dem Verkaufsstand auf dem Vestergademarkt gewartet. Unvernünftig und zudem sinnlos, wie es schien. Normalerweise blieben die Schwestern bis zur Mittagessenszeit, jetzt fragte Sarah-Dina um zwölf: »Wer hat dir erlaubt, den Wagen zu beladen?«

Else, zwei unverkaufte Kissen vor der Brust, wandte den Kopf zur Seite, blickte ihrer Schwester in die Augen, mit traurigem, feuchtglänzendem Blick, und ging weiter.

Ragnar stand wie ein Geist vor der Vor Frue Kirke. Er rührte sich nicht.

»Das Tier hat Durst«, sagte Sarah-Dina, als sie zurückkam. Sie deutete mit dem Kopf auf das Pferd, das zwischen den anderen Zugtieren fünf Meter entfernt an der Mauer des Krankenhauses für bedürftige Alte angebunden war. »Hol mal eben Wasser.«

Else tat es, brachte den vollen Eimer allerdings nicht zum Pferd, sondern stellte ihn ihrer Schwester so vor die Füße, daß es als Bemerkung verstanden werden konnte.

Heute nachmittag habe ich Lust, das zu tun, was ich will. Finde dich also einfach damit ab.

Sarah-Dina schneuzte sich die Nase in ihren Rock und schluckte.

Als Else auf ihren Verehrer vor der Kirche zuging, sah sie nicht dessen hübsches Gesicht unter der kobaltblauen Filzmütze, sondern das ihrer Schwester vor sich, wie die gerade eben geschlagen aufgeblickt hatte. Und als er sich zu ihr vorbeugte, um ihr vertraulich etwas ins Ohr zu flüstern, hörte sie nicht: »Meine Prinzessin ... meine unglaublich schöne« oder etwas Derartiges ... sondern lauschte der Stimme ihrer Schwester, die, als sie wieder sprach, einen tiefen Männerton angenommen hatte.

»Gut. Aber bleib nicht so lange. Ich sag' daheim, ich hätte dich ... ähm ... in die Apotheke geschickt.«

Die beiden gingen einfach los, wobei sie schon bald an der riesigen Domkirche mit ihren grünen Dächern vorbeikamen, in der in diesen Tagen wie überall in Nordwesteuropa

Verdammnis gepredigt wurde. Er erzählte ihr, daß er sich drei Tage lang wie im Fieber befunden habe, nachdem sie ihn am vorletzten Sonntag, als er in die Kirche kam, angelacht hatte, öffentlich, unheimlich lieb.

»Doch, wirklich!« sagte er, als sie antwortete, da müsse er sich irren. »Du weißt doch noch. Die Lesung war aus Matthäus 13, also ging die Predigt über die Hölle. Du standst neben dem Weihwasserbecken, diesem Überbleibsel aus der katholischen Zeit.«

Bestimmt keine schlechte Partie. Seine Familie hatte eine eigene Kirchenbank mit ungehindertem Blick auf das verblüffende Gemälde hinter dem schmiedeeisernen Chorgitter, zu dem die Blicke der Gemeinde während der Predigt immer wieder wanderten. Große, kräftige Engel mit papistischen Gesichtern, wie sie vor einigen Jahrhunderten üblich waren, nahmen heimlich den Dialog mit den kühlen Worten des Matthäus auf. Zünde eine Kerze an, raunten sie. Beichte. Es gibt keine Schuld der Welt, bei der sich vor dem allmächtigen und, wie jeder weiß, nicht erkennbaren Gott nicht irgend etwas machen ließe. Wer einen Ablaß kauft, ist der göttlichen Wahrheit immer noch näher als der, der sich in der Nase bohrt.

Durch kleine Gassen waren die beiden zum Hafen gelangt. Als wüßte Else bereits, wie ihr Leben von hier aus weitergehen würde, wandte sie sich dem Wasser zu, ohne daran zu denken, daß sie hier nicht allein herumlief, sondern sich in Gesellschaft befand. Ragnar suchte ihren Blick und ärgerte sich.

»Was schaust du denn so …«

Else blickte zu einer Galeone der holländischen Handelsflotte mit Ober- und Unterdeck, die von einem Proviantschiff flott aus der Bucht geschleppt wurde. In der dritten Maiwoche waren ihr Stiefbruder und sein Kamerad, der Bootsmann, auf einem Nordfahrer dieses Typs losgesegelt. Sarah-Dina gelang es, diese erste Zeit des Wartens auf die Rückkehr ihres Liebsten gut zu überstehen, unter anderem indem sie ihrer jüngeren Schwester bei passender und unpassender Gelegenheit mit einer Stadt, die auf einem unterirdischen Sumpf erbaut war, in den Ohren lag. Die Nachfrage nach Dienstmädchen ist dort so groß, sagte sie, daß sie wie Prinzessinnen behandelt werden. Sie sitzen bei Tisch neben der Dame des Hauses und werden als erste bedient, sonntags dürfen sie zweimal in die Kirche, sie schlafen neben dem Feuer in der Küche…

Ragnar hatte einen Schritt nach vorn getan. Mit breiter Brust, wie ein Erpel während der Paarungszeit, baute er sich eine Handbreit vor ihr auf, um ihr zu zeigen, mit wem sie hier war. Sie mußte lachen, auch er lachte kurz, packte sie am Oberarm und zog sie mit in die Hafenkneipe Zout.

In der Schankstube war es warm und schummerig gewesen. Sie hörten dröhnende Männerstimmen und rochen den heimeligen Geruch eines Raums, dessen Fenster selten geöffnet werden. Das bringt den Gast, noch bevor er einen einzigen Schluck getrunken hat, in die richtige Stimmung. An einem Tisch unweit des Kamins saß ein Mann, der Ragnar und Else beim Eintreten zunickte und mit seinem einladenden Blick unwillkürlich zu sich lotste. Es war ein ehemaliger Hausknecht, mager und krumm, der jetzt als Lohnschreiber arbeitete. Ragnar kannte ihn.

Sie hatten sich zu ihm gesetzt. Ragnar bestellte eine Runde Bier. Als sie den ersten Schluck genommen hatten, sah der ehemalige Knecht, der auch ein Erzähler war, Else einen Augenblick lang nachdenklich an. Nachdem er sich wie von ungefähr erkundigt hatte, ob sie vielleicht eine Geschichte, eine poetische Anekdote hören wollten, begann er von einem Witwer zu erzählen, der eine wesentlich jüngere Frau geheiratet hatte. Er schilderte, wie sie aussah, hübsch, das verstand sich, wie seine Verliebtheit den Mann mit der Zeit völlig beherrschte und wie eine böse Nachbarin ihn eines Tages mit einer Vielzahl geiler, sehr glaubhafter Phantasien davon zu überzeugen vermochte, daß seine Frau ihn betrüge. »Stellt euch vor«, sagte der Hausknecht, »wie dieser Mann sich auf einmal als Bettler in seinem eigenen Haus fühlte, als Betrogener, als Trottel, stellt euch vor, wie er gebeugt am Küchentisch saß, den Rücken seiner Gewährsfrau zugekehrt, ›Ich glaub's nicht!‹ rief und sich – zu spät! – die Finger in die Ohren steckte. Traurig, nicht? Das Ende vom Lied war natürlich, daß die lautere Wahrheit ans Licht kam, ist doch klar, und die Liebesheirat standhielt. Der eigentliche Grund, warum ich euch von diesem Fall erzähle, aber ist die absonderliche Tatsache, daß der Mann nach dieser bösen Nachricht auf einen Schlag so gut wie taub wurde und es, sogar nach dem leider baldigen Tod seiner Frau, für immer und ewig blieb.«

Stille. An einem benachbarten Tisch stimmte jemand ein Lied an. Else, die der Geschichte kaum zugehört hatte, blickte auf das Tintenfläschchen, die Gänsefedern und das Döschen mit Sand, die der Hausknecht vor sich bereitgelegt hatte. Da kam, zum zweitenmal an diesem Nachmittag, die Frage:

»Was schaust du denn so, Mädel …?«

Der Hausknecht, der für einen mit schöner Hand geschriebenen Heiratsantrag, eine Tauf- oder Todesanzeige zwei Stuiver verlangte, starrte erst sie an, dann Ragnar.

Kurz darauf saß Else da und schrieb, die Zunge zwischen den Zähnen. Zum erstenmal in ihrem Leben hielt sie eine Schreibfeder in den Fingern, unterstützt von einem jungen Mann, der sie liebte, während am Nebentisch noch immer traurig und schön gesungen wurde. Das Lied, von dem holländischen Komponisten Sweelinck zu Gedichtzeilen des französischen Dichters Ronsard, war auf Plattdeutsch enorm populär in Jütland.

De Leevde, ach, is Raseri
Ut den Höllenschlund
Armet Hart, du geihst dorbi
Elendiglich to Grund!

Dabei schrieb sie, verblüfft seufzend, die vier Buchstaben ihres Namens. Was für ein Augenblick in ihrem Leben, die Aufmerksamkeit seitens zweier seriöser Männer und dazu auch noch ein Lied! Nehmen wir noch einen Becher? Ja. So ein Augenblick hat nicht nur eine Erscheinungsform, sondern eine ganze Menge, und die erste Version ist nicht unbedingt die intensivste und nicht einmal die wahrste. Als Else an jenem Nachmittag nach Hause kam, wurde ihr dieser Moment, den sie leicht beschwipst, aber doch in voller Konzentration erlebt hatte, von ihrer Schwester abgenommen und in eine Schürzentasche gesteckt.

Es blieb nicht bei dieser einen Übellaunigkeit. In den darauffolgenden Tagen begann Sarah-Dina, am Küchentisch sitzend, das Gesicht der Tür zugewandt, ihre Schwester bei deren Eintreten jedesmal so vorwurfsvoll anzusehen, daß es dem Kind richtiggehend schlecht wurde und es alles Elend der wartenden Frau wie eine Untat tief in sich fühlte.

Bald darauf beginnt das ständige Gerenne zum Hafen. Else muß ihre Schwester begleiten, die, sofern sie überhaupt spricht, auf holländisch spricht und dann anscheinend ausschließlich über die Seefahrt – »In der gantzen Ostsee geht weder Ebbe noch Fluth wie in der Nordsee« –, und das so sanft und klagend, daß das sie begleitende Mädchen es in der Nase kribbeln fühlt und um ein Haar weinen muß. Mit dem Bewußtsein tiefer Schuld und bereit, alles zu tun, um diese Schuld zu büßen, hütet sie sich, noch an den Zettel zu denken, den Glücksmoment mit den vier Buchstaben, der immer noch in der Schürzentasche stecken muß.

»Und desgleychen nicht im Mittelländischen Meer, wie auch nicht im Kaspischen Meer, das auf allen Seyten geschlossen ist …«

»Ja, ja«, murmelte Else.

Ragnar wird es gewiß nicht mehr gelingen, sich zwischen die beiden Schwestern zu schieben.

Eines Novembernachmittags wollte Sarah-Dina, obwohl es in Strömen goß, doch noch einen Spaziergang machen. Schon nach wenigen Minuten hat sie ihre dunkelblauen Augen auf die jüngere Schwester gerichtet, die sie wie immer begleitete. Unerwartet sanft, sehr, sehr sanft hat sie gesagt: »Weißt du, eigentlich heißt du, auf holländisch, Elsje.«

Das Mädchen nickte. Der Zwang in den Augen beeindruckte sie, doch was sie überzeugte, war der sanfte Ton, als wären sie beide durch eine geheime Botschaft verbunden.

»Elsje … Elsje …« sprach sie es nach. Und auf einmal fand sie den Klang der fünf Buchstaben wunderschön.

So ist es gekommen, daß sie fortan Elsje heißen sollte. Für sich und für die Welt, hier und jetzt, aber auch ein paar hundert Jahre später in einer der größten kulturellen Bastionen dieser Zeit, im Metropolitan Museum of Art in New York.

Dort sollte man schreiben: *Elsje Christiaens hanging on the gibbet.*

Die beiden Stiefschwestern gingen schweigend weiter. Elsje sah zerstreut, wie ein triefender Vogel von einem Ast aufflog und dicht über den Boden davonstrich. Erst ein halbes Jahr später würde der Moment mit den vier Buchstaben erneut den Weg in ihren Kopf, ihr Herz und vor allem in ihre Hände finden. Sie würde die Nadel, die ihr Haar zusammenhielt, herausziehen und zu einer tiefen steinernen Fensternische gehen, die mit einem Gitter abgeschlossen war.

6

Im Geschäft

Die Pest ist eine Plage, die der Schöpfer uns als Strafe für unsere Sünden schickt, das ist bekannt. Die Krankheit kündigt sich durch Vorzeichen an, manchmal durch große, wie im Januar des vergangenen Jahres, als ein kleiner Himmelskörper dicht über die Erde hinwegstürmte, eine Sonne mit zwei Schweifen, was man vor allem vom Overtoom aus sehr gut sehen konnte. Im darauffolgenden Sommer gab es Wochen, in denen die Sterbeglocken in der Stadt schamlos läuteten und läuteten (was bedeutete, daß die Katholiken hatten dran glauben müssen, die meisten Kalvinisten lehnen das Totengejubel ab) und der Leichengeruch im Umkreis der Kirchen, deren Boden die ganze Zeit zur Hälfte offen lag, so abscheulich war, daß das Presbyterium den Auftrag gab, während des Gottesdienstes Weihrauch zu verbrennen wie in der papistischen Messe. Meist jedoch sind die Vorzeichen bescheidener, jämmerlicher, wie zum Beispiel der verirrte Geier, der sich vor sieben Jahren auf dem Turmkreuz der Oude Kerk niederließ, dort verfroren zusammengekauert sitzen blieb und morgens vom Schultheiß erschossen wurde. Was natürlich kein bißchen geholfen hat. Pestträger mußten in jenem Sommer, wir sprechen vom Jahr '57, manchmal mehr als fünfhundert Leichen pro Woche wegschaffen.

Es gibt auch Leute, die vermuten, daß die Pest eine Infektionskrankheit ist, die vom Rattenfloh auf den Menschenfloh und von ihm vor allem über die Kleidung auf den Menschen übertragen wird.

»Es ist eigentlich eine Tierkrankheit, nicht?«

»Gewiß. Hat der Floh bei der sterbenden Ratte Blut gesaugt, so trägt er die Pest wie einen Blutpfropf im Mund.«

Als der Maler das Geschäft in der Warmoesstraat betrat, dachte er nur indirekt an die Pest. Hauptsächlich beschäftigte ihn seit dem Aufstehen das Gemälde, das er jetzt für ein paar Stunden im Stich gelassen hatte, weil er einiges daran ändern mußte. Was wäre in einem solchen Moment der Leere besser, als sich um ein paar simple technische Details zu kümmern? Die Hauptsache nimmt derweil schon ihren Gang. Motiv des recht großen Gemäldes war die Liebe, sein Herz machte daraus überhaupt kein Hehl. Abgebildet war ein Liebespaar, das ihn persönlich etwas anging. Doch was, und wie hing das zusammen?

In seinen fiebrigen Träumen wußte er es so gut, daß es schon fast albern war. Ein Mann legt seine Hand auf die Brust einer Frau. Unter dem Stoff ihres Kleides spürt er das ruhige, stete Pochen ihres Herzens. Daß ein Mann, der vor nicht mal einem Jahr seine Frau verloren hat, so träumt, ist normal. Die Frau ist klein, breitschulterig, lieb. Die Vorstellungskraft des Schlafenden überschreitet sehr leicht die Gesetze des Tages. Der Mann fühlt die kleine, ruhige, eigensinnige Gestalt seiner Frau wie gewöhnlich an seiner Seite. Ohne auch nur einen Moment lang vom Dunkel des nächsten Tages beeinträchtigt zu werden, äußert er sein stolzes, männliches Bekenntnis.

Du, nur du.

Beim Erwachen ganz früh am Morgen ist natürlich alles anders.

Das Haus ist leer. Die Dachrinne leckt. In einem halb zerschlissenen Morgenrock von vor dem Krieg steht der Maler vor der Leinwand und reibt sich über das Kinn. Schon sein Leben lang besitzt er eine Sprache, die alle anderen überlappt – die Sprache von Anstand und Nicht-Anstand, Treue und Untreue, Schuld, Religion, Getrickse mit Geld, Hunger, Durst, Mißmut, Ärger –, die Sprache der Geste. Ja, auch die stärkste Sprache von allen, die der Liebe, muß, wenn es darauf ankommt, den Streifen, Klecksen, Konturen und Strichen weichen und in letzter Zeit sogar dem Gekleckse, Geputze, Geklatsche und Gekratze mit der Rückseite des Pinsels. Ein erstaunlich treffsicherer Rausch.

Also, nochmals, das Wie und Was eines Liebespaars. Am Morgen eines Tages, der strahlend zu bleiben verspricht, hat der Maler über die beiden nicht anders nachgedacht als in den Begriffen von Raum, Stille, Farbwerten, Kontrasten von Linien und Formen und der Aussagekraft von allein schon dem Format der Leinwand. Wie macht man das. Sehr viele Jahre später, gut zwei Jahrhunderte, sollte ein Malerkollege in diesem Zusammenhang etwas Treffendes dazu bemerken. Ein Mann mit knochigem, magerem Gesicht und knallblauen, nicht im geringsten wahnsinnigen Augen. Er schreibt einen Brief an seine Schwester. Es gibt nichts, schon gar nicht Belanglosigkeiten wie Ort oder Zeit, was Künstler daran hindert, sich miteinander zu unterhalten.

Van Gogh: »Das hervorstechendste Merkmal eines Malers ist, so stelle ich mir vor, malen zu können, diejenigen, die malen können, diejenigen, die es am besten können, legen den Keim zu etwas, das noch lange Bestand haben wird, genauso lange wie es Augen gibt, die sich an dem erfreuen, was von eigenartiger Schönheit ist.«

Der Briefschreiber wird seine Feder kurz vom Papier nehmen, schauen, was er geschrieben hat, und dann unterstreichen: malen zu können.

Der Maler stieß die Ladentür auf. Unabhängig von der Pest hatte er die Einkaufsliste für das Bild in seinem Atelier im Kopf. Die Glocke läutete.

Der Ladenbesitzer, von Beruf Apotheker, erschien in der Tür des Hinterhauses und ging mit einem seiner Standardgrüße auf den Kunden zu.

»Was für ein Tag, was für ein Tag, was für ein Tag!«

Er war ein kleiner, kahlköpfiger Mann in Hauspantoffeln. Auf dem Schädel trug er wie immer die weit abstehende, flache Kopfbedeckung, die der Maler schon einmal für das Haupt eines Pharisäers in einem Historienbild des Judas entliehen hatte.

Sie drückten einander die Hand.

»Ja, was für ein Tag.«

Und wandten sich zum Fenster an der Straße, hinter dem man die Leute zur Hinrichtung auf dem Dam strömen sah. Die beiden Männer mochten einander, was zum Teil darin begründet war, daß beide aus einer Müllersfamilie stammten. Der Apotheker bot seinem Kunden eine Pfeife an. Während sie die für ein paar erste Züge einander weitergaben und zunächst aus alter Gewohnheit über die Mühlen ihrer Familien sprachen, beide vom Typ der guten alten Bockmühle, sowie über Wind, Windkraft und Flügelgeschwindigkeit, wanderte der Maler durch den geräumigen, hohen Laden, dessen Regale bis hinauf zur Decke mit Töpfen und

Krügen vollgestellt waren. Es war, wie gesagt, ein schöner Tag. Der Windstärke heute würde man in einigen Jahrhunderten auf der Beaufortskala höchstens eine Zwei geben.

»Und ob«, sagte der Apotheker auf eine Frage des Malers. »Kaum ein Windhauch, aber wir mahlen heute.«

Die Mühle seiner Familie, eine der vielen Farbmühlen im Gewerbegebiet an der Zaanse Schans, unterschied sich von denen der Konkurrenz durch eine Neuheit. Seit einiger Zeit lieferten die Lastkähne vom Umschlagplatz Amsterdam nicht nur Holzladungen aus Brasilien an, das war normal, sondern auch Steinbrocken aus den Gruben in der französischen Provence. Die Arbeiter, die am Steg hinter der Mühle die Ladungen löschten, waren zwar an die Riesenspinnen gewöhnt, die einem mir nichts, dir nichts über die Hände liefen, erschraken aber über die Skorpione, die rabiat zwischen den gelben Steinbrocken hervorsprangen.

Der Maler stand mit dem Gesicht zum Fenster und rauchte.

»Was darf's denn sein?« ertönte es hinter ihm.

Ohne sich umzudrehen, begann er mit seiner Aufzählung – gebrannte und ungebrannte Umbra, Kasseler Braun, Bleiweiß, Karmesinrot, Zinnoberrot, von allem fünfzig Gramm –, doch was er währenddessen vor sich sah, war nicht das Gemälde, für das dies alles bestimmt war, vielmehr folgte sein Auge den Menschen auf der Straße, die sich, wie er meinte, allesamt in die Kleidung der Pest gehüllt hatten.

»Kein Ocker?« fragte der Apotheker.

Das Neue an den Schiffsladungen Stein betraf nämlich die Pigmentart – Ocker –, die seine Familie in harter Konkurrenz zu den kleinen Fabriken hier in der Stadt neuerdings auf den Markt brachte. Die Kunstmaler stellten einen noch immer wachsenden Kundenkreis dar. Bis vor kurzem hatte die Mühle sich auf das Übliche beschränkt, Textilpigmente, die aus den Wäldern in Übersee gewonnen wurden. Das weiche, noch lebende Holz eignete sich bestens dazu, dem weichen, noch lebenden Menschenkörper eine frische Note zu geben oder aber ihn ernst, schwarz, streng unter einem blütenweißen Kragen zu präsentieren. Aber ein Kleid auf einem Gemälde? Ein Kleid auf einem Gemälde erfordert wesentlich kräftigere Farbstoffe als ein Kleid in der Wirklichkeit und benötigt daher Stein, Blei und den unter großer Gefahr gebrannten blutroten Zinnober aus giftigem quecksilberhaltigem Erz.

Der Maler ging zu dem Stuhl, der an der Wand beim Fenster stand.

»Doch, natürlich«, sagte er. »Gelb und rot, jeweils zweihundertfünfzig Gramm.«

Er rückte den Stuhl etwas aus dem Licht und setzte sich. Herr im Himmel, betete er. Wenn er sein Glück nicht vermasselte, konnte das Gemälde, an dem er gerade arbeitete, durchaus das schönste werden, das er je malen würde. Es war ein Gedanke, der ihm schon öfter gekommen war, früher sogar sehr oft, der ihn heute aber wahnsinnig nervös machte. Er blickte wieder nach draußen.

Irgend etwas an diesem Mann und dieser Frau mußte anders werden.

Neben sich hörte er das Kramen des Apothekers, der an dem rechtwinklig zum Fenster stehenden Tisch mit dem Rücken zu ihm dabei war, das Bestellte abzuwiegen. Unter den Passanten draußen erregte jetzt ein Mann die Aufmerksamkeit des Malers durch seine Kleidung, einen Trauerumhang, sowie durch die selbstgefällige Miene, die er dazu aufgesetzt hatte.

»Dem fehlt nur noch ein Fähnchen in der Hand«, brummelte er in Gedanken.

»Was?« fragte der Apotheker, ohne seine Arbeit zu unterbrechen.

Nichts.

Trauerumhänge waren bis zum Winter verboten gewesen. Von allen Kleidungsstücken, die die Toten hinterließen, war der Trauerumhang mit seinen tiefen Falten eines der gefährlichsten.

Er und sein Sohn hatten nicht im Traum daran gedacht, Rickys Kleider zu verbrennen.

Eine schwere Übertretung der gemeindlichen Notmaßnahmen. Es war streng verboten, das Bettzeug und die Kleidung des Pestkranken zu behalten. Selbst wenn einer genas, was vorkam, wurde dieses Wunderwesen allein schon wegen der Kleidung, in die er seine Krankheit gehaucht hatte, überall vertrieben. Vor allem auf dem Markt wollte man einen solchen Wiederauferstandenen nicht sehen.

»Verschwinde! Verseuch deine Mutter!«

»Aber ich bin schon seit einer Woche wieder auf den Beinen. Ich esse schon wieder.«

»Mir egal!«

Ihr weites weißes Unterhemd mit dem tiefen Ausschnitt. Ihre Bluse aus roten und braunen Bahnen. Ihre Umschlagtücher, ihre Häubchen, ihre Nerzstola, die vor vier oder fünf Jahren eines frühen Morgens ihr ganzes Gesicht hatte aufleuchten lassen, das war *sie* gewesen, ohne daß sie auch nur die geringste Ahnung davon hatte, worauf er mit der richtigen Palette versuchen wollte zu antworten.

Sehen ist in einem solchen Moment wissen auf dem unbedarftesten Niveau, ohne die geringste Vorkenntnis.

»Gut«, hatte er mit halb zugekniffenen Augen geflüstert, war auf sie und den dreieckigen Stuhl, auf dem sie saß, zugegangen, hatte durch die Zähne »bleib sitzen« gesagt und das Ganze ein klein wenig gedreht.

Ein paar Schritte rückwärts.

Dann, durch sie hindurchblickend, sein zustimmendes »Ja, meine Herren, jaaaaa …«

Der Apotheker wandte sich ihm zu.

»Smalte?«

Mit hochgezogener Augenbraue.

Die einen Streitpunkt betraf. Eine wiederkehrende Debatte zwischen dem Maler und dem Apotheker, der nicht einsah, weshalb der Meister mit der nach wie vor höchsten Reputation hier in der Stadt an seinem Blau sparen sollte. Das beste Blau kam vom Halbedelstein Lapislazuli, Mijnheer Bol, der verstorbene Mijnheer Flinck, alle hatten sie das Geld dafür übrig oder übrig gehabt. Für das deutlich günstigere Blau, Smalte, nahm man ein Stück Kobaltglas und mahlte es fein.

Der Maler antwortete nicht einmal. Das Kleid, an dem er in diesem Moment arbeitete, ein Phantasiekleid, nicht eines aus der verbotenen Garderobe seiner Frau, war übrigens rot.

Er blickte am Apotheker vorbei zur gegenüberliegenden Wand. Die dort hängende Uhr hatte mit ihrem Ticken seine Aufmerksamkeit erregt. Ein sehr neumodisches, überaus ingeniöses Ding, das einen schönen Batzen gekostet haben mußte. Das Gewicht, das, ohne daß man es merkte, an einer Kette nach unten sank, setzte ein Pendel in Bewegung, dessen Hin- und Hergeticke ihn an das unbeirrbare Dahintrotten eines Ochsen erinnerte. Er sah, daß die Zeiger erst auf zwanzig vor elf standen.

»Die kommen schon noch rechtzeitig zur Predigt«, sagte er spöttisch und deutete mit dem Kopf nach draußen.

Der Apotheker verstand, was er meinte. Er war mit einer der Dosierungen fertig und hielt mit zwei Fingern die schwankenden Zungen der Waage an, sie befanden sich jetzt exakt in einer Linie. Daraufhin ließ er die Erinnerungen an das vergangene Jahr noch einmal aufleben, als das öffentliche Leben wegen der Ansteckungsgefahr fast zum Erliegen gebracht worden war, die Stadtregierung die Menschen jedoch massenweise in die Kirchen beordert hatte.

»Unglaubliche Mengen bis in den Enge Steeg auf der anderen Seite«, sagte er. »Ich schätze, sie standen manchmal zu Tausenden hier auf dem Oudekerksplein zusammengepfercht. Konnten natürlich kein Wort von der Predigt da drinnen verstehen, wollten das gewaltige Gewetter aber offenbar über sich ergehen lassen.«

Der Maler reagierte nicht. Täuschte er sich? Er schloß kurz die Augen, öffnete sie wieder und sah noch deutlicher als drei Sekunden zuvor, was er sah. Er hustete und nahm einen Zug aus seiner Pfeife. Alle Passanten ohne Ausnahme trugen die für ihren Stand etwas zu feinen Kleider, die man in diesem Frühjahr für einen Pappenstiel im Pfandhaus bekam, Hosen, Röcke, Mäntel und zweifellos auch die weiche Leibwäsche, aus der man Blut und Schweiß herausgewaschen hatte. Der Mai hat begonnen, dachte er, ein schöner Monat, ein schöner, frischer Frühlingsmonat. Nur ein Narr wird sich an einem Tag wie heute darüber Sorgen machen, was in den Falten seiner Kleidung verborgen ist, wenn irgend möglich drei Schichten dick über Bauch, Beinen, Geschlecht und Eingeweiden, und was er zu dieser Massenversammlung auf dem Dam mitschleppt.

»Im Wirtshaus Zum Storchen wissen sie's wieder mal genau«, sagte der Apotheker.

Ohne zu ihm hinzuschauen, fragte der Maler: »Was?«

»Das Datum, auf die Stunde, auf die Minute genau, an dem die Krankheit letztes Jahr mit einer Ladung Teppiche aus Smyrna in die Stadt kam.«

»Warum nicht.«

»Meiner Meinung nach kann sie auch gut mit unseren kosmopolitischen Handelsagenten mitgereist sein.«

Der Maler schwieg. Während der andere sich wieder seinen Waagschalen zuwandte, dachte er daran, wie er mit seiner Frau dem Notar einen Besuch abgestattet hatte, im vorigen Sommer, Mitte Juni. Es hatte sie natürlich geschaudert, als ihnen, noch bevor sie in die Keizersgracht bogen, bereits zweimal ein Leichenzug entgegengekommen war. Dennoch war es keine wirkliche Angst gewesen. Die kam erst einige Wochen später, am ersten Morgen zunächst nur als Vorhut, als Ricky sich mit Fieber widerstrebend ins Bett gelegt hatte.

»Ach, wie ärgerlich«, hatte sie zu ihm gesagt. »Heute nachmittag kommt noch jemand wegen dieser kleinen Figur, diesem Gesicht.«

Sie und ihr Stiefsohn betrieben im Hinterhaus ein Geschäft, das recht gut lief. Außer seinen Gemälden, Zeichnungen und Radierungen verkauften sie allerlei schöne und seltsame Sachen, für die sie einen guten Riecher hatten.

»Dieses Floraköpfchen?«

»Ja.«

Sie fuhr sich mit den Fingern ins feuchte Haar, um es ein bißchen in Ordnung zu bringen.

»Ich sag' ihm, er soll übermorgen wiederkommen. Deck dich doch zu!«

Sie hatte sich das Federbett von der Brust geschoben. »Pfff! Mach lieber das Fenster ein bißchen auf. Ich glaube, die singen an der Gracht.«

Während beide einen Augenblick lauschten, hatten sie einander mit dunklem Blick angestarrt.

»Ich höre nichts«, sagte er leise.

Nachmittags hatte er auf ihr Drängen hin noch einen Spaziergang gemacht. Doch vom Abend an war es mit der Angst und dem Überrumpelungsmanöver des Todes wahnsinnig schnell gegangen. Zeit ist so unbegreiflich wie Gott, dachte er, sehr viel unbegreiflicher als Astronomie oder Mathematik. Man kann sie auf gar keine Weise messen. So langsam, wie hier im Laden die Minuten jetzt dahinkriechen, so rasend schnell war es in jener ungefähr sechs Tage dauernden Hölle aus Beulen, Blutungen und wütendem Geschrei zugegangen. Und keine Minute Pause. Keine Sekunde, keine einzige, um den Blick kurz nach oben zu richten – du übertreibst mit deinem Umgang mit der Zeit, Herr, du übertreibst das Geheimnis deines Stils – und danach wieder nach hier unten. Bevor sie wußten, wie ihnen geschah, war die Mittagsstunde gekommen, da er und sein Sohn in der warmen Sonne von der Westerkerk nach Hause zurückspazierten. Weil sie die Beerdigungskosten sofort hatten begleichen wollen, waren Verwandte und Freunde schon vorausgegangen.

»Das macht dann zehn Gulden und dreizehn Stuiver«, hatte der Küster gesagt, nachdem er schnell und präzise zusammengerechnet hatte.

Sie hatten in der Sakristei am Tisch gesessen. Die nächste Leiche wartete währenddessen bereits an der Tür des südlichen Querschiffs. Sanftgrünes und sanftviolettes Licht fiel durch die bunten Scheiben auf das Gesicht des Malers, auf das seines noch immer schluchzenden Sohnes und auf die Hände des Küsters, der davon ausging, daß die beiden eine genaue Aufstellung verlangten.

»Keine Totenpredigt. Kein Glockengeläut. Ein Mietgrab.«

Der Sohn ballte die Fäuste. »Die Kerze …« stieß er hervor.

Ach ja, richtig. Der Küster nickte. Die Zeremonie, von einer Dumpfheit, die Angehörige manchmal vorziehen, wenn sie das ganze Brimborium aus tiefstem Herzen ablehnen, war mit einer kleinen Flamme aufgehellt worden, nachdem der Sohn eine Kerze verlangt hatte. Mühsam, von Weinkrämpfen geschüttelt, hatte der junge Mann sie entzündet.

Der Küster hatte sich bereits erhoben.

»Laß gut sein, die ist da schon drin.«

Als sie nach Hause kamen, war bereits ein Kreuz auf die Tür gemalt worden, und neben dem Fenster im Obergeschoß hingen zwei weiße Stöcke.

Der Maler hob den Kopf und schob seinen Hut zurück. Er fragte den Apotheker, warum die Glocken der Oude Kerk schwiegen. Auf dem Weg hierher, sagte er, habe er es überall läuten hören.

»Weiß ich nicht. Sie läuten einfach nicht. Finden vielleicht die elf Schläge nachher, zu der Stunde, wenn die heutige Hinrichtung beginnen soll, schon mehr als genug.«

7

Sonnenlicht, Stubenlicht

Die Warmoesstraat, die vom Zeedijk bis zum Dam im Herzen der Stadt führt, ist eine schmale Straße mit hohen Häusern, zwischen denen die Sonne nur zur Mittagszeit freien Zugang hat. Dennoch herrschte im Laden das Innenraumlicht, das für Amsterdam charakteristisch ist, auch heute noch, und sich von jedem anderen umschlossenen Licht der Welt unterscheidet. Stubenlicht, wie wir dieses intime Licht nennen, gibt mit seinen fünf an Stärke abnehmenden Stufen sehr genau an, wo und wann ein Schriftsteller am besten schreiben kann, eine Frau am schönsten ist, ein Mann am vernünftigsten nachdenken kann und ein Kind am ungestörtesten schläft. Die fünfte Stufe, die die Ratten, Flöhe und Wanzen betrifft, ist strenggenommen keine Stufe, sondern eine Abwesenheit, eine hohle Tiefe, die sich jedem Fünkchen Licht verweigert, aber doch einen süßlichen Geruch verströmt. Für jede dieser Abstufungen hat die Malerei ihre Pigmente. Für die fünfte sind das die Schwarztöne, ihre allerdunkelsten Farben.

»Darf ich Ihnen ein Glas Met anbieten?« hatte der Apotheker gefragt.

»Ja bitte!« hatte der Maler so inständig geantwortet, als wisse er, dies waren die zehn Minuten, in denen das Mädchen im Rathaus, wie die Tradition es will, für ein letztes

Gebet in den Justizraum gebracht wurde und die Menge der Schaulustigen draußen zu starren begann.

Sie tranken. Der Apotheker hatte sich einen Stuhl herangezogen und einen kleinen Tisch für den Krug und die Gläser dazugestellt. Sie kamen ins Gespräch, der Augenblick war danach, eines dieser Gespräche, die scheinbar ganz von selbst beginnen. Als der Maler nach seinem ersten Schluck aufmerksam das Glas erhob, um hindurchzuspähen, dachte der Apotheker, sein Kunde betrachte die Wirkung des Lichts auf die goldene Flüssigkeit. Tatsächlich aber hatte dieser nur ausgerechnet, wieviel ihn die Bestellung kosten würde. Dennoch sollte ihr Gespräch, ein Destillat aus einigen wenigen Bemerkungen, um das Licht kreisen.

ÜBER DEN WERT DER SONNE

Der Apotheker hatte den Maler verständnisvoll angesehen. In letzter Zeit schienen seine Kunden geradezu von einer Manie erfaßt, über dieses eine Thema zu reden. Als wäre das Licht das Wichtigste auf der Welt.

»Stimmt«, hatte ihm gestern noch einer geantwortet. »So ist es. Wo hatten Sie in letzter Zeit bloß Ihre Augen?«

Sie waren zu zweit hier mitten im Laden stehengeblieben, Meistermaler, ein noch junger Schnösel und einer in reifem Alter. Als sie das Geschäft betraten, hatten sie ihn mit einer wortlosen Verbeugung so gerade eben gegrüßt, um ihr Gespräch über das Licht nur ja nicht zu unterbrechen.

»Es kommt immer, egal, wie man es dreht oder wendet, von der Sonne«, hatte der ältere Maler gesagt, ein hochgewachsener Mann mit gierigem, nicht unsympathischem Pastorengesicht.

Der andere hatte seinen Gefährten ein paar Sekunden lang träumerisch angestarrt.

Dann, vor sich hin: »Der Sonnenglanz ...«

»Wie? Ach so. Aber wir müssen auf unseren Leinwänden und Tafelbildern doch auch berücksichtigen, daß dieser Glanz in der Wohnstube ein völlig anderer ist als unter freiem Himmel. Es gibt Dinge, die nur wir wissen. Nur Maler wissen, daß sogar die direkte Sonne, die durch das offene Fenster hereinfällt, nur halb so stark ist wie eine Schattenpartie draußen.«

Der Träumer hatte sichtlich noch keine Lust gehabt, sich die volle Sonne aus dem Kopf zu schlagen.

»Das stimmt«, hatte er abwesend gemurmelt. »Da muß man mit seinen Farben sehr gut aufpassen.«

Der ältere Meister hatte etwas ungeduldig genickt. Sein Blick zeigte, daß er etwas Wichtiges sagen wollte.

»Ja, also. Angenommen, die Sonne hat einen Wert von hundert ...«

Er wurde durch einen Schlag auf die Schulter unterbrochen.

»Oder von tausend!!«

Der ältere Meister hatte verärgert gehüstelt. »Oder von tausend, meinetwegen. Die Sonne ist etwas Verbotenes in der Schöpfung. Ein ganz großes Tabu, auch für uns. Ebensowenig wie deine Augenlinsen ihr gewachsen sind, sind es deine Farben. Damit mußt du dich abfinden. Zu versuchen, die Sonne zu malen, ist das gleiche, als wolltest du sie mit bloßem Auge betrachten: nur etwas für Narren.«

Der Atem des verträumten jungen Mannes ging jetzt schneller.

»Wird es denn nie, wirklich nie einem von uns gelingen,

es doch zu tun? Einem, der außer sich ist? Der, völlig wild geworden durch diese Lichtexplosion, das Ding aus seinem Trott holt, auf die Leinwand knallt, wenn nicht im Guten, dann im Bösen, indem er sich mit seinem Pinsel, seinem Messer fluchend darauf stürzt?!«

Es war still geworden. Der ältere Meister beobachtete seinen jungen Kollegen mit Augen, aus denen keinerlei Mitgefühl sprach. Er war trocken fortgefahren: »Ja, wie gesagt. Angenommen, die Sonne hat einen Wert von hundert und der Widerschein all dessen, was sie unter freiem Himmel bescheint, einen Wert von zehn. Wenn du dem Schatten draußen demnach fünf gibst, dann ist das direkte Licht in einem Zimmer maximal vier, maximal.«

»Und wenn dieses Licht in ein Glas mit sehr hellem Met fällt?«

»Trotzdem. Laß das Licht im Haus das von draußen nie und nimmer übertreffen!«

In der Stimmung zwischen den beiden hatte sich etwas verändert. Das kam nicht durch den Jüngeren, sondern durch den Älteren, der eine Miene aufgesetzt hatte, die den Jüngeren neugierig machte.

»Woher weißt du das alles?«

Der Ärger im Gesicht des Älteren trat jetzt noch deutlicher zutage. Oder war es der verzweifelte Ausdruck eines Mannes, der weiß, daß er schon sein Leben lang vom Feuer eines anderen gewärmt wurde?

»Weiß ich eben.«

Der Träumer wackelte mit dem Kopf wie einer, der gleichzeitig ja und nein sagt. Mit haarfeiner Intuition fing er von einem der Maler hier in der Stadt an, einer Koryphäe seiner Meinung nach, wenn nicht, wie er und eine Menge anderer wahrer Kenner meinten, der beste, den wir hier je gehabt haben und je haben werden, trotz seines derzeit wüsten Malstils.

Mit zunehmendem Feuer, zischelnd: »Weißt du, ich kenne eigentlich niemanden, der dieses System des Lichts, diese Bestandteile unseres Blicks, diese ähm, ähm, Leuchtbaken unserer Träume so im Griff hat wie er!«

Der andere hatte eine ganze Weile geschwiegen. Er war ein anständiger, sogar ziemlich netter Mensch, der in seinem Atelier gerade vor dem Problem stand, wie er den hellvioletten Schatten eines Stuhls auf einer Wand anlegen sollte, in der Tür im Vordergrund steckte ein nach der Phantasie ausgezeichnet gemalter schwarzer Schlüsselbund. Doch es kann vorkommen, daß ein ehemaliger Schüler auf einmal, wodurch auch immer aus der Bahn geworfen, genug davon hat, ein ehemaliger Schüler zu sein. Das ist normal.

»Ach, der«, hatte er gesagt.

Und nannte, wie sich der Apotheker erinnerte, den Namen des Malers hier neben ihm, der in diesem Augenblick das Stubenlicht so ernsthaft durch sein Glas betrachtete.

ÜBER DAS LICHT AUF DER FRAUENHAUT

Der Maler leerte sein Glas, stellte es ab und spürte, wie ihm der Alkohol in den Kopf stieg.

»Süffig«, sagte er. »Gutes Zeug.«

Der Apotheker erzählte, daß er seinen Met von einem Imker mit einem Apfelgarten in Oudekerk beziehe. Er erzählte auch, daß sie da mit Gärungen von vier anstatt der üblichen drei zu zehn arbeiteten.

»Was sie sonst noch an Geschmacksstoffen hineintun, weiß ich nicht.«

In Gedanken noch bei dem Gespräch zwischen den beiden Meistern, blickte er in den hohen, rechteckigen Raum seines Geschäfts, in den durch das Fenster auf der Straßenseite das Licht fiel.

»Ein paar Insekten, Holzstückchen, eine Apfelsine ...« meinte der Maler interessiert.

Der Apotheker goß das Glas seines Kunden noch einmal voll. Die letzten Bemerkungen von gestern brachten ihn auf die Idee, dem Maler einfach herzliche Grüße von dem einen, dem älteren Kollegen auszurichten. Er beschrieb das Pastorengesicht.

»Ah, Samuel«, sagte der Maler. »Braver Junge, begabter Schüler. Hat mit Augen, so funkelnd wie die eines Kavalleristen, alles in sich aufgesogen, was man sagte. Noch die kleinsten, kaum in Worte zu fassenden Dinge wollte er erklärt haben, so genau wie nur möglich, als ob er zu Hause alles Wort für Wort aufschreiben würde.«

Seine eigenen Augen prüften inzwischen, wie das Licht vom Himmel über der Warmoesstraat durch das Fenster gefiltert hereinfiel, das ging wie von selbst. Es hatte schon fast den Ton der angekündigten Stunde angenommen. Der Herr erbarme sich! dachte er und dachte dann schnell an etwas anderes. Die Erinnerung an ein Gespräch mit seinem ehemaligen Schüler, Samuel, kam ihm in allen Einzelheiten wieder in den Sinn.

»Hast du dir den Beruf erst einmal zu eigen gemacht«, hatte er zu dem jungen Mann gesagt, »dann ordnet sich dein Verstand der Geschicklichkeit deiner Finger vollständig unter. Philosophie, Theologie, Wissenschaft, was auch immer, nichts ist so klug wie die Klugheit, die dich beim Arbeiten überkommt.«

Sie hatten im Malzimmer gestanden. Es war noch nicht das große, reiche Haus in der Breestraat gewesen.

»Aber das hast du natürlich schon selbst gemerkt.«

Auf der Staffelei stand eine der intimsten Arbeiten, die der Maler je anfertigen sollte, Leinwand auf Holztafel. Einige Wochen zuvor hatte ihm Ricky für ein paar erste Skizzen als Modell gedient, mitten am Tag, liegend, im Alkoven des Empfangszimmers.

Sie: »So?«

Er: »Ja ... Etwas mehr aufrichten ... Gut ... Sehr gut. Und jetzt ein bißchen zur Seite drehen ...«

Sie: »So?«

Er: »Jaaa ... Beug dich ein klein bißchen vor ... Tu so, als würdest du den Vorhang beiseite schieben ...« (Geht mit der Palette auf dem Arm zu ihr. Ändert mit seiner freien Hand die Haltung ihres rechten Arms, schiebt das weiße Hemd von ihrer Schulter, nimmt ihre Hand, dreht sie, hebt sie ein wenig hoch und legt sie mit dem Rücken an den rostroten Bettvorhang. Geht rückwärts zur Staffelei zurück.)

Stille.

Er, hinter der Holztafel hervorspähend: »Jaaa ...« Flüsternd: »Sehr gut ...«

An jenem Nachmittag jedoch hatte er das Werk auf die Staffelei im Malzimmer gestellt, um es dem gierigen Blick seines lerneifrigsten Schülers auszuliefern. Er hatte sich einen Schritt hinter den Jungen gestellt, mit halb zusammengekniffenen Augen.

Der Maler und sein Schüler hatten nicht die junge, halb entblößte Frau wahrgenommen, die, während sie auf ihren

Mann wartet, mit unaussprechlich liebem Gesicht schon mal den Vorhang ihres Bettes beiseite schiebt. Sie hatten mit den Augen des Fachmanns und Künstlers und mit einem Hyänenblick auf den Farbverlauf der mattgelben Ockertöne geschaut, auf das höchste Licht der Leinwand, das auf Schulter, Stirn und linken Unterarm fiel, und auf den düsteren Hintergrund, das dunkle Nest, das der Maler als erstes gemalt hatte und das aus verschiedenen Umbra- und einer ganzen Reihe von Schwarztönen bestand: Schwarz-Azurit-Blau-, Schwarz-Zypernbraun- und die stumpfen, tiefen Beinschwarztöne, die aus dem gerösteten Abfall des Schlachthauses an der Kromme Waal gewonnen wurden. Sie hatten auch, sehr lange, die Weiß- und Gelbtöne betrachtet, die einige Teile des Hemdes – den Ärmel, die Falte über der linken Brust der sehr weiblichen Frau mit dem mädchenhaften Gesicht – so stark aufhellten, daß ihr Licht das Licht der nackten Schulter und der rechten Brust noch zusätzlich zu bescheinen schien und ihre Haut noch weißer, noch unendlich viel weißer und weicher machten.

Der Schüler hatte sich von der Leinwand abgewandt. Auf den Fußboden starrend, hatte er sich die feuchten Hände an der Hose abgewischt.

»Wie …« setzte er an und hob den Kopf.

Er hatte vergessen, daß es unmögliche Fragen gibt.

»Wie machen Sie das?«

Der Maler wurde von den vier hoffnungslosen Worten getroffen.

»Hör zu«, hatte er beruhigend gesagt. »Licht ist eine Fertigkeit. Man muß es können, das ist alles. Licht ist da, wo der Maler es hinsetzt. Du weißt noch, was ich über das Stubenlicht gesagt habe?«

»Ja«, antwortete der Junge, auf dem Wege zur Meisterschaft, mit leiser, verzweifelter Stimme. »Es besteht fast ausschließlich aus der Reflexion einiger direkt beleuchteter Gegenstände.«

Der Schüler hatte mit starkem Stirnrunzeln von der Leinwand zu dem Licht geschaut, das durch ein Nordfenster kühl auf den Arbeitstisch mit den Pigmentdöschen, Farbschalen, Tuschefläschchen, Federn und Pinseln herabströmte und auf das schöne weiße Halstuch, das die schöne Frau des Malers am Tag zuvor hatte liegenlassen.

Für einen Augenblick war es still geblieben. Dann hatte der Maler in vertraulichem Ton gesagt, ausnahmsweise, weil er, Samuel, es sei, wolle er ihm verraten, daß es bei einem Interieur in erster Linie auf das Wissen um diese ganz besondere indirekte Beleuchtung ankomme, die auf den Schatten falle, und daß man den Weiß-, Dunkelgrau-, Braun-, Gelbtönen unter Hinzufügung verschiedener Halbtöne dennoch ihren Wert als höchstes Licht geben könne und auch müsse. Er hatte sich auf den Stuhl neben dem erloschenen Ofen gesetzt. Fast wie für sich, als gehe er ein paar alte Aufzeichnungen im Kopf durch, verbreitete er sich über die genauen Bestandteile des Lichts, das sich etwas altväterlich über eine Kerze, auf ein Buch legt, des Lichts auf dem Bauch eines prächtigen, an den Füßen hochgehobenen toten Vogels, des Lichts, das voller Mitgefühl, freilich ohne sich zu verteilen, über die Seite eines Männergesichts streicht oder das wie eine Flüssigkeit am gelblichgrünen Rumpf einer Leiche auf dem Seziertisch klebt, an deren aufgeschnittenem rechten Arm und den emporgerichteten Füßen. Er erinnerte daran, wie man alle Erdfarben auf der Palette durch Beimischung von Rötlichbraun, Karmesin, Ocker, Bleiweiß oder welchen Tönen auch immer, so niedrig sie auch angelegt sind, dennoch zum höchsten Licht auf dem Gesicht und Kleid eines kleinen Mädchens machen kann, das inmitten einer Gruppe fröhlicher, nicht ganz ernst zu nehmender bewaffneter Schützen natürlich nichts anderes zu suchen hat als genau das, das Licht.

Der Schüler war mit verschüchterter, aber auch etwas störrischer Miene vor dem Bild stehengeblieben. Der Maler sah, daß er ihn noch etwas fragen wollte. Es war inzwischen auf der Straße sehr trubelig geworden. Durch das offene Fenster drang das Geschrei eines Fischweibs, schon bald übertönt von einem tutenden Schiff, das über die Oude Schans Richtung IJ fuhr. Der Schüler hatte den Lärm mit einer Frage bezüglich Hell und Dunkel durchdrungen, auf die der Maler gerade antworten wollte: »Das sind in der Tat zwei völlig verschiedene Dinge. Aber sie sind durch ein geheimes System von Gängen direkt miteinander verbunden, das ist dir doch klar, mein Junge?«

Doch da war direkt vor dem Haus eine Rauferei zwischen Hunden ausgebrochen.

Die erstaunliche Uhr begann zu knacken. Im Laden warfen Apotheker und Kunde sich einen kurzen Blick zu.

Genau als das Ding elf Uhr schlagen wollte, wurde es von einem dröhnenden Schlag draußen übertönt. Einem Schlag, den man nicht nur hört, sondern vor allem, wie eine Faust in der Brusthöhle, spürt. Der Apotheker und der Maler wandten den Blick ab. Elf Glockenschläge dauern lange, wenn man mitzählt und sich unterdessen vorstellt, was wenige hundert Meter entfernt in Übereinstimmung mit dem Gesetz geschieht.

»Vorwärts.«

Das Mädchen gehorchte. Sie kam durch die Seitentür im ersten Stockwerk heraus, aufs Schafott, von zwei Gefängniswärtern an den Oberarmen gehalten. Sie trug die Ersatzsachen, die man nach ihrem Sprung ins Wasser aus ihrer Reisekiste genommen hatte, einen roten Rock, ein blaugraues Unterhemd und eine violette Jacke mit halblangen Ärmeln. Die Rentierstiefel hatte sie noch an den Füßen. In jenem ersten Bruchteil einer Sekunde sah sie absolut nicht, wo sie war. Wer tagelang drinnen gehockt hat, im Dunkel und Halbdunkel, kommt mit dem plötzlichen Draußensein nicht zurecht, mit der Sonne, die auf einen Platz fällt und auf einen riesigen Schwarm knallweißer Möwen, die das Licht auf ihren Flügeln bis über die Häuser hinauf tragen.

Die Menschenmenge sah, wie sie die Augen zusammenkniff. Alle sahen es. Jeder Mensch mag einzigartig sein, es mag unmöglich sein, daß der eine genau dasselbe wahrnimmt wie der andere, doch es gibt Gelegenheiten, bei denen diese Einzigartigkeit ausgelöscht ist. Jeder sah, ohne Mitleid, aber auch ohne Schadenfreude, daß das Mädchen die Augen zukniff, als spüre sie eine Nadel in ihren Schläfen. Und daß sie sie dann wieder öffnete.

Das Rathaus besaß zu jener Zeit noch kein Glockenspiel. Von der Gemeindeverwaltung bestellt und angezahlt, war bereits eines in der Produktion, doch inmitten des schweren Geläuts der benachbarten Kirchenglocken fehlte in dem Moment noch dieses typische scharfe Rattern von Metall auf Metall, das das Kreischen einer Frau hätte übertönen können.

Der Himmel war inzwischen ungewöhnlich klar. In dem kurzen Moment, als ihre Augen das Licht wieder ertrugen, sah das Mädchen den Platz, die Menge in noch dunkler Winterkleidung und die emporgerichteten blassen Gesichter, die ihr in ihrer geballten Kraft klarmachten, daß mit ihr etwas geschehen würde, das mit niemandem sonst geschehen würde. Sie sah auch die buttergelbe West- und Südseite der Stadtwaage, die rotweißblaue Flagge am Mast eines Schiffes neben der Kleinen Schleuse am Ende des Damrak sowie die frisch geweißte Mauer und die roten Tür- und Fensterrahmen der Polizeikaserne gegenüber, ungefähr einhundertfünfzig Meter entfernt.

Wenn man gerade erst achtzehn ist, neigt man dazu, sich jeden Tag darüber zu freuen, daß man jung ist und keineswegs reif für den Tod. In dem Moment, als ihre Augen das Licht wieder ertrugen und sie die Stadt im vollen Sonnenschein unter dem knallblauen Himmel vor sich sah, trat sie zu. Dann blieb sie stocksteif stehen und fing an, höllisch zu kreischen.

8

Komm du auch

Die ersten Märztage waren trügerisch mild gewesen. Im Hafen von Aarhus, günstig gelegen auf einer kleinen Halbinsel an der Ostküste von Jütland, begann das Treibeis zu schmelzen. Der Verkehr im Kattegat kam wieder in Gang. Mittlerweile jedoch war ein Wind aus Nordnordwest mit sehr kalter Luft aus einem Druckgebiet über dem Westgrönlandstrom bereits im Anzug. Zu jener Zeit hätte nur der eine oder andere Kenner etwas vorhersehen können, etwas aus dem blaßweißen Widerschein am Himmel über dem offenen Meer in der Ferne ablesen können.

Am fünften März sprach Elsje Christiaens den Schiffer der Dorothe an, nachdem sie in der Schenke gefragt hatte, wohin die Koftjalk, die in diesem Moment beladen wurde, fahren würde. Der Schiffer, Niels Eilschov, reagierte zurückhaltend. Auf dem nassen Kai sagte er, ohne den Blick von den Körben und Ballen abzuwenden, die über die Laufplanke zur Luke oberhalb des Laderaums geschleppt wurden, daß er als erstes nach Korsör segele.

»Und danach?« fragte sie.

Der junge Mann drehte sich zu ihr um und sah genauer hin. Er sah ein kräftiges Mädchen, Hände vor dem Bauch gefaltet, rotes Tuch über dem Haar, das ohne Umschweife zur Sache kommen wollte. Ein zahlender Passagier war nie verkehrt. Ehrlichkeitshalber erklärte er ihr, daß seine Reise also mit einem Umweg von schätzungsweise einer knappen Woche begann. Wenn der Wind günstig war, sagte er, würde er in zwei Tagen in Korsör löschen, dann wieder laden, Baumstämme, aus Norwegen antransportiert, um danach an der Nordspitze Jütlands vorbei zu seinem Endziel zu segeln.

»Amsterdam«, erklärte das Mädchen mit einem Kopfnikken und erkundigte sich nach der Reisedauer, von der sie keine blasse Ahnung hatte.

In einem Reflex blickte der Schiffer nach oben, musterte den Himmel, die Kälte über dem Wasser, danach sein Schiff und schließlich das emporgerichtete runde Gesicht des Mädchens. Niels Eilschov führte noch einmal den Wind an.

»Wenn der mitspielt, vielleicht zehn, vierzehn Tage.«

Die Augen des Mädchens leuchteten auf. Vierzehn Tage oder die Wirklichkeit, muß sie verstanden haben. Ein lästiges, törichtes Verlangen hatte sich im Handumdrehen in etwas ganz Reales verwandelt. Ort und Zeit, glasklar verflochten in einer Seereise mit festem Endziel.

Erleichtert, weil die Geldstücke, die sie den ganzen Winter über an die Reise gemahnt hatten, jetzt endlich Ruhe geben würden, fragte sie, wieviel es koste.

Der Schiffer dachte nach, seinen Blick in den ihren gesenkt.

»Für den Umweg nach Korsör brauchst du mir nur sechs Stuiver fürs Essen zu bezahlen«, sagte er. »Für die Reise selbst berechne ich, sagen wir mal, zwei Taler.«

Sie überraschte ihn damit, daß sie sofort die Hand ausstreckte, mit einer Art Kaufmannsvergnügen in die seine einschlug und sie dann drückte. Sodann wollte sie alles auf der Stelle bezahlen. Er schüttelte den Kopf. Niels Eilschov wollte nicht mehr als eine einzige Münze von ihr und zählte ihr nach Abzug der sechs Stuiver das Wechselgeld in die Hand.

Als kalkuliere er das eisige, hoffnungslose Eingeschlossensein auf der kleinen Insel, der Sandbank Sprov, bereits mit ein.

Auf dem Rückweg vom Hafen nach Hause fühlte sie sich trotz der Geldbörse in ihrer Rocktasche, die durch das Kleingeld etwas schwerer geworden war, so leicht wie ein Vogel. Erst vor recht kurzer Zeit, schon deutlich im neuen Jahr, hatte sie endlich begriffen, was Sarah-Dina ihr mit Hilfe des Geldes zugezischt hatte.

Ende Januar, ein normaler grauer Tag. Sie war mit einer Arbeit in der Scheune beschäftigt gewesen. Durch die Tür das auf die Körbe mit den Federn einfallende Licht. Auf einmal war ihr Stiefbruder aufgetaucht, der Holz hacken wollte. Der Seemann, im Schlitten über Land gekommen, hielt sich für einige Wochen zu Hause auf. Da sie sich nie recht wohl in seiner Nähe fühlte, war sie an ihm vorbeigeschlüpft. Und vorbei am Stiefvater in der Küche. Sie kletterte die Leiter zum Dachboden hinauf, schob die Hand unter die Matratze und ging mit den Münzen zum Fenster. Als sie den Laden aufstieß, flog ihr eine kleine Fledermaus vor die Füße.

Blinkendes Bargeld in der Hand. Und im Ohr eine stumme Stimme und ein Befehl.

»Komm du auch …!«

Sie hatte von den Münzen zu dem schlammbraunen Säugetier geblickt, das sich schläfrig, träge flatternd vom Fußboden wieder hocharbeitete.

Jetzt also die Konsequenz, am Morgen des sechsten März sechzehnhundertvierundsechzig. Seewind. Totefischegeruch im Umkreis der Hafengebäude. Und Elsje Christiaens, die im Morgengrauen mit einem Gesicht zum Kai hinuntergeht, das man nur als Reisegesicht bezeichnen kann. Ernst (wegen des Abschieds), fest entschlossen (der einzige eigene Beitrag zum Schicksal), demütig, da nun alles mögliche geschehen würde, das sie natürlich akzeptierte, von dem sie allerdings noch nicht einmal den kleinsten, winzigsten Teil kannte.

Abschied?

Gut eingepackt in ein Umschlagtuch, die zugebundene kleine Reisekiste an der Schleife um ihre Hand baumelnd, ist das Mädchen ohne auch nur eine Spur von Wehmut am Hafen angekommen. Mit den Gedanken nicht beim Abschied, sondern unterwegs zu einem Wiedersehen, einer warmen, herzlichen Umarmung in der tollen Stadt, die ihre Schwester für sie ausgesucht hatte. So fühlt sich Gewißheit an, muß ihr Herz gedacht haben, und vielleicht: so fühlt sich Liebe an. Und das tüchtige Schiff, das mit flatternden Segeln wartend am Pfahl lag, die Dorothe, hat das beruhigende Feuer ihres Entschlusses noch genährt.

Und doch hatte es an diesem Morgen, als sie sich in aller Frühe davonschleichen wollte, ohne ein Wort des Abschieds, einen Moment gegeben, in dem sie schwach wurde. Jemand hatte auf sie gewartet, traurig und verfroren. Zunächst hatte sie ihn nicht einmal bemerkt. Während sie auf Strümpfen die Leiter hinunterstieg, hatte er in der noch nahezu völligen Dunkelheit auf dem Stuhl neben dem Alkoven gesessen. Sie hörte ihn husten.

O nein!

Sie hatte die kleine Reisekiste und die Schuhe rasch auf den Boden gestellt, eine Kerze angezündet und war zu ihm gegangen.

»Verflixt noch mal, Vater.«

Sie roch seine säuerliche Bettwärme. Schnell zog sie einen Stuhl heran und erzählte ihm, während sie ihm in die Augen schaute, daß sie wegging, leise, mit beiläufiger Stimme. Seltsamerweise schien er alles, was sie sagte, zu verstehen. Tränende Augen hatte er im übrigen oft.

»Willst du eine Pfeife?«

Sie war eilends aufgestanden, hatte den Fensterladen geöffnet und sich für einen allerletzten Moment wieder zu ihm gesetzt. Durch den Tabakrauch hindurch hatte sie hinter seiner Schulter den Morgen heraufziehen sehen, grau, aber wegen der noch reglos am Boden kauernden Gänseschar doch auch sehr lebendig. Er hatte den Kopf zu ihr hingewandt. Als wolle er sie ganz aus der Nähe ein letztes Mal betrachten. Sich ebenfalls vorbeugend, hatte sie ihm noch einmal erzählt, wohin sie ging – »Amsterdam«, artikulierte sie mit den Lippen – und zu wem.

So hatten sie beieinandergesessen, ein paar Minuten, nicht länger. Und jeder hatte durch den anderen hindurch diejenige gesehen, um die es in Wirklichkeit ging. Zum erstenmal suchte der alte Mann auf dem Gesicht der herangewachsenen Tochter nach den Zügen der geliebten Mutter und fand sie auch. Und Elsje brauchte nicht einmal zu suchen. Sie konnte Sarah-Dina, in all ihrer Kraft, fern jeglichen Zweifels, jederzeit vor sich sehen, also ganz gewiß in einem Moment wie diesem.

Als sie die Haustür hinter sich zuzog, dachte sie schon nicht mehr an den Stiefvater. Statt dessen ertönte in ihrem

Kopf eine kleine Melodie, ganz von selbst, wie Melodien das im geeigneten Moment immer wieder tun.

De Leevde, ach, is Raseri
Ut den Höllenschlund ...

Sie hatte sie fast fröhlich gemacht. Tempo und Rhythmus paßten sich der Geschwindigkeit an, mit der sie losmarschierte.

Als sie am Kai ankam, herrschte dort bereits große Geschäftigkeit. Es gab noch mehr Schiffer, die ins tauende Wasser hinauswollten, das noch dick war wie Leim. Die Dorothe lag mit getakelten Masten und offenen Luken zum Auslaufen bereit. Der Matrose war auf dem Achterdeck beschäftigt, Niels Eilschov stand, nach seiner Passagierin Ausschau haltend, unten an der Laufplanke. Ein paar Fischer, die sie vom Markt kannten, sahen das Mädchen an Bord gehen. Sie drückte dem Schiffer die Hand, lief die Planke hinauf, stieg über den Niedergang in die Kajüte, stand jedoch, als sich das Schiff ruhig, quertreibend, vom Kai löste, schon wieder an Deck.

»Geh nach oben!« hatte der Schiffer ihr schnell in der Kajütentür zugerufen. Und hatte sie trotz der Abfahrtshektik ernsthaft angesehen. Seit er gestern am späten Nachmittag mit dem Laden fertig geworden war, platzte er fast vor Optimismus und Tatendrang. Er hatte Freude an dem trüben Tauwetter, fand sich selbst größer, stärker, als es ihm je zuvor bewußt geworden war, und spürte, daß diese erste Reise nach den lähmenden Wintermonaten etwas Besonderes werden würde. Das Mädchen hatte wohl vom ersten Moment ihrer Begegnung an etwas bei ihm bewirkt.

»Ist besser für die Seefestigkeit«, rief er noch.

Und sie gehorchte und folgte ihm den Niedergang hinauf, Elsje Christiaens, jung und hübsch, von sanftem Wesen und einstweilen noch völlig unempfänglich für das männliche Begehren, das sie erregte.

Erstaunlicherweise aber wurde sie überhaupt nicht seekrank. Als sie sich eine Stunde später wegen der Kälte dann doch in die Kajüte begab, frühstückte sie mit dem Schiffer und dem Matrosen, Brot, Stockfisch, Bier. Der leere Krug, den Niels sicherheitshalber neben ihr auf den Boden gestellt hatte, wurde nicht benötigt. Die Dorothe steuerte in diesem Moment schnell und in ziemlicher Schräglage mit festgesetztem Vorsegel auf den sechsundfünfzigsten Breitengrad zu. Das Wasser schwappte regelmäßig übers Deck, schlug mit einem grauweißen Schwall gegen das kleine Fenster und lief schäumend durch die Speigatts wieder zurück.

Sie sah sich das alles zufrieden an und fragte, wie schnell sie segelten.

Niels, der sich bereits erhoben hatte, um wieder an Deck zu gehen, sagte: »Zehn, zwölf Knoten.«

Er ließ den Matrosen auf dem Weg nach oben vorangehen. Dann, in der offenen Tür: »Ähm, sag mal …«

Sie blickte zur Seite. Ja?

Er schluckte. Dann, plötzlich entrüstet: »Was willst du da eigentlich?«

Sie runzelte die Stirn und schmiegte sich in ihr Umschlagtuch.

»Ach, ganz einfach, arbeiten.«

Sie kamen gut voran an diesem ersten Tag, und Vorankommen bedeutet für einen Reisenden Lebensmut in seiner unbekümmertsten Form.

Angenommen, hinter dem Reisen verbirgt sich stets irgendein Traum, banal oder nicht, so schienen sich die drei auf der Dorothe ihrer Sache absolut sicher. Wonach sehnst du dich, abgesehen von deinem Zielhafen? Gut, der Matrose und der Schiffer sind des Geldes wegen auf dem Wasser. Achtenswert, obwohl für Niels diesmal etwas hinzugekommen war, was gar nichts mit Geld zu tun hatte, nicht einmal mit den sechs Stuivern, die Elsje ihm bereits bezahlt, und den zwei Talern, die sie noch zu entrichten hatte. Und was das Mädchen betrifft, seelenruhig in ihrer Ecke, so ist sie sich dessen gar nicht bewußt, daß ihre Reiselust im Grunde eine Eigenschaft Sarah-Dinas war, die *bête noire* ihrer Träume...

Elsje denkt, daß sie sich auf dem Weg in eine Stadt befindet, die keine Stadt ist, sondern eine Stimme, eine Art des Auf-sie-Einredens, eine Erzählung, in die sie zitiert worden ist. Wie sollte sie ahnen, daß sie in Wirklichkeit nicht auf dem Weg in eine Erzählung ist, sondern in eine Zeichnung, Tusche auf Papier? Während sie auf die dunkel gebeizte Wand gegenüber blickt, hat sie nicht die leiseste Vorahnung, daß sie am Ende ihrer Reise, ganz zuletzt, schon jenseits des Endpunkts, nicht ihrer Schwester begegnen wird, sondern einem Maler. Einem halsstarrigen Typen. Der, egal was man ihm weiszumachen versucht, nicht die geringste Lust zeigt, zu verreisen.

»Warum sollte ich?«

Achselzucken.

Er steht in seinem Atelier in Leiden und hat keinen Geringeren als den Sekretär des Prinzen zu Besuch. Ein Ankauf oder ein Auftrag liegt in der Luft.

»Junger Mann ...« (Der Maler ist noch fast ein Kind, wie der Sekretär des Prinzen feststellt. Der gute Junge hat noch kaum einen Bart ... runde Wangen ... ist sehr blaß, arbeitet wahrscheinlich bis zum Umfallen.) »Junger Mann, Ihr Talent ist enorm, Ihre Lehrmeister haben Ihnen nichts beibringen können, was Sie nicht schon wußten. Aber jetzt, jetzt müssen Sie reisen. Italien! Jeder geht dorthin, verflixt noch mal. Ihre Unbeweglichkeit ist ein Skandal. Eigentlich eine Anmaßung. Der Impuls des Reisenden ist ein grandioses, im Grunde jedoch demütiges Verlangen, zu verstehen, was ihm noch unbekannt ist. Terra incognita, jawohl, auch für Sie gibt es das, wenngleich Ihnen nur Ihre allergrößten Kollegen etwas Neues werden sagen können. Raffael, Michelangelo, Tizian ...«

Der Maler errötet: »Tizian. Unglaublich gut! Hab' ich bei der Versteigerung des Pfandhauses de Wit in Amsterdam gesehen.«

Der Sekretär des Prinzen: »Reise, mein Junge!« (Gedämpfte Stimme, Kopf vorgeschoben.) »Sieh dich einfach um, und danach machst du es besser. Glaub mir, es wird nicht lange dauern, dann reisen die Italiener en masse nach Holland.«

Abweisende Stille, während der Maler an die Unannehmlichkeiten des Kofferpackens und den enormen Zeitverlust auf miserablen, unbekannten Straßen denkt. Sein Besucher postiert sich unterdessen vor dem ziemlich kleinen, aber sehr räumlichen Gemälde, das an einem Nagel an der Wand hängt. (Ein händeringender Judas, in einem Lichtkreis dreißig Münzen, ein hoher Innenraum und darin eine Gruppe bestürzter Amtspersonen mit phantastischen Kopfbedekkungen.)

Der Sekretär des Prinzen, zunächst murmelnd, dann mit zunehmendem Feuer: »... phänomenal, großartig... Ganz Italien geb' ich dafür... und die Antike dazu... Wie machst du das, Junge, was weißt du denn schon von Verzweiflung, von Reue, von tiefer, schwerer Sünde, du hast ja noch nicht einmal einen Bart. Ach herrje, du wirst ja sogar noch rot. Wie bekommst du eigentlich diesen Raum so plastisch hin, daß einem schwindlig wird und ...«

Der Maler, der näher herangetreten ist, spürt eine Hand auf seiner Schulter.

»... und wie bringst du es fertig, hier mal eben was zu malen, an das keiner dieser berühmten alten Griechen auch nur annähernd herankäme, wenn es ihm denn gelänge, in dieses Leben zurückzukehren. Teufel noch mal, junger Mann, auf welchen Wettstreit hast du dich da eingelassen! Daß die Italiener die Führungsrolle von den Griechen übernommen haben, nun gut. Viel merkwürdiger aber ist, daß sie jetzt auf einen Burschen übergeht, einen Holländer, der kaum weiter geschaut hat als das, was er durch die Tore seiner braven Geburtsstadt Leiden hat sehen können. Bravo, mein Junge, ich ...«

Der Sekretär des Prinzen, leicht geniert, weil vor lauter Entzücken seine Lider begonnen haben zu zittern, schlägt den Blick nieder und tritt zur Seite. »Ja, also ... Bravo ...!«

Als sie sich wieder ansehen, sagt der Maler höflich: »Ich danke Ihnen.«

Doch auf seinem Gesicht ist zu lesen: »Na bitte.«

Sauwetter, gefährliches Wetter. Und dicht neben einem eine arglos schlafende junge Frau. Als Niels Eilschov, benommen vor Kälte und Müdigkeit, sich ein Stündchen Schlaf gönnen wollte, war es bereits tief in der Nacht. Sein Schiff lief mit voller Fahrt nach Südosten. Er hatte es eilig. Bereits am späten Vormittag hatte er in der Luft die Art von feindseliger Kälte gespürt, die innerhalb kürzester Zeit für See-Eis sorgen kann. Der Hafen von Korsör befindet sich auf halbem Wege der Durchfahrt zur Ostsee, dem Großen Belt, dessen gezeitenloses Wasser bei Landwind unglaublich schnell zufrieren kann. Als Elsje am Nachmittag geselligkeitshalber wieder an Deck gekommen war, hatten bereits dezimeterdicke Schollen aus brüchigem Eis rund um die Speigatts gelegen, und das kleine Besansegel hing an einer Leine aus Kristall. Der Matrose hatte ihr seine Pelzmütze geliehen.

Unten, im Vorschiff der Dorothe, lagen die beiden primitiven, türlosen Kammern zu beiden Seiten der Kombüse einander gegenüber. Niels hielt die Lampe kurz hoch, um seine Passagierin zu beleuchten. Sie schlief wie ein Spätzchen in ihrer Koje, fast sitzend an der Bretterwand, tief unter der Decke verkrochen. Ihre Lider waren ein wenig geöffnet, in den Spalten glitzerte es, als kröche etwas Schwarzes hin und her. Wie hypnotisiert starrte er einen Augenblick auf ihr Alleinsein, ihre Selbstzufriedenheit und war nur froh, daß er und der Matrose diesem kleinen, warmen Körper beim Abendessen einen ordentlichen Teller Fleisch und Kohl vorgesetzt hatten. Er drehte die Lampe aus. Kurz bevor er nur wenige Armlängen entfernt von ihr todmüde in Schlaf fiel, dachte er noch einmal mit Abscheu an den dunklen, seidigen Film, den er am Nachmittag auf einer ziemlich ruhigen See hatte wogen sehen.

An Steuerbord kam das Eis bereits näher.

Reisen ist eine Gemütsverfassung. Ist arglos und ohne moralisches Problem, bedeutet es doch, sein Lebensziel klipp und klar vor sich zu haben. Reisen ist *das* da. Als Elsje in der noch tiefstehenden Morgensonne des siebenten März an Deck kam, fuhr die Dorothe durch eine offene Wasserrinne an zwei Flächen mit blendenden Eisschollen entlang. Sie wurden vom Wind, jetzt direkt aus Osten und viel stärker als gestern, aufeinandergeschoben oder, brechend und kippend, ins Wasser gezogen. Eis ist in der umflorten Morgensonne nicht weiß, sondern rosarot und von einem aprikotfarbigen Orange.

9

Geh nicht so leicht in diese gute Nacht hinaus

Jetzt, einige Stunden später und einige Meilen weiter auf dem Weg zu ihrer Bestimmung, befand sie sich in großer, allesbeherrschender Gefahr. Es war, als spiele alles – Wind, strenger Frost, Packeis, das das Schiff von seinem Kurs drückte – ein absichtsvolles Spiel mit dem Ziel: Wir halten dich fest. Die beiden Männer hatten alle Hände voll zu tun, zu viel, um Angst zu haben. Und Elsje war dafür zu sprachlos. Ohne Angst und mit leerem Kopf sah sie ihrer allmählichen Einschließung durch das Eis zu, die im vollen Sonnenschein eher einem Traumbild glich als einem Angriff auf die Eichenholzspanten des Schiffs. Da sie von den dreien, wie sich zeigte, am weitesten sah, hatte der Matrose seinen Ausguck auf der Rah verlassen, um sich mit einem Eispickel in der Hand an einer Leine am Vordersteven herunterzulassen.

Sie fuhren lediglich mit der Fock und dem Besan durch den Großen Belt.

»Da«, sagte sie und deutete über die Reling auf etwas, was möglicherweise ein Streifen offenes Wasser entlang der Küste der Halbinsel Fünen war.

Wenn ein Schiff nicht kreuzen kann, ist es unmöglich, bei Ostwind durch einen schmalen Korridor offenen Wassers nach Osten zu segeln. Der Hafen von Korsör war unerreichbar, und um den ging es auch schon nicht mehr. Niels Eilschov, am Ruder der Dorothe, war auf der Suche nach einem möglichst sicheren Lande- oder Ankerplatz. Das Treibeis wurde dicker, träger in seinen Bewegungen und von Stunde zu Stunde bedrohlicher.

Er folgte ihrem Blick und schüttelte den Kopf.

»Da«, beharrte sie. »Ich glaube, da fischt ein ganzer Schwarm Blauer Schneegänse.«

Er sah nichts. Außerdem hatte eine Strömung genau hier eine Barriere aus grauweißen fächerförmigen Eisschollen aufgetürmt.

Der Wind frischte auf. Sie kämpften sich bis gut nach Mittag weiter voran. Über dem westlichen Horizont schien ein bläulicher Dunst zu liegen. Von dort kam immer wieder ein Donnern wie von einem Gewitter. Plötzlich gab es einen gewaltigen Stoß, und die zur Hälfte auf ein Eisfeld geworfene Dorothe krängte ungefähr dreißig Grad nach Steuerbord. Niels, der den Matrosen beim Eishacken abgelöst hatte, machte, daß er vom Bugspriet an Bord zurückkam. Elsje sah, daß Blut über den Rand seines Handschuhs tropfte.

»Komm her«, sagte sie, nachdem sie in die Kammer gerannt war.

»Laß mich.«

Sie stand vor ihm, zog den Handschuh herunter und schob den zerrissenen Jackenärmel auseinander. Niels sagte: »Wart!«

Aber was konnte er tun? Die Dorothe wurde mitsamt dem Eisfeld vom Wind nach Westen getrieben. Ohne seinen bereits angeschwollenen weißen Arm loszulassen, bückte sich das Mädchen nach dem Krug, den sie sich zwischen die Füße geklemmt hatte, und goß den kleinen Rest Schnaps, der noch darin war, über den blutenden Schnitt.

Er stöhnte fast obszön. Sie sah ihn verblüfft an.

Ohne auch nur den leisesten Schmerz zu spüren, wandte er den Blick von ihrem hübschen jungen Gesicht ab und der lebensgefährlichen Situation zu, in der er sich mit ihr befand. Das Eis und der Wind schlossen sie ein, verbanden sie, konnten aber auch jeden Moment dafür sorgen, daß sie völlige Fremde füreinander würden. Tote sind Einzelgänger. Sie kümmern sich um niemanden mehr. Woher soll man wissen, was ein Toter fühlt, was sich hinter Gesichtszügen verbirgt, die nie mehr etwas ausdrücken werden?

»Komm«, bedeutete sie ihm, und er streckte den Arm aus. Sie band ein Stück Stoff um die Wunde.

Er blickte derweil zur Seite. Vom Eis ins Schlepptau genommen, steuerte sein Schiff gierig auf ein merkwürdiges, leicht wogendes Gebiet aus glasigen meergrünen Flächen, Höhlen und Brücken zu. Er merkte, daß sie seinem Blick folgte. Sah sie das alles auch? Wenn ja, so waren diese Dinge vielleicht echt, und die 200-Tonnen-Koftjalk konnte wie eine Nuß geknackt werden. Mehr als vier, fünf Minuten brauchte es dafür nicht.

Dazu kam es jedoch vorläufig nicht. Die Sonne begann bereits zu sinken, als sie die kleine Insel zu Gesicht bekamen, die heutzutage Sprogø genannt wird, zu jener Zeit aber Sprov hieß, was die Bewohner der Gegend meist wie »Sprouw« aussprachen. Die drei sahen in der Ferne eine Linie auftauchen, bläulich wie ein Pinselstrich, unterbrochen von weißen Abschnitten, die aufgetürmtes See-Eis sein konnten oder Schnee. Der Matrose, der häufig nach Grönland gefahren war und Luftspiegelungen so normal wie die Wirklichkeit fand, dachte erneut an eine optische Täuschung.

»Nein«, sagte Niels. »Das da ist echt.«

Sein Schiff befand sich in diesem Moment in nahezu offenem Wasser. Gleich nachdem die ganze meergrüne Architektur dort vor seinen Augen doch wieder die Erscheinungsform von Wasser, Schollen und Luft angenommen hatte, war das Eisfeld, mit dem sie abtrieben, in Stücke geborsten. Die brave Dorothe hatte sich aufgerichtet.

»Das da ist echt, ein echtes Stück Erdboden. Seht ihr das Haus? Ich kenne das hier.«

Was er sagte, traf zu. Die kleine Insel Sprov war ein unscheinbarer Streifen Festland im Großen Belt zwischen Nyborg an der einen und Korsör an der anderen Küste. Je nach Ausmaß der Überflutungen, die sie heimsuchten, maß sie zwischen einer und drei Meilen. Die aus Zwaagdijk stammenden Westfriesen, die sie im vergangenen Jahrhundert vom dänischen König in Pacht erhalten hatten, hatten sie trotz des ausgezeichneten Tulpenzwiebelbodens wieder verlassen, bis auf einen einzigen Nachfahren.

Er hieß Zibrandt Backer. Die hagere Gestalt mit schwarzer Mütze, feuerroten Augenbrauen und Backenbart stand im schneidenden Wind am Strand und beobachtete, wie die Dorothe näher kam. Er war nicht allein. Bei ihm standen die vier Knechte, die an diesem Tag zwei Kaufleute aus Odense in einem seetüchtigen Boot von Nyborg zur anderen Seite hinüber hatten rudern wollen. Die sechs hatten den gescheiterten Versuch nur knapp überlebt.

»Willkommen auf Sprouwen«, sagte Zibrandt schleppend, mit einem merkwürdigen Akzent, nachdem die Dorothe auf eine Eisschwelle gekracht war und alle geholfen hatten, einen Riß im Laderaum mit Segeltuch zuzustopfen und ein paar Eisanker auszubringen.

Ein loderndes Feuer. Fünf pfeiferauchende Männer. Elsje trank aus einem Becher Met.

»Bitte sehr, die Tür steht offen, ihr seid hier alle meine Tafelgesellen!« hatte Zibrandt gerufen, während er die drei durchgefrorenen Neuankömmlinge an den Schultern in sein Häuschen schob. »Tafelgesell« war ein Wort aus der Sprache seiner Ururgroßmutter, das er besonders mochte, es bedeutete »Gast«.

Kurz darauf zu einem der Knechte: »Hilf mir mal!«

Niels, der Matrose und Elsje hatten da bereits mit den beiden Kaufleuten aus Odense Bekanntschaft geschlossen. Ein dicker Holzstamm wanderte ins Kaminfeuer.

»So, so.«

Der Herr des Hauses hatte sich händereibend umgesehen. Das kleine Anwesen war eine sogenannte Leibrette, ein Häuschen mit Scheune, das Zibrandt für ein noch immer vom König bezahltes geringes Salär instand hielt. Und wie nützlich sein Hilfsposten tatsächlich war, das erwies sich heute wieder einmal! Der Wohnraum mit dem schmalen Bett, einem Tisch und drei Stühlen unter einer niedrigen, schiefen Holzdecke konnte die in Not geratenen Reisenden kaum fassen.

»Wir gehen besser in die Scheune«, hatten die Knechte gesagt. Sie griffen nach ihren Proviantkörben, verschwanden und übertönten schon eine Viertelstunde später den um das Häuschen heulenden Wind mit *Ein Hös'ken un noch ein Paar Schuh!* …

»Ein Stück gebratene Gänsekeule? Eine Scheibe Schinken mit Senf? Ein Brötchen mit Huhn, eine Salzbrezel, einen Becher Wein?« ertönte es auch im Haus selbst schon bald. Die beiden Kaufleute, noch immer überrascht, daß sie den Angriff des Eises überlebt hatten, sahen, wie ihr für eine Woche bestimmter Proviant schon an diesem Abend bis zum letzten Krümel und Tropfen verputzt wurde. Morgen, strahlten sie, ist wieder ein Tag!

»Wahnsinnig lecker«, sagte eine duselige Elsje. Der kleine Raum war blau vor Rauch. Wärme, Geselligkeit. Hinter den beiden Fenstern die tobende Nacht mit dem Mond im letzten Viertel. In der Scheune waren sie inzwischen zu *Er hing schon uff dem nackten Weyb* übergegangen.

Als man zu gähnen begann, winkte Zibrandt dem Matrosen und Niels, sie sollten eben mal zur Scheune mitkommen. Kurz darauf bekam der Fußboden im Haus eine mindestens fußhohe Lage frisches Stroh, und man konnte sich zusammenrollen, wo immer man wollte. Die drei von der Dorothe fielen, dicht an dicht wie Löffel in einer weich gefütterten Schachtel, vor dem heruntergebrannten Feuer in Schlaf. Wenn's draußen wütet, bist drinnen behütet, dachte Elsje zwischen zwei Träumen, denn den wahnsinnigen Lärm draußen konnte auch kein Schlafender überhören. Inzwischen war auf fünfundfünfzig Grad nördlicher Breite und zehn Grad östlicher Länge, das heißt am Eingang zum Großen Belt, ein Schiff mit einer Ladung fünf Meter langer Baumstämme, Bestimmungshafen Korsör, gesunken.

Gegen drei wachte sie auf. Durch das Pfeifen des Windes und das Krachen und Knirschen des Eises am Strand hindurch war ein dumpferes Geräusch an ihre Ohren gedrungen. Mondlicht fiel ins Zimmer. Sie sah, daß sie nicht die einzige war, die nicht mehr schlief.

»Was ist *das*?« fragte sie entgeistert.

Sie hatte sich neben ihn ans Fenster gestellt.

»Das sind meine Baumstämme.«

Sprachlos blickten die beiden auf das übernatürliche, vom Eis straffgezogene Stück Meer, aus dem Hunderte schwarzer Pfähle schräg nach vorn, nach hinten, nach links oder nach rechts ragten. Niels stellte den Pulloverkragen auf, warum, hätte er nicht sagen können. Der Moment war in jeder Hinsicht unmöglich. Die Augen voller Entsetzen auf seine Ladung gerichtet, sich aber trotzdem des Mädchens bewußt, hörte er im Kopf wieder das Lied, mit dem er eingeschlafen war und dessen eine Strophe er im Schlaf ständig wiederholt hatte. *Ach, wollt' sie mich doch in sich lassen* … Er hob den Arm und legte fünf Fingerspitzen auf den Rücken des Mädchens. Sehr sanft und sehr vorsichtig. Niels Eilschov war Frauen gegenüber schüchtern.

Sie spürte es nicht einmal.

Nein, sie sah nicht, was sie eigentlich hätte sehen sollen. Und dazu noch so überdeutlich.

Am Nachmittag stand sie allein da und schaute auf die nicht nur zugefrorene, sondern auch noch durch Baumstämme verbarrikadierte Passage. Etwas weiter weg waren Niels und der Matrose damit beschäftigt, Reparaturen am Schiff vorzunehmen. Der Rest der Gruppe hatte morgens den Fußmarsch über das Eis hinüber zum anderen Ufer gewagt, die Kaufleute, die Knechte, freundlich begleitet von Zibrandt, der diese Tour schon häufiger unternommen hatte, mit dem ganzen Gepäck auf seinem Schlitten. Die drei Meilen müßten in wenigen Stunden zu schaffen sein.

Der Wind war schwächer geworden. Die Märzsonne stand bereits ziemlich hoch, und der Eisspiegel hätte es mit der grellblauen Farbe des Himmels auf einem Gemälde des zukünftigen Caspar David Friedrich aufnehmen können.

Der Große Belt ist zwischen der Insel Sprov und dem Festland auf der Ostseite so schmal, daß Elsje den Hafen, von dem aus sie ihre eigentliche Reise hatte beginnen sollen, bei diesem klaren Wetter hätte sehen müssen. Aber so war es nicht. Durch die eiskalten Temperaturen hatte die Luft über dem Land in der Ferne begonnen zu kristallisieren. Alles, was sichtbar hätte sein können, zerfiel in ein rasendes Gewimmel aus rosa, grauen, weißen und hellblauen Teilchen, die man nur mit schmerzenden Augen betrachten konnte. Sie wandte den Blick ab. Der Hafen existierte nicht. Sie starrte erneut auf die Eisfläche. Blau war sie, ja, aber durchbohrt von den kreuz und quer eingefrorenen norwegischen Tannen, die zufällig dasselbe Ziel gehabt hatten wie sie. Amsterdam, sagt man zuweilen, ist auf Norwegen erbaut.

Sie zog die Schultern hoch. Holte tief Luft, hielt den Atem eine Weile an und schaute. Was, müssen ihre Augen gefragt haben, hatte dies zu bedeuten?

Die Zeit würde erst noch kommen, in der eine derartige Menge harter, metallisch schimmernder Stangen einen sofort an Krieg denken ließ, und zwar an die Sperre, mit der man das Heranrücken einer Panzerkolonne aufzuhalten hofft. Jetzt wirkte es, als hätte eine riesige Hand eine Ladung Krampen und Nägel heruntergeworfen. Eine Maßnahme, grob, häßlich und gespenstisch, die sich für Niels sehr negativ auswirken sollte – er ging darüber beinahe bankrott –, für das Mädchen jedoch, auf fast schon übertriebene Weise, etwas Fürsorgliches in petto zu haben schien.

Was mochte das sein?

Plötzlich gab es einen Bruch in ihrer Stimmung.

Als hätte sie jemand beim Handgelenk gepackt, wurde ihre Aufmerksamkeit von etwas völlig Neuem abgelenkt.

Über das Eis eilten zwei große Pferde auf sie zu. Die pechschwarzen Tiere zogen einen Schlitten.

Hatte sie richtig gesehen? Es ging so schnell.

Es ging tatsächlich schnell. Warum auch nicht? Die Pferde waren sechsjährige friesische Hengste, gezüchtet und ausgebildet von der Person, die sie in diesem Augenblick mit geschickter Hand lenkte. An den Baumstämmen vorbeilavierend, als hätten sie nie etwas anderes getan, und hier und da einem Eisbrocken ausweichend, trabten die Hengste mit den beiden Passagieren im Schlitten mühelos auf den Strand zu. Dort wurden sie gezügelt. Elsje sah eine Frau, so klein wie sie selbst, aber wesentlich älter, die unter einem Bärenfell hervorkroch und ausstieg. Ein Mann, ein Diener, blieb auf der Rückbank neben dem Gepäck sitzen, als habe er keine Lust, auszusteigen.

Die beiden Frauen begrüßten einander. Das heißt, Elsje erwiderte die fröhlich hochgezogenen Augenbrauen und den forschenden Blick der anderen mit genau der gleichen Mimik, wie das bei Begrüßungen oft geschieht. Sie verneigte sich auch wie die andere leicht, verstand aber vorläufig nichts von den Worten, mit denen diese sie ansprach.

Die Frau reckte den Hals, um den Blick über die Landschaft mit ein paar gefrorenen Bäumen, einem kleinen Haus und einer Scheune wandern zu lassen. Als sie Elsje wieder ansah, sagte sie in billigendem Ton: »Sprouwen!«

Worauf Elsje im gleichen Ton antwortete: »Sprouwen!«

Und beide, ohne zu wissen, warum, lachen mußten. Das war die Begrüßung.

10

Wegen eines Talers!

Er sah es gleich beim Eintreten. Ärgerlich. Sie saß an einem der Tische in der Mitte der Schenke und begrüßte ihn bereits mit einem Lächeln.

»Was machen Ihre Gemälde und Tafelbilder, Herr Maler?« sagte sie, als er vor ihr stand, und deutete auf den Stuhl neben sich. Mina Cloeck war eine Matrone von Mitte Fünfzig mit einer auffallend schönen porzellanartigen Haut. Einem Hut mit einer Borte aus Fuchsfell auf dem Kopf, vor ihr auf dem Tisch ein Stück Walnußkuchen und ein Glas Wein, noch fast voll. Vor Jahren hatte er ein Porträt ihres Mannes gemalt, das nicht angenommen wurde, zu wenig Ähnlichkeit, wie der Kunde meinte. Keinen Millimeter nachgebend, hatte er trotzdem seine fünfhundert Gulden kassiert, die Demütigung eines Schlichtungsverfahrens durch Kollegen hatte er in Kauf genommen.

Zu blöd, aber nicht zu ändern, er nahm Platz. Seine Tasche stellte er zwischen sie beide auf den Boden. Die Schenke lag direkt neben dem Turm an der Oude Eylandsgracht an einem schmutzigen Kaiabschnitt, wo es ungeheuer stinken konnte, vor allem wenn Schiffe mit Ochsen aus Dänemark entladen wurden. Welche Regentenfrau kam schon hierher?

Ihr Lächeln war eines, das ganz von selbst ein wenig spöttisch wurde.

»Denen geht es sehr gut«, antwortete er und dachte mißmutig: deutlich besser als mir. Nachdem es elf Uhr geschlagen hatte, hatten er und der Apotheker ein weitschweifiges Gespräch begonnen, ohne Plan und Ziel – über das gewaltige Bauchaos schon seit Jahren hier in der Stadt, gerade jetzt die Verlängerung der Herengracht über die Amstel hinaus, überall Schutt und Schlamm, sämtliche Etats doppelt und dreifach überschritten, würde das denn nie ein Ende haben, was waren das bloß für Stadtväter? Daraufhin hatte er seine Einkäufe bezahlt und war nach Hause gegangen. Wieder hatte er den Weg über den Dam gemieden. Am Ende der Warmoesstraat überkam ihn die Lust, an einem Kneipentisch irgendwo abseits ganz allein ein Glas Rheinwein zu trinken, und er war Richtung Hafen abgebogen.

Er rief dem Wirt seine Bestellung zu. »Darf ich rauchen?« fragte er die Frau an seinem Tisch.

Sie nickte und hielt es für nötig, ihm zu erzählen, daß sie hier warte, um gleich die Treckschute nach Muiden zu nehmen, wo Verwandte von ihr wohnten. Dabei sah sie ihn an, tief nachdenklich, als wolle sie eigentlich über etwas ganz anderes sprechen.

Er spürte die Berührung ihres grünlichen, katzenartigen Blicks.

Sie hat es gesehen.

Und tatsächlich sagte sie: »Na, es ist vorbei. Nach dieser unerwarteten Szene ging es eigentlich schnell, finden Sie nicht?«

Ein Glas wurde ihm hingestellt. Er trank ein paar Schlucke und schwieg weiter, fast schon beleidigend. Die Frau spürte, daß er nicht dabeigewesen war.

»Wegen eines Talers!« sagte sie. Und in einem Ton, als

wären er und sie völlig einer Meinung: »So etwas bleibt doch unbegreiflich, oder?«

Der Maler hatte den Fall nicht verfolgt.

»Ein Taler?«

»Ja«, antwortete sie. »Das war der Betrag, den dieses Mädchen der Schlaffrau schuldete. Vierzehn Übernachtungen, ein Taler, also, das ist angemessen, das ist wirklich kein Pfennig zuviel.«

Während er seine Pfeife stopfte und anzündete, erfuhr er, daß das Mädchen, das sie gerade erdrosselt hatten, nach vierzehn Tagen Logis von der Zimmervermieterin zum Zahlen aufgefordert worden war, sofort, ohne auch nur einen Tag Aufschub, und dabei ein paar Schläge mit einem Besen bekommen hatte, was natürlich nicht recht war, aber – Mina Cloeck legte ihre Hände breit auf den Tisch – deshalb greift man doch trotzdem nicht zum Beil ...!

Der Maler sah, daß die Frau kleine, freundliche Finger hatte, mollige, mit sorgsam gefeilten Nägeln. Er studierte sie kurz, blickte dann wieder auf ihr Gesicht und spürte, was er auch schon an ihrer Stimme bemerkt hatte: daß sie ganz erfüllt war von dem eben Gesehenen, einem kalten, schmutzigen, aber völlig legitimen Geschehen, das sie jetzt wie ein Geheimnis in sich trug und gern mit ihm teilen wollte.

»Tja, das Geld ...« lautete seine Reaktion.

Es wurde still. Langsam rauchend leistete der Maler der Frau Gesellschaft, deren Ehemann es in verschiedenen Ämtern, in denen er immer mächtiger und immer reicher geworden war, verstanden hatte, ihm Steine in den Weg zu legen, und zwar nicht die kleinsten. Bürgermeister, ehemalige Bürgermeister und Schöffen haben großes Gewicht bei der Vergabe von städtischen Kunstaufträgen. Sie können auch dafür sorgen, daß ein glänzendes, dem Rathaus bereits geliefertes Kunstwerk von einem Maler zurückgenommen werden muß. Ihre kleinen Finger griffen nach dem Kuchen, ihre Augenbrauen hoben sich erwartungsvoll, während sie ihn ansah, nahm sie einen Bissen. Über ihre Schulter hinweg wanderte sein Blick zur hinteren Wand, die von oben bis unten mit Gemälden bedeckt war, eingedunkelt und infolge des schweren Tabakrauchs im Begriff, sich in gerahmte Farbflecke zu verwandeln. Ihr Mann, so vermutete er, hatte als einer der Schöffen wohl der Hinrichtung beigewohnt und saß jetzt mit seinen Kollegen beim Mittagsmahl. Der Wein war sehr gut. Von draußen drangen die Lösch- und Ladegeräusche des Hafenkais herein. Durch den Rauch hindurch blickte er, milder gestimmt, auf die Porzellanwangen von Mevrouw Cloeck.

Auch sie war dem Maler gegenüber freundlich gestimmt, freundlicher, als sie nach den Richtlinien ihres Herzens eigentlich geneigt war. Wie breit er da sitzt, dachte sie anfangs noch. Barsch wie ein Schultheiß, aber in bequemen Klamotten, durch und durch Geringschätzung gegenüber Macht und Anstand. Dann wischte sie sich die Krümel vom Mund und dachte: sehr alt, und vom Kummer gebrochen. Seine Augen, verschattet vom Hut, waren forschend und zugleich distanziert, den Mund hatte er geschlossen, nicht ganz, sondern geschlossen wie jemand, dem es nichts ausmacht, ob er auf das, was er gesagt hat, Antwort bekommt oder nicht. Mina Cloeck rieb sich mit der gespreizten Hand leicht über die Wangen, den Mund bedeckend, wie sie es immer tat, wenn sie ihre eigenen Gedanken noch nicht ganz verstand. Sie spürte, daß sie einem Einsiedler gegenübersaß, einem

Einzelgänger, Dingen, die jedem anderen wichtig waren, entrückt, dem kein Mensch etwas geben konnte, weil er alles, was ihm wertvoll erschien, bereits mit sich trug.

Sie blickte auf den roten Fleck unter seinem Wangenknochen, die dicken Lider, die in den schwarzen Augenwinkeln zu zerknautschten Hautstückchen krakelierten Tränensäcke.

Schon schlimm, gab sie innerlich zu, das mit seiner Frau.

Mina Cloeck verfügte über einen besonders geschärften Instinkt für das, was sich gehörte. Als ein Kollege ihres Mannes einmal bei ihnen zu Hause erzählte, er habe ein unglaublich schönes Bild der Göttin Juno gesehen, von der Hand des Malers, der hier rauchend an ihrem Tisch saß, für die ihm seine Frau als Modell gedient habe, hatte sie zunächst nur geschnaubt. Während der Kollege das Werk beschrieb, merkte sie, daß sie rot anlief.

»Die Dienstbotin, mit einer *Krone* auf dem Kopf?« unterbrach sie ihn.

»Aber ja!«

Der Mann hatte genießerisch genickt.

»Krone auf dem Kopf. Zepter in der Hand. Breite, majestätische, frontale Pose. In einem diamantenbesetzten Mantel oder Kleid, das weiß ich nicht mehr genau, sieht sie einem wie eine sanfte, ruhige Königin in die Augen.«

Das Ehepaar Cloeck hatte seinen Gast wenig entgegenkommend angestarrt, was dieser aber nicht merkte. Während er sich zu einem Beistelltisch abwandte, auf dem unter einer niedrigen Lampe eine Schale mit Gänsepastetchen stand, diesen Happ-und-weg-Dingern, hatte er laut über die Frau des Malers, diese Göttin Juno, weitersinniert, die Behüterin des Hauses ihres Mannes. Gewiß, gewiß, bestätigte er die höhnischen Kommentare, die hinter seinem Rücken fielen, das Haus ihres Mannes, des Herrn Obergotts, ja. Und schwieg einen Augenblick, um zu kauen und zu schlucken.

Ob er auch wisse, hatte die Gastgeberin daraufhin gefragt, daß der Maler diese Göttin, mit der er schon seit Jahren zusammenlebe, nicht geheiratet habe?

Der Gast hatte mitleidslos gelacht.

»Er liebt sie und achtet sie.«

Noch beim Zubettgehen an jenem Abend konnte Mina Cloeck von nichts anderem reden. Ein diamantenbesticktes Kleid am Körper einer Magd, die sich an ihren Herrn weggeworfen hat! Aus dem Bett kam Gebrumm. Verärgert kleidete sie sich aus, wobei sie jeden Rock, den sie abstreifte, auf den Boden schmiß und dort liegenließ. Sie kroch unter die Decken, pustete die Kerze aus und schmiegte sich an ihren Mann, der wegen ihrer schlechten Laune ein Stück wegrückte.

Eine sanfte, ruhige Königin!

Ein Drache, in ihren Augen, der über Informationen aus erster Hand verfügte.

Es war schon eine Weile her, daß der Maler hatte Konkurs anmelden müssen. Der in Gelddingen chaotische Künstler hatte *Cessio bonorum* beantragt. Das wurde ihm zugestanden, worauf im Auftrag des Kurators der Hausbesuch des Sekretärs der städtischen Konkursverwaltungskammer erfolgte, ein übliches Vorgehen. Eines schönen Sommertags war also Frans Bruyningh, ein guter Bekannter der Cloecks, in das prächtige Haus in der Breestraat gekommen, in dem der Maler damals noch wohnte, um ein Inventar dessen zu erstellen, was dieser besaß. Öffentliche Versteigerungen würden folgen.

»Der Eichenholzschrank? Der größte und schönste des ganzen Hauses? *Ihrer?*« hatte Tage darauf die verblüffte Mina Cloeck Bruyninghs Frau zugerufen. Sie waren sich auf dem Fischmarkt begegnet.

Letztere hatte nachsichtig mit den Achseln gezuckt und hatte eigentlich weitergehen wollen, sie trug einen Seebarsch in der Tasche. Ihr Mann hatte ihr erzählt, daß die Frau des Malers steif und fest behauptet hatte, der Schrank sei ihr persönliches Eigentum. »Tja, dann müssen die Kuratoren der Stadt eben ihre Finger davon lassen, nicht wahr?«

»Und die Bettwäsche, die man in so einem Schrank aufbewahrt, die Tischdecken, die Servietten, das Silberbesteck?«

Das auch. Alles.

Mevrouw Bruyningh erzählte, ihr Mann habe zunächst protestiert, doch die junge Frau habe nicht nachgegeben.

»Gehört mir.«

Mit einem liebenswürdigen Lächeln, zweifellos, das eigentlich sagte: Machen Sie jetzt mal weiter mit Ihrer Arbeit. Ich bringe gleich einen Krug Bier.

An jenem Tag im Juli, dem fünfundzwanzigsten, hatte der Sekretär der Konkursverwaltungskammer in Begleitung eines Schreibers bei dem Haus in der Breestraat angeklopft. Die Frau des Hauses öffnete. Frans Bruyningh verbeugte sich, ein Mantel war nicht abzugeben, was ihm insgeheim ganz recht war. Bruyningh, einem sanftmütigen Mann, stand der Sinn nicht danach, die junge Frau daran zu erinnern, daß sie war, was jeder wußte: die Magd, die die Mäntel entgegennimmt.

Sie hatte die beiden Beamten ins Vorderhaus eintreten lassen.

»Fangen Sie hier schon mal an«, hatte sie gesagt. »Mein Mann zeigt Ihnen alles, sagt Ihnen, worum es sich handelt, damit Sie es aufschreiben können.« In ihrer Stimme hatte der Ernst der Situation mitgeschwungen, doch sie war völlig ruhig gewesen.

Da die oberen Läden an den Fenstern noch geschlossen waren, herrschte gedämpftes Licht. Bruyningh empfand die physische Anwesenheit der Gemälde um sich herum sehr stark, sah sie aber kaum. Einen Augenblick lang war er sich des Lebens voll bewußt, das sich hier, im Schatten all dessen, was er gleich aufschreiben würde, abspielte. Die Türen der angrenzenden Räume standen offen, von unten kam das Geräusch plätschernden Wassers, ein Kleinkind in weißem Nachthemd lief im Licht des Hinterzimmers kurz in sein Blickfeld und verschwand wieder.

Dann: »Morgen!«

Der Maler und sein Sohn, damals vierzehn Jahre alt, begrüßten den städtischen Gerichtsvollzieher und seinen Schreiber. Keine fünf Minuten später badeten das Vorderhaus und das Nebenzimmer im kühlen Nordlicht, das durch eine ganze Fensterreihe hoch oben in der Wand fiel. Bruyningh gab dem Schreiber ein Zeichen. Dieser setzte sich mit Tinte, Feder, Sandstreuer und Papier an den Tisch.

»Was ist das?« fragte Bruyningh und deutete, noch etwas verlegen, auf das erstbeste kleine Kunstwerk an der Wand.

Der Maler stellte sich neben ihn.

Das sei ein sehr hübsches Stück von Adriaen Brouwer.

»Ja, aber was stellt es dar?«

Mit der Gelassenheit eines Heiligen erläuterte der Maler, was der andere sah. Der nickte, wandte sich zum Schreiber um und diktierte. Woraufhin Numero eins auf einer Liste von dreihundertdreiundsechzig Nummern fein säuberlich vermerkt wurde.

Ein Bildt von Ad. Brouwer, darstellend einen Kuchenbäkker.

Die kleine Gruppe begann ihre Runde im Vorderhaus und im Nebenzimmer, beides schicke Geschäftsräume mit Gemälden, die die Wände von oben bis unten bedeckten. Viele dieser zum Verkauf stehenden Werke stammten von der Hand des Malers selbst, es gab aber auch eine Vielzahl von Bildern, die er von Kollegen erworben hatte, die er schätzte. Ein Mondenschein von Jan Lievens, soufflierte der Maler. Ein Kopfbild von mir. Ein Löwenkampf, dito. Eine Vanitas von einem meiner Schüler, von mir vollständig überarbeitet. Hier haben wir eine Auferweckung des Lazarus von Jan Lievens, hier eine von mir. Diese Kreuzabnahme, ja, auch von mir. Steckt in einem verdammt schönen vergoldeten Rahmen. Und was Sie hier sehen, ist eine kleine Waldlandschaft von Hercules Seghers …

Ein Wäldtchen von Hercules Segers.

Der Unterschied zwischen dem gesprochenen und dem geschriebenen Wort steckt im Klang. Der Sohn, einen Schritt hinter seinem Vater, hörte in dessen Stimme wieder, was er längst wußte: daß sein Vater eine Schwäche für seinen armen, unbesonnenen verstorbenen Kollegen hatte. Er hielt den Wahnsinn in Seghers Auge absolut nicht für Wahnsinn, sondern im Gegenteil für einen sehr klaren Kompaß. … Ach Junge, schau, so eine Ruine in gelber Tusche vor diesem schwarzen Nichts, diese knallroten Bäume, diese Bergketten am Ende einer Amsterdamer Straße, genau so muß man es machen, natürlich. Da stimmt alles …

So schritten sie langsam an den Wänden entlang. Auch die Möbel wurden vom Gerichtsvollzieher en passant durch

Fingerzeig aufgerufen und vom Maler allesamt benannt. Sieben spanische Stühle mit grünen Samtsitzen. Ein Tisch aus Fichtenholz. Und wenig später auch die Küchengerätschaften.

»Ein Wasserkrug aus Zinn. Neun irdene Schüsseln.«

Der Beamte und auch der Maler spürten, wie die Kraft des Hauses, das alle diese Dinge beherbergte, von Stunde zu Stunde zunahm.

»Was für eine schwere Arbeit, das alles aufzuschreiben«, sollte der Junge am Abend erstaunt zu seiner Stiefmutter sagen.

Sie, Ricky, hatte die Stimme ihres Mannes vage von einem Gemälde zum anderen und von einem Möbelstück zum anderen verfolgt, zuerst von der Tür des großen Wohnzimmers aus und danach, als sie alle die Treppe hinaufgingen, indem sie im Obergeschoß herumlief und dort irgendwelche unnützen Dinge tat. Nach einem schnellen Mittagessen, das sie und das Dienstmädchen auf den Küchentisch gestellt hatten, war das Kunstzimmer an der Reihe gewesen, und sie hatte einen Ton herausgehört, der ihr neu war.

Wie klingt die Stimme eines Mannes, der den greifbaren Inhalt seines Gedächtnisses hergeben muß?

Der Raum, sehr breit und hoch, enthielt alles, was der Maler im Laufe vieler Jahre um jeden Preis hatte besitzen wollen. An der Decke hingen präparierte fremdländische Tiere, auf einem Tisch lagen gehäutete und gleichfalls präparierte Menschenarme und -beine ausgestellt, und auf drei Regalbrettern an der rückwärtigen Wand standen Gipsabgüsse von griechischen Philosophen und römischen Kaisern bereit, die als Requisiten im angrenzenden Raum, dem Atelier, zum Einsatz kommen sollten, wo die Konzentration stets so geschärft war, daß man durch den Straßenlärm hindurch das Seufzen und Murmeln des Malers und seiner Schüler hören konnte.

»Gut so«, sagte Bruyningh nach einem Blick auf das, was der Schreiber am kleinen Tisch vor dem Fenster notiert hatte, und wandte sich wieder dem Maler zu.

»Was jetzt?«

Nach der Sammlung an der rückwärtigen Wand verbrachte man weitere zwei Stunden mit dem Benennen und Aufschreiben einer ungeheuren Menge von Meeresgewächsen, Fossilien, Landtieren, ostindischen Nähkästen, Waffen, einem pinkelnden Kind, einer Plastik, *darstellend die antike Liebe*, und allerlei anderen Raritäten. Dann kam das Schmerzhafteste und Wichtigste: die vielen Bücher mit Bildern und Zeichnungen. Der Maler zeigte und benannte den sehr kostbaren Inhalt, der Schreiber notierte. *Ein Buch mit Holtzschnitten von Lucas van Leijden. Ein großes dito mit Zeychnungen verschiedener Meister. Ein dito von Raffael da Urbino …*

Kurze Stille, dann, kaum vernehmbar: »Unglaublich schöner Druck.«

… sehr schoener Drukk.

Bruyningh, der sich fragte, ob der Maler todmüde war oder nur traurig, schlug ihm vor, morgen, wenn er ohnehin wiederkäme, weiterzumachen.

Die Antwort kam prompt: »Ein prachtvolles Buch mit dem Werk von Andrea Mantegna.«

Und der Schreiber griff wieder zur Feder. *Kosteliches Buch von Andre Mantaigie.*

Ricky war in diesem Moment gerade mit Bettwäsche vorbeigegangen. Den Schrank im Wohnzimmer unten hatte sie schon vor Tagen vollgestopft, aber voll ist ein dehnbarer Begriff.

»Dieses Buch«, hörte sie da. »Ja, sehr groß, sehr prachtvoll, das sehen Sie richtig, das sind die Werke von Tizian, Reproduktionen, Radierungen, dieses Buch enthält fast alles, was der Meister während seines langen Lebens geschaffen hat.«

In verhaltenem Ton gesagt, allenfalls ein wenig dumpf. Jammerklagen müssen ja keineswegs immer stilistisch wie Jammerklagen daherkommen. Ganz kurz war ihr, als ob sie bis in die Knie zu Stein würde. Dann kam sie wieder zu sich. Sie beschloß, ins Kunstzimmer zu gehen, weil sich in einem Eckschrank noch etwas befand, das sie fast vergessen hätte.

»Das hier ist ein Folioband mit den Werken von Michelangelo Buonarotti ...«

Sie war, zwei Schachteln sizilianischer Obstmesser mit Korallengriffen in den Händen, durch den ganzen Raum gegangen.

»Darf ich mal eben vorbei?« fragte sie Bruyningh.

... Michiel Angelo Bonalotti.

Die junge Frau erwiderte den Blick des Beamten offen, auf ein Lächeln verzichtete sie.

Probedrucke von Rubens, Radierungen von van Dijck, Stiche von Holbein, Skizzen von Lastman ... Bausteine, die Fundamente der Autobiographie eines Künstlers. Es war bereits spät am Nachmittag, als der Maler das letzte Buch seiner Sammlung, im Quartformat, mit Federzeichnungen von ihm selbst, in das Regal zurücklegte. Er sah Bruyningh unergründlich an.

Womit kann ich jetzt noch dienen?

Als die kleine Gruppe die Treppe herunterkam, erwartete

Ricky sie in der Tür zum Wohnzimmer. Ihr rundes Gesicht glänzte ein wenig, das üppige Haar, frisch gekämmt, trug sie zu beiden Seiten des Kopfes zu dicken Zöpfen geflochten. Bruyningh, eigentlich bereits daran gewöhnt, vorzugehen, kam sich auf einmal schwer und grob vor, als Eindringling. Sie trat zur Seite.

Das Zimmer war groß und gemütlich. Am kleinen Feuer im Kamin, in dieser Jahreszeit lediglich zum Kochen gedacht, erhob sich ein schwarzweiß gefleckter Hund, auf den Stufen zum Innenhof saßen ein Dienstmädchen und ein Kind. Es wäre überhaupt nicht nötig gewesen, morgen würde er ja wieder hier sein, und er wußte selbst nicht, warum er es tat, jedenfalls ging Bruyningh sofort auf den großen Schrank zu, Eiche mit Elfenbeinintarsien, Sinnbild des häuslichen Lebens, wie es in vornehmen Wohnungen Brauch war. Nach einem Wink an die Adresse des Schreibers bat er die Hausfrau, den Schrank zu öffnen. »Total verrückt«, würde er abends zu seiner Frau sagen. »Vor lauter Nervosität begann mein Unterkiefer zu zittern.«

Die Frau des Malers entgegnete, dies sei ihr Schrank.

Bruyningh antwortete nicht.

»Aber ich mache ihn gern für Sie auf«, sagte sie.

Im nächsten Augenblick starrten alle mit todmüden Augen auf den dicht gestapelten Vorrat an Laken, Servietten, Hemden, Hauben, Tüchern, Schalen, Schüsseln, italienischen Glaswaren, eisernen Ringkragen, silbernen Taufgeschenken, in karminroten Stoff gebundenen Bibeln, Samtbeuteln mit ererbten goldenen und silbernen Ketten und Perlenohrringen – alle außer Ricky. Die blickte, die Hundeschnauze auf ihrem Fuß, in Richtung Alkoven.

»Die beiden Schachteln da ...« begann Bruyningh ergeben.

Sie trat näher, öffnete eine und zeigte die Obstmesser mit den Korallengriffen. Sie und Bruyningh wechselten einen Blick, den sie bereits voneinander kannten.

Schon bald danach saß die ganze Gesellschaft bei Tisch. Die Arbeit war für heute getan, jetzt erst mal ein Glas Wein. Der Maler bot den Männern eine Pfeife an, das Dienstmädchen stellte eine Schale mit Marzipangebäck auf den Tisch, Ricky nahm die Kleine auf den Schoß, der Sohn ließ den Hund Männchen machen, und der Schreiber wischte sich die schwitzenden Hände an der Hose ab. Morgen würde er auch diese ganze Häuslichkeit, in der sie hier beisammensaßen, säuberlich zu Papier bringen und mit einer Nummer versehen: den Spiegel im Ebenholzrahmen, den großen Eßtisch, die Stühle, die Tischdecke, den Perserteppich auf dem Boden, den blauen Wandbehang, die Schürhaken, das Schränkchen mit den Kinderwindeln sowie die Matratze, das Keilkissen, die Kopfkissen und Decken des behaglich gemachten Betts dort an der Wand.

11

Anfall von Heftigkeit

Dann greift man doch trotzdem nicht zu einem Beil.

Worte, die, auf eine Erläuterung oder einen Kommentar wartend, in der Luft hängengeblieben waren. Die Uhr der Zuiderkerk hatte gerade halb eins geschlagen. Der Maler, im Begriff zu gehen, klopfte seine Pfeife im Aschenbecher aus. Mina Cloeck fing seinen Blick auf und bemerkte Interesse. Die Treckschute nach Muiden würde in exakt einer Viertelstunde gehen. Sie rechnete aus, daß sie noch fünf Minuten Zeit hatte. Mit sehr feiner Intuition hatte sie erfaßt, daß der Maler, der Himmel mochte wissen, warum, zwar keinen Augenzeugenbericht von ihr wollte, aber neugierig auf den Mord mit dem Beil war er inzwischen doch. Also erzählte sie ihm, daß ihr Mann als einer der neun Schöffen beim Verhör des Mädchens zugegen gewesen war.

»Dreimal«, sagte sie. »Sie wurde dreimal verhört. Das erste Mal im Schöffensaal, danach, wie meistens bei schweren Delikten, in der Folterkammer. Sie sind wirklich ganz gewissenhaft mit dem Kind gewesen. Holländisch verstand sie zwar ein bißchen, wer nicht heutzutage, nicht wahr, aber sie haben doch schnell einen Dolmetscher dazugeholt.«

Der Maler, der das Rathaus gut kannte, sah vor seinem inneren Auge, was ihm nun in unzusammenhängenden Sätzen, eilig wegen der Zeit, berichtet wurde; von dem Mädchen, das den Schöffensaal durch eine Art Torgewölbe betrat, bis hin zu den scheußlichen weißen Marmorskulpturen, die als Zierde oben auf dem Tor stehen. Sie wird, dachte er, den Knochenmann und dieses reizende Weib – die Strafe –, das einen Kniezertrümmerer einsatzbereit in ihrem lieben Händchen hält, wohl nicht bemerkt haben. Denn wer durch dieses Tor treten muß, schaut nicht nach oben, sondern geradeaus. Vom Gegenlicht einer nach Westen gehenden Fensterreihe geblendet, gelangt man dann fast wie ein Blinder an den vorgesehenen Ort, um verhört zu werden.

»Ein ganz scheußlicher Fall, hat mein Mann gesagt, aber auch ein einfacher, denn das Kind hat sofort alles gestanden und war sehr gefügig.«

Der Gefängniswärter, der sie festhielt, schob sie nach rechts. Bleib stehen, hat er nach ungefähr sieben Metern gesagt. Das hat sie getan. Dort, auf seinem Sessel unter einem riesigen, ja, wirklich nicht enden wollenden Gemälde, hat dann der Schultheiß ihren suchenden Blick auf sich gezogen. Und die fünf oder sechs Schöffen, die ihn flankierten, desgleichen, alle in tiefstes Schwarz und tödliche Stille gehüllt. Der Gerichtsschreiber muß irgendwo an der Seite gesessen haben, neben ihm stehend wahrscheinlich der Dolmetscher. Nach einem Gongschlag begann das Verhör.

Die ersten Fragen verstand sie, sie betrafen formale Dinge, für die ihr Holländisch ausreichte.

»Wie lautet dein Name, und aus welchem Land kommst du?«

Danach wurde es schwieriger. In ihren nassen Kleidern hatte sie sich an diesem Morgen sofort erkältet. Ihre Ohren waren verstopft, doch wenn sie schluckte, ging eines wieder auf, und die Stimme des Vernehmers donnerte an ihr Trommelfell. Nachdem sie ihr Alter angegeben hatte – achtzehn Jahre –, beugte einer der Schöffen sich vor. Er wollte von ihr wissen, wie lange sie bereits hier in der Stadt war, doch sie verstand ihn nicht. Der Dolmetscher, ein Däne, der früher Koch auf einem grönländischen Walfangschiff gewesen war, trat hinzu, stellte die Frage noch einmal und gab ihre Antwort weiter.

»Sie sagt, sie ist zwei Wochen und einen Tag hier.«

Der Schöffe war ein muskulöser blonder Mann, der seinem Gesicht einen grimmigen Ausdruck zu geben versuchte. Er erhob sich, starrte das Mädchen kurz an und stellte ihr dann, in lautem Ton, eine ganz lange Frage. Sie ließ sie hilflos über sich ergehen.

Wieder sprang der Dolmetscher ein. Er hatte im Gegensatz zu dem Schöffen eine leise, sogar ein wenig raunende Stimme. Sie lauschte, doch ihr Blick driftete unterdessen ab, als ob sie mit ihren Gedanken ganz woanders wäre.

»Und?« fragte der Dolmetscher, nachdem er fertig war.

Sie sah ihn treuherzig an und nickte.

Der Dolmetscher übersetzte ihr Nicken.

»Sie gesteht, daß sie der Frau, in deren Haus sie fünfzehn Tage übernachtet hat, mit einem Beil den Kopf eingeschlagen hat.«

Jetzt mischte sich der Schultheiß ein, schwarze ausdrucksvolle Augen, Stimme wie ein Klumpen Erde.

»Wie viele Hiebe?« donnerte es wie aus großer Höhe.

Leises Echo: »Wie viele Hiebe?«

Sie antwortete.

»Zwei«, rief der Dolmetscher dem Schultheiß zu.

»Sie lügen!!«

Leise, schnell dazwischen: »Sie lügen ...«

»Der tote und mißhandelte Leichnam wies mehr Hiebe auf, bestimmt sechs, teils am Kopf, teils an den Händen!!«

Sie sperrte den Mund auf, nicht, um etwas zu sagen, sondern um den Druck von ihren Ohren zu nehmen. Es war hier sehr schwer, sich auf diese lästigen Fragen zu konzentrieren. Wenn sie auch nur kurz wegschaute, nach oben, wurde ihr Blick von einem Gemälde gefangengenommen, noch größer und schöner als die riesigen katholischen Engel, die sie in der lutherischen Kirche in Aarhus so geliebt hatte. Sie holte tief Luft, stockend, wie ein Kind, das gerade heftig geweint hat, und seufzte. Wie unglaublich rot der rote Rock dieses Mannes war, wie ähnlich die Frau mit dem weichen Hals und der ausgestreckten Hand da ganz links doch der vom Erdboden verschwundenen Sarah-Dina sah ...

Inzwischen hatte einer der Männer ziemlich umständlich von ihr wissen wollen, warum sie es getan hatte. Sie wartete, unbeteiligt, auf die Stimme, die gleich nähertreiben würde, wie aus großer Ferne.

»Warum ...?« seufzte es an ihrem Ohr.

Sie schloß kurz die Augen, weil sie einen Hustenanfall unterdrücken mußte. Dann wandte sie sich, während sie für einen Augenblick den Atem anhielt, dem Schiffskoch zu und erzählte ihm schnell von dem furchtbaren Streit zwischen ihr und der Schlaffrau.

»Sie sagt, daß die Frau einen Taler Schlafgeld von ihr verlangt hat und daß sie den nicht besaß. Sie sagt, daß die Frau am Tag davor deswegen auch schon böse geworden war und daß sie sie schier verrückt gemacht hatte.«

»Ja, und?«

Moment.

»Sie sagt, daß sie heute morgen wieder in Streit geraten sind, daß die Frau sie mit dem Besen zu schlagen begann und daß sie genau in dem Moment, als sie in großer Heftigkeit entbrannte, auf einem Stuhl ein Beil liegen sah. Sie sagt, es war, als ob jemand dieses Beil für sie bereitgelegt hätte.«

Der Hustenanfall entlud sich. Sie kämpfte nicht einmal dagegen an. Tränen strömten über ihre Wangen, sie rieb sie mit den Fäusten weg. Das Gericht beschloß, die Sitzung auf morgen zu vertagen.

Auf dem Weg zu ihrer Zelle unter dem Rathaus führte der Wärter sie wieder durch das kleine Torgewölbe des Schöffensaals. Nach ein paar Schritten hieß er sie eine halbe Drehung machen und dann stehenbleiben. Er war ein kleiner, waschbärenartiger Mann mit eisenfarbenem Bart und lokkigen Koteletten bis zu den Mundwinkeln, was ihm ein gutmütiges Aussehen verlieh.

»Schau«, sagte er und streckte den Zeigefinger aus. Das Mädchen hatte ihn aus irgendeinem Grund gerührt.

Als sie weiter zu Boden blickte, packte er sie am Kinn. Sie schlug die Augen auf, folgte der Richtung seines Zeigefingers, und ihr Blick stieß deshalb nicht auf die finsteren Skulpturen, mit denen das Tor oben verziert war, sondern auf die kleine Glocke, etwas tiefer, direkt über dem Marmorbogen.

»Die Reue kann gut warten, mein Kind«, sagte der Wärter. »Sogar sehr gut, aber gib acht, die letzte Minute ist wirklich die letzte Minute.«

Am Abend, um sechs Uhr, kam der Wärter und fragte, was sie essen wolle. Aus seiner Aufzählung wählte sie einen Teller weiße Bohnen mit gehacktem Schafsfleisch, worauf er beifällig nickte, es war das teuerste und nach seinem Geschmack auch das leckerste Gericht. Finanziell machte es keinen großen Unterschied. Von den acht Stuivern, die die Stadt ihm pro Tag für die Bewachung des Mädchens zahlte, würde er nach Abzug der Kosten für die Mahlzeiten, die von seiner Frau günstig eingekauft und zubereitet wurden, bestimmt sechs übrigbehalten. Der Teller wurde ihr von einem langen Schlaks prompt gebracht, er stellte ihr auch einen Krug Bier vor die Füße.

»Danke«, sagte sie.

Der angehende Kerkerknecht, einer der Söhne des Gefängniswärters, was man ihm irgendwie, vielleicht wegen seines rotlockigen Kopfs, auch ansah, drehte sich, bereits wieder an der Tür, noch einmal zu dem Mädchen um. Blieb da noch einen Augenblick stehen, einfach so, steckte die Hände in die Taschen seiner Pluderhose, schaute. Sie saß mit untergeschlagenen Beinen auf dem Strohsack an der Wand. Ihr durch das Gehuste und Geschniefe leicht geschwollenes Gesicht wurde von dem unbestimmten Licht aus zwei unverglasten vergitterten, gar nicht mal so kleinen Fenstern beschienen, das aus dem ebenfalls unverglasten und vergitterten oberen Fenster in den Gang fiel. Unsichtbar dahinter einer der Innenhöfe des ringsum wie eine Festung aufragenden Rathauses.

»Wiedersehen«, sagte er.

»Wiedersehen.«

Der Junge verließ ihre Zelle, verschloß sie mit den drei Riegeln und außerdem mit dem Schlüssel und stolperte über die kleine Treppe am Ende des Gangs zum Erdgeschoß hinauf, wo der Rest der Gefängniswärterfamilie in ihrer Wohnstube bereits bei Tisch saß. Während des Essens dachte er an das Mädchen, das kurz gelächelt hatte, als wäre ihr irgend etwas Schönes, Hoffnungsvolles in den Sinn gekommen.

Am nächsten Tag, dem neunundzwanzigsten April, wurde sie erneut vorgeführt, diesmal in der Folterkammer. Dieser große Raum, ungastlich, aber mit von Hammer und Meißel eingehauenen Peitschen und Geißeln sehr dekorativ verziert, lag, von den Wohnräumen des Gefängniswärters umgeben, im Erdgeschoß. Wer in der Folterkammer verhört wird, den bezeichnet man, nicht unlogisch, als Patienten. Vor den Schöffen stand ein langer Tisch, gegenüber ein etwas kleinerer für die Bürgermeister, und wenn keine Folter angewendet werden mußte, wie im heutigen Fall, hatte man das restliche Mobiliar so weit wie möglich an die Wände zurückgeschoben und in den Nebenzimmern verstaut. Als Elsje den nie gelüfteten Raum betrat, traf sie die Wärme des zischenden Feuers im Kamin und das Licht der Fackeln und Kerzen, das so grell war, daß sie einen Moment lang glaubte, hier stünde alles lichterloh in Flammen. Die Folterbänke, Räder, Ketten, Fußblöcke, Fässer, das fahrbare Büfett mit den Henkersschwertern und das Kohlebecken samt den mit dem Wappen der Stadt Amsterdam versehenen Brandeisen bemerkte sie nicht einmal.

Die Befragung wurde heute im Beisein zweier Bürgermeister fortgesetzt. Gleich zu Anfang kam einer der Schöffen hinter seinem Tisch hervor und stellte sich so dicht vor sie hin, daß sie seinen fischigen Atem durch den Brandgeruch hindurch riechen konnte. Sie hielt den Blick gesenkt, hörte aber zu und verstand auch alles recht gut, was er ihr über ihren gestern begangenen Mord sagte. Auch als er nach der ganzen Geschichte zum Schluß seine Frage stellte, verstand sie die. Sie hob den Kopf, blickte aber doch aus einer bereits vertrauten Gewohnheit heraus zur Seite, wo sich der Dolmetscher ihrer Vermutung nach befand.

Die Lippen bereits gespitzt, trat der ehemalige Schiffskoch vor.

Wie sie es sich erklären könne, daß man den Leichnam der ermordeten Schlaffrau im Keller ihres Hauses vorgefunden habe ...

Elsje dachte kurz nach und erklärte es dann ihrem Landsmann.

»Sie sagt, die Frau sei laut schreiend an der Kellertür zurückgewichen, sie habe nicht hingeschaut, wohin sie die Füße setzte, und sei dann rückwärts die Treppe hinuntergefallen.«

Impulsive Geste des Schöffen zum Mädchen hin, sehr ungeduldig, fast wie ein Schlag: Weiter!

Wieder ein kurzes Tête-à-Tête zwischen dem Koch und dem Mädchen.

»Sie sagt, auf das Geschrei der Frau hin sind die Nachbarn an die Tür gekommen, und sie hat aufgemacht, sie sagt, sie hat ihnen erklärt, daß sie plötzlich furchtbares Nasenbluten bekommen hat und deswegen das ganze Blut an den Händen und auf den Kleidern hatte, sie sagt, sie ist auf die Straße gerannt und, völlig verwirrt, weil alle hinter ihr herstürzten, ins Wasser gesprungen.«

Geraume Zeit war nur die kratzende Feder des Gerichtsschreibers zu hören.

Am Donnerstagvormittag, dem ersten Mai, hat man ihr dann kaum noch neue Fragen gestellt. Die Sitzung war hauptsächlich dazu bestimmt, den gesamten Hergang noch einmal aus der Niederschrift zu verlesen, um das Mädchen erklären zu lassen, daß alles zutraf, und vor allen Dingen, um sie den Mord noch einmal gestehen zu lassen. Ohne ausdrückliches Geständnis, für das man hier in der Folterkammer notfalls genug Hilfsmittel zur Verfügung hatte, wurde kein Mensch in dieser Stadt hingerichtet. Unmittelbar darauf, höchstens eine Stunde nach der Sitzung, wenn sie schon wieder in der Zelle wäre, würde der Schultheiß eine angemessene Strafe für sie fordern. Selbstverständlich die Todesstrafe, aber welche? Es gab viele Arten. Die Schöffen würden, sobald auch der Schultheiß sich zurückgezogen hatte, dessen Vorschlag erörtern, auf welche Weise die Stadt das Mädchen zu Tode bringen würde, und ihn, sollte er ihnen nicht zusagen, nach Belieben leicht abwandeln oder ganz ändern.

Niemand sagte mehr etwas zu ihr.

Unbewußt wird sie wohl gemerkt haben, daß auch niemand sie mehr ansah. Was ihr bevorstand, ging in diesem Moment an ihr vorbei. Halb betäubt von den qualmenden Fackeln, ließ sie den Blick schweifen und entdeckte in einer Ecke auf dem Fußboden das Kohlebecken, ein fast beruhigend häusliches Ding auf vier Eisenbeinen, auf dem ein Satz Brandeisen von verschiedener Größe ordentlich aufgereiht lag. Sie hat auch an der Wand das Eichenholzschränkchen hängen sehen, in dem der Gefängniswärter die Salben- und Öltöpfchen aufbewahrte, mit deren Hilfe er die ihm Anvertrauten nach der Behandlung mitunter noch ein wenig aufzumöbeln verstand.

Die Stadtväter warteten an den beiden Tischen, bis der Gerichtsschreiber mit seiner Niederschrift im Geständnisbuch der Justiz fertig war. Der Mann schrieb etwas langsamer als bei den vorangegangenen Malen, vielleicht weil er darauf achten mußte, auf der linken Seite des Blatts einen ordentlichen Rand für das Urteil freizuhalten, das in Kürze, zunächst noch in Abwesenheit der Angeklagten, ergehen würde. Es würde lauten, daß sie, Elsje Christiaens, am Pfahl zu erdrosseln sei, bis daß der Tod einträte, daß ihr mit der Mordwaffe etliche Schläge an den Kopf zu versetzen seien und daß ihr Leichnam nicht der Erde anzuvertrauen, sondern an einem Pfahl auf dem Galgenfeld Volewijck zur Schau zu stellen sei, um im Laufe der Jahreszeiten *von der Lufft unt den Vögheln verzehrt zu werden*.

Mit letzterem Zusatz würde einer der Schöffen, Blaeu, doch so seine Probleme haben.

»Äh ... ich weiß nicht. Ist das nicht ein bißchen zu hart?«

Die Amtsbrüder am Tisch würden zuerst ihn und danach, während sie die Sache hin und her überlegten, einander anstarren. Bis einer von ihnen die Fingerspitzen aneinanderlegen würde.

»Blaeu, werter Freund, Sie sind ein humaner Mensch. Ich verstehe Sie gut. Ich schlage vor, wir machen es davon abhängig, ob die Patientin Reue zeigt.«

So. Der Gerichtsschreiber blies vorsichtig über das Papier. Wie immer waren die ersten Zeilen am deutlichsten, in diesem Fall die Niederschrift der einfachen Anfangsfragen, die die Festgenommene vor einigen Tagen selbst hatte verstehen und beantworten können. Wie sie hieß, daß sie aus Jütland stammte und wo genau sie ihre Reise angetreten hatte. Über letzteres hatte das Mädchen nur ganz kurz nachdenken müssen.

Dann hatte sie gesagt: »Sprouwen.«

12

Leise treiben die Schneeflocken

Weiter! Wer ein Hindernis auf seinem Weg findet, dreht sich um und nimmt eine andere Route, die manchmal, und so war es auch in diesem Fall, sogar kürzer ist.

Die Reisende hieß Trein Jansdogter und stammte aus Hollanderby auf der Halbinsel Amak, gleich südlich von Kopenhagen. Elsje betrachtete die kleine Gestalt ungeniert. Die beiden wärmten sich an dem Feuer im Haus, die neu Angekommene hatte den Reiseumhang abgelegt. Elsje starrte auf den weiten knielangen Rock aus schwarzer Wolle, der auf dem Rücken zu zwei Seitenfalten gerafft war, wodurch dessen feuerrotes Innenfutter der Frau das Aussehen eines Truthahns gaben. Trauerkleidung, würde sie später erfahren, wegen des vor kurzem verstorbenen Ehegatten.

Wie heißt du, woher kommst du und wo willst du hin, das waren die Fragen, die Trein Jansdogter Elsje stellte, die diese aber zunächst nicht verstand. Was für eine Sprache sprach die Dame?

Die Dame sprach Holländisch, soweit sie wusste. Auf der Halbinsel Amak, die der dänische König vor mehr als einem Jahrhundert einigen Siedlern aus Broek im Waterland zur Verfügung gestellt hatte, hielt man nach wie vor an der eigenen Sprache fest. Einer Sprache, die zu jener Zeit übrigens dem Plattdeutschen sehr verwandt war, man kann sich vorstellen, welch schiefe Formen sich im Laufe der Zeit aus so etwas entwickeln können.

»Ihr mogt ruhig mit mir mitforn to de Küst bi Ribe«, sagte sie zum Beispiel, nachdem Elsje ihr klargemacht hatte, daß sie auf dem Weg nach Amsterdam sei.

Und Elsje knabberte genauso sorgsam an diesen Worten wie an der gebratenen Fasanenkeule in ihrer Hand. Etwas weiter hinten am Tisch stand der geöffnete Korb, den der Knecht, noch bevor er hinausging, um das Pferd auszuspannen, ins Zimmer geschleppt hatte. Elsje und Trein schlenderten, aus irgendeinem Grund nicht gesonnen, sich hinzusetzen, durch den kleinen Raum, in dem das Stroh, auf dem man in der vergangenen Nacht so herrlich geschlafen hatte, an die Wände geschoben war. Sie lachten, gestikulierten und radebrechten. Sie redeten miteinander, als hätten sie in einem dieser nützlichen Büchlein »Dänisch – Kauderwelsch-holländisch für unterwegs« das Kapitel »Freunde kennenlernen« aufgeschlagen.

»Bist du allein?«

»Wo kommst du her?«

»Hübscher Rock.«

Das Sprachproblem verringerte sich deutlich, als Zibrandt nach Hause kam. Die Nebelfelder, von der gefrorenen See aufgestiegen, versanken gerade in der Dunkelheit, als er, den Schlitten hinter sich, das Ufer erreichte. An den schwarzen Pferden in der Scheune mußte er bereits erkannt haben, wer seine Besucherin war, denn als er in die Stube kam, hatte er die Arme weit ausgebreitet. Die Verbindung zwischen den Bewohnern von Amak und seiner kleinen Insel war zwar sehr alt, aber keineswegs tot und begraben, man kannte und vertraute einander. Nach der Begrüßung und ein paar kräftigen Schlucken dolmetschte er die Reisepläne der beiden Frauen nahtlos zusammen. Elsjes nächste Etappe war bereits festgelegt, als Niels Eilschov und der Matrose, todmüde von der Arbeit am Rumpf der Dorothe, arglos hinzukamen.

»Wir stecken absolut fest«, sagte der unbeholfene Niels zu einem Mädchen, das es eilig hatte.

Trein Jansdogter war auf dem Weg nach Ribe, wo die mit einem Reeder verheiratete Tochter ihres Bruders in Kürze niederkommen würde. Ribe ist ein Hafenort an der Westküste von Jütland. Schiffe, die von dort aus in See stechen, sind gewöhnlich innerhalb von fünf bis zehn Tagen in Amsterdam.

»Oh, wie schlimm!« antwortete Elsje voller Mitgefühl.

Am Tisch, ein paar Schritte von ihnen entfernt, war die Frau aus Amak mit Hilfe ihres Knechts dabei, einen Stör in Aspik zu tranchieren. Zibrandt hatte Elsje erzählt, daß Trein morgen, sobald es Tag wurde, ihre Reise quer über die Insel Fünen zur Westküste fortsetzen würde. Ob sie vielleicht mitwolle?

»Aber furchtbar gern!« hatte sie ausgerufen.

»Dann machen wir es so.«

Jetzt runzelte der ahnungslose Niels die Stirn. Er blickte zu Boden, vermied es, das Mädchen, das er heiraten wollte, anzusehen, und stellte ihr gegenüber Vermutungen über einen Wetterumschlag an, der in dieser Gegend vom einen auf den anderen Tag eintreten könne, und dann sei der Belt im Handumdrehen offen. Seine Stimme war die Stimme eines Mannes in tiefem Ernst.

»Einmal habe ich erlebt …« hob er an. Sie sahen sich jetzt in die Augen, doch da tippte Trein ihnen beiden auf den Arm und reichte jedem ein Stück Brot mit Fisch.

Wieder war der Abend äußerst entspannt. Zibrandt übte nicht nur sämtliche Rechte eines Gastgebers aus, sondern bestand auch darauf, den Reiseproviant für den nächsten Tag mit Gans, Kaninchen, Huhn, alles dick in Fett, aufzufüllen. Gegen elf, als der Boden des stickig-warmen kleinen Raums bereits wieder mit Stroh bedeckt war, sangen er und seine Amaker Freundin noch ein wütendes zweistimmiges Lied *(Wie kummt's, min Lieb, daß du mich nicht tröstest, siehst du mich doch in all diesem Elendt!!)*, das konnten sie nicht lassen.

Nun kam die Nacht. Doch was ist eine Nacht? Für ein Mädchen, das, fest schlafend, nichts anderes tut, als sich auf einen neuen Reisetag vorzubereiten, geht so etwas Großartiges wie die Nacht unbemerkt vorüber. Nach sieben Stunden stieg sie mit einem Gefühl des Glücks, so einem unbestimmten Glück, das auch ein wenig traurig ist, fern, rätselhaft, in den Schlitten. Was wußte sie von Verliebtheit? Um sie herum herrschte der typische Abschiedstrubel. Die Pferde schnaubten und stampften, der Knecht schleppte sich mit dem Gepäck ab, Trein Jansdogter drückte Zibrandt die Hand und rannte dann doch noch einmal ins Haus, und Niels Eilschov, neben der Tür, sah mit düsteren Augen zu dem Mädchen hin, das nicht wußte, was Verliebtheit ist, und dies auch nie wissen würde. In der Nacht hatte er keine Sekunde lang *nicht* daran denken können, daß dicht neben ihm, wie ein Tier im Stroh, eine Frau mit weichem blondem Haar schlief, die Beine gespreizt, unter den Kleidern eine lilienweiße Haut, und es hatte Momente gegeben, da war ihm der Wahnsinn sehr nahe. Lebe wohl, lebe wohl! Gute Reise! Was wußte sie, Elsje, schon davon, daß ein Mann manchmal völlig reglos liegen muß, bis er seinen Atem wieder unter Kontrolle hat? Die Peitsche knallte, die beiden Friesen sprangen los in den Schnee. Erst in ungefähr vier Wochen würde sie erfahren, was der männliche Geschlechtstrieb von einem jungen Bräutchen wie ihr, eventuell, während eines Gelegenheitsstündchens verlangen könnte. Aber was hatte das mit dem Herzen zu tun? Die einzige Verliebtheit, mit der sie vertraut war und völlig eins, hartnäckig wie ein Pilger, war Sarah-Dinas Wille.

Und die würde sie dort, in jener Stadt, nicht finden können.

Sie würde, anstatt sich blitzschnell eine Arbeit zu suchen, ihre Zeit und ihr Geld damit vergeuden, sich auf der Straße umzusehen, die Wirtshäuser abzuklappern und sich bei den Maklerinnen für Haushaltsbedienstete zu erkundigen, die an den Anlegestegen auf die Schiffe warteten. Die besten Dienstmädchen, das war bekannt, kamen aus dem Norden.

»Oh, sagen Sie mir bitte, haben Sie sie gesehen?«

Schon ziemlich verzweifelt nach zehn Tagen.

Kopfschütteln und »Zieh nicht an meinen Kleidern, Kind«.

Ausgerechnet an diesem unbrauchbaren Tag würde die Schlaffrau, bei der sie ein Bett gemietet hatte, kassieren wollen.

Und Elsje würde bekennen, daß sie kein Geld hatte.

»Dann mußt du raus.«

Das Gespräch fand im Dachgeschoß vor einer der Türen jener schnell zusammengezimmerten Kämmerchen statt, die Reisenden tage- oder wochenweise vermietet wurden, dann und wann auch nur stundenweise. Es war am Nachmittag, durch eine Dachluke fiel ein Sonnenviereck auf den Boden. Elsje sah die Schlaffrau an, die zu diesem Zeitpunkt noch ein Menschengesicht hatte, und sagte, sie würde bald anfangen zu arbeiten und dann sofort bezahlen.

»Das heißt, du hast noch keine Anstellung.«

Die Frau sagte es seufzend. Sie schien kurz nachzudenken und schaute dann, als käme ihr gerade eine Idee, zu der niedrigen Tür am Ende des Dachbodens. In der fahlgrün gestrichenen Bretterwand daneben war hinter einem Vorhang die Gußglasscheibe, durch die eine sprachlose Elsje eine Minute später hineinschauen sollte.

»Hier wohnen auch zwei Mädchen, du hast sie bestimmt schon gesehen, die bezahlen in natura.«

»In natura?«

Die andere schaute fröhlich drein. »Und ob, in der natürlichsten Natura, die es nur gibt«, sagte sie augenzwinkernd. »Ein paar Stündchen leichte, einfache Arbeit, und sie verdienen sich eine ganze Nacht gratis schlafen.«

Kopfnicken in Richtung des Vorhangs.

Die Schlaffrau, die noch alles mögliche zu tun hatte, ging über das Sonnenviereck zur Treppe. Es gibt Menschen, die in so eine Geste eine Botschaft legen können.

Bist du ein Schafskopf, oder bist du ein gewitztes Mädchen?

Sie blieb zurück, hoch oben im Haus. Nur ein kurzes Zögern, ein Moment, nicht mehr, der aus einem Stückchen Sonne, tanzenden Staubkörnern, heraufziehendem Eintopfgeruch und unbestimmten Geräuschen hinter ein paar Holzwänden bestand.

Dann das Schauspiel vor ihren Augen, nicht gerade ermunternd.

Der Mann hielt das Mädchen an den Handgelenken fest. Seine Miene war gebieterisch, man konnte deutlich sehen, was er sagte. Mach auf. Das Mädchen gehorchte, sie befreite sich aus seinem Griff, tastete nach seiner Gürtelschnalle, schob ohne die geringste Zurückhaltung ihre Hand in seine Hose und begann darin zu wühlen. Die beiden standen vor dem Bett an der Seitenwand, eine Öllampe mit zwei Dochten beleuchtete sie schräg von der Seite, wodurch sie auf einer Seite hell waren und auf der anderen dunkel. Man konnte erkennen, daß sie sich einig waren, vollkommen einig darüber, was vereinbarungsgemäß zu tun war, aber man konnte auch erkennen, daß sie, jeder auf seine Weise, böse waren. Als sie ihre Kleider ablegen sollte und er an ihrer Jacke zu zerren begann, schleuderte sie ihre Pantoffeln von den Füßen, drehte ihm den Rücken zu und zog ohne die geringste Anmut, aber doch sorgfältig Jacke, Leibchen und Röcke aus und legte alles in der Ecke auf den Boden. Sie saß noch nicht ganz auf der Bettkante, um sich die Strümpfe hinunterzustreifen, rote Kniestrümpfe, da hatte der Mann sie bereits auf den Rücken geworfen, ihre Beine hochgehoben und mit einer Kraft, als müsse er eine Muschel aufbrechen, auseinandergedrückt. Man konnte sehen, daß das Mädchen es im folgenden nicht angenehm fand, ob das nun vereinbart war oder nicht, daß er sich mit seinem ganzen Gewicht auf sie fallen ließ, vollständig bekleidet bis auf die Schuhe, um sich dank seiner geöffneten Hose in sie hineinzudrücken. Und dann: stoßen und stoßen. Um eine Stunde vollzukriegen, muß man doch eine ganze Menge tun. Das alles mit anzusehen, die Nase an eine Glasscheibe gedrückt, ist natürlich etwas ganz anderes. Aber – ach, du meine Güte – machen es auch Menschen so? Während der Mann es von hinten wie ein Tier mit ihr trieb, hielt das sich auf Händen und Knien dagegenstemmende Mädchen ihr Gesicht

Richtung Glasscheibe, und was Elsje sah, war Gleichgültigkeit. Keine normale, müde Gleichgültigkeit, auch nicht in gesteigerter Form, sondern eine Gleichgültigkeit von größerer Kraft als irgendein Gebet oder Fluch. Die dir selbst eingetrichterte Erkenntnis, daß alles, was dir im Leben je schön und mysteriös erschienen war, in Wirklichkeit bar allen Mysteriums und aller Schönheit ist, die Mühe, daran zu glauben, nicht wert.

Alles war weiß. Fünen, ein großes, flaches Gebiet, das im Sommer ein Aquarell aus Obstgärten und Kornfeldern ist, sah von oben bis unten makellos weiß aus. Schnee hatte nicht nur das Land bedeckt und den Himmel abgeschirmt, er schnitt mit einem Vorhang aus dahinjagenden Flocken auch die Aussicht ab. Es war ein großes Wunder, daß der Knecht ohne das geringste Zögern mit Peitsche und Zügeln hantierte. Der Mann auf dem Bock, der, wie Elsje bereits begriffen hatte, lieber kein Wort zuviel sprach, strahlte eine völlige topographische Sicherheit aus.

Sie saß neben Trein Jansdogter unter einem Verdeck, dicht über den Kufen, das Bärenfell bis zur Nase hochgezogen. Ihr Geist war so klar, daß das Sausen der Kufen, das Weiß der ganzen Welt und die an sie gelehnte dösende Reisegefährtin ihr einerseits wundersam, andererseits ganz normal erschienen, etwas, das zu ihr gehörte. Ohne das leiseste Bewußtsein eines Ziels im Leben. Ja, ein Gefühl höchsten Entzückens. Warum sollte ein einfältiges Kind des siebzehnten Jahrhunderts so ein Glück nicht einmal in seinem Leben erleben?

Und dabei wußte sie noch nicht mal von den im Schnee neben ihnen herrennenden Tieren.

Doch nach einiger Zeit: »Schau doch nur!«

Sie stieß ihre Reisegefährtin an, weil sie ihren Augen nicht traute.

Trein Jansdogter richtete sich auf und schaute. Dann lachte sie. Ziemlich dicht neben dem Schlitten rannte eine große Menge Hasen, bestimmt Dutzende, in dieselbe Richtung wie sie.

»Sieht aus wie Hasen«, meinte Elsje unschlüssig.

Trein antwortete, es seien tatsächlich welche.

Die Tiere waren leuchtend weiß, noch weißer als der Schnee, wodurch es aussah, als würden sie von einem Licht, von dem man nicht wußte, wo es herkam, beschienen. Hasen, erfuhr Elsje nun, waren hier im Winter so weiß wie Milchlämmer und im Sommer so grau wie Iltisse.

»Aber sie sind auch so *groß*.«

Standen die Männchen auf den Hinterbeinen, dann maßen sie gut einen Meter.

Wie Vorboten. Die noch keine Minute nach ihrem Erscheinen schon wieder im Schnee, im milden Frost verschwunden waren. Auch der Wind von West war heute mild. Eine Zeitlang sah Elsje unter dem Verdeck der Schneeflockenmasse zu, die lebendig, pfeilschnell dahinschießend, vom Pferdegespann zweigeteilt, vorbeiflog. Die Erinnerung an die Stadt, in die sie fuhr, kam hoch und verschwand wieder, aufgenommen in ein Geschick, das, so fühlte sie, weiter als das ihre reichte.

Und tatsächlich näherte sich in diesem Moment bereits die aus mehr als dreihundert Ochsen bestehende Herde, die, aus dem Land und den Ställen rund um Odense stammend, dasselbe Reiseziel hatte wie sie. Die Hafenstadt Ribe. Danach per Schiff möglichst schnell weiter nach Amsterdam.

Und auch dort würde das Schicksal, das ihnen vorbestimmt war, ihr und den Ochsen, noch immer eine Gemeinsamkeit aufweisen, traurig, unerbittlich, kurz gesagt: auf ein und dasselbe Schlagwerkzeug hinauslaufend.

Die Pferde hatten sie als erste bemerkt. Der Knecht auf dem Bock knallte ein paarmal vergeblich mit der Peitsche, bis er einsah, daß jetzt er es war, der gehorchen mußte. Der Schlitten hielt an. Merkwürdiger Lärm erklang. Die drei Reisenden spähten in den Schnee, hörten erst die Schreie und Anfeuerungsrufe und sahen dann die Ochsentreiber auf ihren Pferden aus dem Nichts hervorschießen. Danach die Herde. Hunderte magerer Spukgestalten, die sehr viel lieber dahintrotten würden anstatt zu rennen, das konnte man sehen, strömten auf sie zu.

Trein ließ mit Kennermiene eine Bemerkung über gute, wollige Tiere fallen.

»Wollig?« fragte Elsje, die Treins Sprache inzwischen recht gut verstand.

»Ja, wollig genug für jetzt, am Ende des Winters. Und nur ein kleines bißchen kleiner als die allerkräftigsten Ochsen, die wir auf Amak züchten.«

»Ah.«

Elsje stellte keine weiteren Fragen. Man braucht nicht alles bis aufs letzte I-Tüpfelchen zu wissen. Und schon bald hatte der fallende Schnee die Szene wieder gelöscht, lässig, als wäre es im Grunde nichts Besonderes gewesen, diese Herde von Tieren, die jetzt noch sehr mager waren, in ein paar Monaten jedoch, nach einem Aufenthalt auf einer saftigen holländischen Weide, schlachtreif zu einem stolzen Preis den Besitzer wechseln würden.

Noch bevor es Abend wurde, erreichten sie die Stadt Assens, am Wasser des Kleinen Belt gelegen, der Fünen von Jütland trennt. Im Haus des Bürgermeisters, mit dem ein entfernter Verwandter von Trein Jansdogter Geschäftsbeziehungen pflegte, herrschte ab dem Moment, in dem sie vom Schlitten stiegen, Feststimmung. Die Bürgermeisterfamilie war groß: Töchter, Söhne und Enkelkinder wohnten hier alle zusammen. Mitten im Wohnzimmer stand ein zuschanden gespieltes Clavicembalo von der Firma Ruckers aus Antwerpen. Erst gegen Mitternacht kroch Elsje in ein Bett, dessen Matratze mit ein paar heißen Steinen angewärmt worden war, sie hatte nicht gewußt, daß man auf so eine Idee kommen konnte. Weil das Haus in der Nähe des Stadtwalls lag, hörte man nachts die Ochsen, die man auf ihrer Durchreise in die Republik für einige Tage in Ställen außerhalb des Tors untergebracht hatte, damit sie sich von den Entbehrungen unterwegs ein wenig erholen konnten.

Elsje hatte sehr viel gegessen. War im Grunde halb betrunken. Die weichen Laken und Federkissen brachten sie fast zum Weinen vor lauter Panik und Glück. Sie starrte hinauf in die Dunkelheit. Ochsen brüllen anders als Stiere. Ihre leicht jammernden, immer wieder nach oben schießenden Stimmen machen den Unterschied deutlich zwischen den Tieren, die sich fortpflanzen können, und solchen, die während ihres fünf-, sechsjährigen Lebens nur möglichst fett werden müssen, um dann gegessen zu werden.

Als es nach zwei Tagen Tauwetter nachts doch wieder strengen Frost gegeben hatte, wagten sie es.

»Bist du dir sicher?«

Der Schlitten stand am Kleinen Belt, im Begriff, ihn zu überqueren. Mit der Sonne im Osten zeichneten sich die

Pferde riesengroß auf der Eisfläche ab. Elsje trug die Stiefelchen aus Rentierhaut, Fell nach innen, die sie gestern zum Geburtstag bekommen hatte. Achtzehn geworden, genau an diesem Abschiedstag. Alle hatten sie gerührt angesehen: Ach, wie süß, was für ein reizendes Alter, achtzehn! Dann hatten sie Lang soll sie leben für sie gesungen, von Treins Knecht auf der Kniegeige begleitet.

»Bist du dir sicher, daß es geht, Trein?« wiederholte der Bürgermeister und wandte den prüfenden Blick vom verschwommenen jenseitigen Ufer zu der Frau auf dem Bock.

Als Antwort ein Nicken zum Knecht, der sofort zum Gepäckraum ging, einen Vorschlaghammer herausnahm und ohne ein Wort zu sagen aufs Eis trat.

»Wiedersehen! Gute Reise! Bis zum nächsten Mal!«

»Siehst du«, rief Trein kurz darauf über die Schulter hinweg Elsje zu. Das Zweiergespann schritt geschmeidig hinter dem Knecht her, der im Trab, fast vornüber fallend, die Festigkeit des Eises mit Hammerschlägen testete.

»Ja«, sagte diese, blaß und schläfrig, und sah sich um. Am Ufer verstreut beobachteten einige Ochsentreiber zu Pferde, ob dem Schlitten mit den schweren Friesen die Überquerung gelingen würde. Wo hatte sie diese schwarzen Schildwachen schon mal gesehen? Wo diese Reihe von Männern, die sehr lange schauten und warteten, bevor sie auf irgend etwas mit ja antworteten? In einem Traum?

Der Kleine Belt mißt in der Breite höchstens eine deutsche Meile, sogar im Schrittempo ist man im Nu auf der anderen Seite. Die Pferde kletterten das Ufer hinauf. Die Reisegesellschaft glitt auf jütländischen Boden. Tödliche Stille und ein Himmel, der sich bezog, weil der Wind auf Nord drehte. Der Knecht hatte sich auf die Rückbank neben Elsje gesetzt, die ihn noch eine ganze Weile keuchen und schlukken hörte.

»Na?« fragte Trein nach den ersten Meilen. »Was hab' ich dir gesagt? Geht's nicht prima?«

Kurz darauf sahen sie an einem Ast aufgehängt einen Wolf. In einem kahlen Wald ein Stück weiter hingen noch einmal drei.

Am Ende des Nachmittags sah das flache Land um sie herum aus wie eine von Gott und allen Menschen verlassene Eiswüste. Sie hatten stundenlang nach einer Raststation Ausschau gehalten. Leere, Wolfsgeheul. Als sie wieder einem solchen aus dem Weg geräumten Tier begegneten, das völlig steifgefroren war, bekam Elsje von ihrer Reisegefährtin dazu einen aufmunternden Kommentar.

»Gut, du siehst, hier wohnen tatsächlich Menschen.«

»Mm ... Mmenschen«, stotterte sie, von einer Einsamkeit erfaßt, die auch mit den alltäglichsten Lebensfragen nichts mehr anzufangen weiß.

13

Wenn eine Frau will (1)

Dann legt sie ihr Bein über das Bein des Mannes. Sie sitzt auf seinem Schoß. Sie spürt, daß seine Hand nicht in hundert, nicht in tausend Jahren genug von der Rundung ihrer Schulter bekommen wird. Das spürt sie einfach. Weil seine andere Hand etwas schüchterner ist, hilft sie mit ihren Fingern ein wenig nach, ihre Brust federt mit. Vollständig bekleidet sitzen die beiden beisammen. Sie trägt ein Kleid mit keuschem V-Ausschnitt und bis über die Ellbogen reichenden Ärmeln, er hat sogar den Hut noch auf dem Kopf und die Stiefel an. Das einzige, was nackt ist, obwohl man das nicht sehen kann, sind ihre Füße. Italienische Frauen wirken in solchen Situationen mitunter williger als holländische. Werden sie nur ein bißchen nach hinten gedrückt, dann geben sie nach, atmet der Mann schwer an ihrem Ohr, dann gehen ihre Füße auseinander, sehr weit sogar, doch die Knie bleiben zusammen. Und der eine Arm hält festen Kontakt mit einem Stuhl, so einem robusten Möbelstück im Cinquecento-Stil. *Diese* beiden sitzen in völliger Übereinstimmung beisammen, sie mit unter dem Rock leicht gespreizten Beinen. Warum auch nicht? Er sieht sie von der Seite her an, mit einem Lächeln, das sagt: Na komm schon! Sie, die ganze Zeit innerlich ja sagend, sieht noch ein wenig vor sich hin. Nicht aus Verlegenheit und auch nicht aus Unsicherheit, letzteres schon gar nicht, sie weiß längst, daß er ihre Brüste für zwei Kälbchen hält. Aber das ist so ein Moment, nicht wahr. Ohne Zeit und eigentlich auch ohne Ort, obwohl sie sich in einer sicheren, warmen Umgebung befinden, einem Garten mit Bäumen, Mauern, einem weichen Boden und niemandem, der sie belauern kann.

Niemand? Hier irren sie sich. In einem Fenster in der Seitenmauer sitzt ein Voyeur. Ein fürstlich gekleideter Herr sieht interessiert zu, wie die beiden dort beisammen sind. Als er den Mann und dessen Frau zurücksinken sieht, beugt er sich vor, die Hände auf dem Sims. Hat er noch nie ein verliebtes Paar bei der Liebe gesehen? Weiß er nicht, wie das geht? Überrascht zieht er die Augenbrauen hoch. Der Mann hebt den Rock der Frau in die Höhe, sie nestelt am Verschluß seiner Hose, er öffnet sich ganz leicht, und doch hilft er ihr, mit gekrümmten Fingern. Routinierte Liebende, Geliebte einfach, sie tun es gern. Der Voyeur im Fenster sieht in erster Linie die Schenkel der Frau und ihren weißen Bauch, der Körper des Mannes ist eher ein Vehikel, ferngesteuert, ein Stellvertreter für hinausgeschobenen, aber doch eindeutig vorhandenen Genuß, für eindeutig vorhandene Liebe. Sex ist Bewegung, Zuschauen scheint still, ist es aber nicht. Der Voyeur sieht und erkennt, daß der Mann den Hals seiner Frau inzwischen wirklich nicht mehr als Elfenbeinturm bezeichnen wird, ihren Mund nicht als das Rot eines Granatapfels, ihr Haar nicht als eine Ziegenherde, die von den Bergen zur Ebene hinunterzieht, keine Rede davon, seine Leidenschaft ist darüber hinaus. Los jetzt! Rascher Blick ringsum. Es geht, jetzt ganz schnell, kein Mensch, der uns stört, hämmernder Herzschlag in den Ohren. Was der Voyeur bedauert, persönlich, ist, daß der Geschlechtsakt so keusch ist. Schade, schade! Kein Blick zu erhaschen auf die umgestülpte samtene Rose, die sich zwischen ihren Schenkeln verbirgt, nichts von der Farbe – Feuerfarbe? – der krausen Wiese darüber!

Sie schlingt ein Bein um seine Hüften. Mögliche Schreie, die des Endspurts, sind nicht zu hören.

Am selben Abend begegnen sich Liebhaber und Voyeur.

»Na, hör mal, das ist doch eindeutig nicht deine Schwester«, murrt letzterer.

Der Liebhaber macht ein reumütiges Gesicht.

»Gut möglich, daß sie mich umgebracht hätten, wenn ich zugegeben hätte, daß sie nicht meine Schwester, sondern meine Frau ist«, sagt er.

Der Voyeur nickt. Da ist was dran.

»Sie ist eine umwerfende Schönheit«, gibt er zu.

Die beiden Männer sehen sich an. Der Voyeur, ein edelmütiger Mensch, senkt die schweren Lider ein wenig.

»Na schön. Ich werde ihnen befehlen, daß sie ihre Pfoten von dir und deiner Frau lassen.«

Auf dem Rückweg nach Hause, während das Problem in seinem Atelier ihm ohne viel Nachdruck, wie ein *ostinato*, der schon von selbst zur Ruhe kommt, im Kopf herumging, fiel dem Maler auf, wie ermattet die Stadt trotz des Frühlingswetters aussah. Irgend etwas an diesem Mann und dieser Frau mußte anders werden, das wußte er ganz genau und blickte auf die schweren Türen, mit den Toreinfahrten daneben, am Ende des Singel. Auf dieser Strecke waren bis zum Beginn des Herbstes die Karren mit den lebenden Toten gerast. Es schien, als hinge ihr Lärm hier noch immer in der Luft und auch der Anblick, denn die Fußgänger, die ihm entgegenkamen, glitten an den Häuserwänden entlang, als wollten sie den rasanten Giftladungen auch jetzt nicht im Wege stehen.

»Los, los, beeilt euch, liefert sie ab, aber schnell!«

Im August hatte man im Waisenhaus am Haarlemer Tor in aller Eile ein Pestzimmer eingerichtet. Reihen schnell zusammengezimmerter, übereinandergestellter Kojen. Auf den Fensterbänken Töpfe mit qualmendem Alaun. Er wußte, daß man auf dem Höhepunkt der Epidemie ohne Umschweife zwei oder drei von diesen Elenden zusammen auf eine Matratze gelegt hatte. Ein Pestkranker verwandelt sich innerhalb kürzester Zeit von einem Menschen in ein Greuel. Von einem Liebling in ein abstoßendes Phänomen.

Es muß ... stiller um die beiden werden, dachte er. Ja, nur der Mann mit seiner Frau. Niemand, der zuschaut. Sie beide, nur sie beide.

Vor der Tür eines Trödelladens, in dem er gelegentlich sehr schöne Stoffe und ein paar Kleidungsstücke aus den seltsamsten Ländern gekauft hatte, stand die Besitzerin und starrte ihn entschlossen an.

»Mal kurz reinschauen, der Herr?«

Sie öffnete den unteren Teil der Tür. Ohne Grund trat der Maler ein.

Sie sehen sich auch nicht an, überlegte er. Weder er noch sie empfindet die Notwendigkeit dazu.

Der Raum war muffig und schummrig. Der Maler ging automatisch auf die Regale im hinteren Teil des Ladens zu. Kleidung – das Alibi dafür waren seine Modelle und Figuren – hatte ihn immer fasziniert. Diesmal jedoch sagten die Hüte, Schärpen, Stiefel, Tuniken, Hosen, Leibchen und Röcke ihm nichts anderes, als daß sie zu viele waren. Zu dicht an dicht, zu sehr stinkend nach dem, was sie erlebt hatten. Außerdem waren die beiden auf seinem Bild längst mit Kleidung versehen.

Die beiden.

Wer? Oder gab er ihnen schon keine Namen mehr?

Vor Jahren hatte er auf einer Auktion einen faszinierenden Stich gekauft. Noch am Tisch des Kassierers hatte er, das Bild dicht vor der Nase, seinen Kauf, die Reproduktion eines Freskos von Raffael, bewundernd studiert. Wahnsinnig gut, und so schön! hatte er gedacht. Isaak und Rebekka, die sich irgendwo im Freien liebkosen, während sie von einem Fenster aus, hoch über ihren arglosen Köpfen, vom König der Philister heimlich beobachtet werden, Abimelech hieß der Mann. Mit der biblischen Sexgeschichte in der Tasche war er nach Hause spaziert.

Gute Idee. Mach' ich auch mal.

Die Szene auf dem Stich war ihm natürlich bekannt. So ein erotisches Motiv taucht, einmal in die Welt gesetzt, immer wieder irgendwo in der Kunst auf. Starke Motive sind verdammt zähe Streuner, sind Pilger. Immer wieder gelingt es ihnen, ein neues Obdach zu finden. Ein uraltes Liebespaar, bis zum heutigen Tag am Leben geblieben. Noch am selben Vormittag zeichnete er eine Variante, ein flüchtiges kleines Bild, in dem der Voyeur kaum noch eine Rolle spielte.

Der Maler stromerte durch den langen, niedrigen Ladenraum, der von ein paar an der Decke hängenden Öllämpchen in kleinen Drahtkörben deprimierend beleuchtet wurde. Die Vergangenheit ist wirklicher als die Gegenwart. Der schwere Textilgeruch begann aufdringlich zu werden, Mitteilungen auszusenden. Er verengte den Blick. Wenn die Pest sich offenbarte, begann die menschliche Haut einen

Schlammgeruch von sich zu geben, bei dem man sich fassungslos fragte, woher der so plötzlich kam.

Sie hatte ja immer so gut gerochen.

Wangen, Lippen und Augenlider schwollen an und wurden schweißnaß. Schweiß legte im Nu auch eine dicke Schicht Feuchtigkeit auf Arme und Brust.

Ihr weißes Unterhemd hatte wie ein schmutziger Schatten an ihr geklebt.

»Wenn du wüßtest, wie warm mir ist«, hatte sie an jenem ersten, noch hoffnungsvollen Tag mehrmals geseufzt.

»Hier, trink ein bißchen.«

Weil sie gerade das Hemd auszuziehen versuchte, ungeschickt über den Kopf, hatte sie seine Hand weggestoßen. Geklecker. Holundersaft auf der Decke.

»Gib's Mie Magdaleen«, hatte sie gemurmelt, immer noch mit dem Hemd kämpfend.

Hilflos hatte sie die Arme wieder sinken lassen.

»Ach, laß nur.«

Mie Magdaleen war das Dienstmädchen. Sie hatte das knielange Unterhemd, ziemlich weit, mit Ärmeln und großem Halsausschnitt, eine Woche später tatsächlich nicht ins Feuer gelegt, sondern sorgfältig gewaschen und zum Trocknen in die Sonne gehängt.

Tja, dachte der Maler plötzlich. Er sah sich um. Was tu' ich hier in Gottesnamen? Als hätte die monumentale Leinwand in dem engen Malzimmer, ein Stück weit von hier, des Wartens müde, ihm auf die Schulter geklopft. Wo waren wir stehengeblieben? Zweifellos bei der Innigkeit eines großartigen Paars. Zweifellos bei der Liebe, die allem, auch der Zeit, auch dem Tod, trotzt. Gibt es etwas Schöneres?

Nein, und dennoch ging es im Kern, wie immer, um etwas anderes. Der Maler sah sich selbst im hinteren Teil eines muffigen Ladens stehen und verspürte plötzlich Eile, Unruhe, eine enorme Unruhe, denn – wie bringt man das zuwege? Wie stellt man sich einer solchen Aufgabe, die man sich zu diesem Zeitpunkt seines Lebens selbst aufgebürdet hat?

Mehr denn je die ins Mark gehende Frage. Es macht einen ziemlich großen Unterschied, ob man eine kleine Mondscheinszene für den Kamin pinselt oder an einem Gemälde arbeitet, das nach einem langen Weg, einem Weg, der vom siebzehnten Jahrhundert bis ins zwanzigste führen sollte, als das sympathischste, liebevollste, innigste Bild der ganzen Welt gelten würde, das kein Mensch würde betrachten können, ohne daß es ihn bis tief in den einsamen Teil seines Herzens hinein berührte.

Man würde ihm den Titel geben: *Die jüdische Braut.*

Van Gogh: »Hör zu, ich würde sofort zehn Jahre meines Lebens dafür geben, wenn ich, sagen wir mal, vierzehn Tage lang ungestört dieses Bild betrachten dürfte.«

Der Maler drehte sich zwischen den Hosen und Mänteln um, sein Blick suchte die Tür.

Van Gogh, flehend: »Vierzehn Tage, bei Wasser und Brot!«

Ich habe Angst vor dem Bild, dachte der Maler, aber das Bild hat auch Angst vor mir. In drei Teufels Namen, wie stelle ich es an?! Wie bringe ich Leben hinein? Seit Jahren schon glühte seine Palette in Gold- und Tiefrottönen. Er beugte den Kopf unter einer tiefhängenden Draperie, drückte sich an einem Kleiderständer vorbei. Auf der Suche nach einem Ruhepunkt für seine Gedanken stellte er sich das Kleid der Frau vor. Ein Kleidungsstück, das er in der Komposition nicht nach dem Leben angelegt, nicht aus irgendeiner Garderobe übernommen hatte, er hatte es sich ausgedacht. Rot.

Und was bewirkte dieses Rot nicht alles bei dem Frauenporträt, das ganz aus Sanftheit bestand, aus Milde? Farbe drückt etwas aus, das jenseits des Farbmaterials existiert, das rote Kleid drückte etwas aus …

Van Gogh: »Um so malen zu können, muß man mehr als einmal gestorben sein.«

Die Tür zur Straße stand offen. Der Maler schritt bereits auf das Tageslicht zu, als er auf eine Person aufmerksam wurde, die ganz still rechts an einem Tisch in einer angrenzenden Nische stand und an etwas nicht genau Erkennbarem arbeitete. Als er näher trat, sah er, daß es Perücken waren, zwei Stück. Eine, wollig gelockt nach einer naiven, französisch wirkenden Mode, schien ihm fast fertig zu sein.

»Kann ich Ihnen irgendwie behilflich sein, mein Herr?«

Der kleine, magere Mann sah nicht auf, als er seine Frage stellte. Er trug ein fahlschwarzes Wams, eine fahlschwarze Schürze, sehr staubig, und eine Ledermütze.

»Nein«, sagte der Maler. »Ich brauche nichts.«

Daraufhin zog der Perückenmacher die Schultern ein klein wenig hoch und beugte sich über den Tisch, als wolle er die Schälchen mit den bereits angeriebenen Pigmenten, Gelb-, Dunkelgrau- und Umbratöne, sowie die Pulverdosen dem Blick des anderen entziehen. Dann sah er doch kurz auf. Und in diesem Moment wurde dem Maler klar, auf welche Weise und von welchen Köpfen das einst blonde, braune oder feuerfarbene Haar abgeschnitten worden war, mit dem der Mann arbeitete.

Die Pest hat es prinzipiell eilig. Will man mit ihr ein letztes Geschäft tätigen, dann muß man sehr schnell sein. Die Pest läuft in fliegender Hast durch die Straßen.

»He, haltet mal an!«

»Ja … was ist …?«

Der Leichenzug steht still.

»Ja, bitte, der Herr?«

Die Träger haben es praktisch schon verstanden. Die aus bestimmten Vierteln stammenden Angehörigen wissen sehr wohl, daß der Tote nichts, wirklich gar nichts dagegen gehabt hätte, noch ein letztes Mal ein nettes Sümmchen einzustreichen. Im Gegenteil, sogar ein Toter weiß, daß es keine größere Sünde gibt, als der Dieb seines eigenen Portemonnaies zu sein. Das Tuch wird zurückgeschlagen, ein sehr ansehnlicher Haarschopf glänzt zum letztenmal in der Sonne.

Das Männchen blickte von seinem Platz hinter dem Tisch den schweigenden Kunden an. Auf seinem Gesicht die Angst vor einer Kontrolle durch die Gemeinde. Der Maler sah, wie seine Wangenmuskeln zuckten.

Auch das Messer glänzt. Ein paar armselige Stuiver wechseln von einer Hand in die andere. Die Richtlinien der Stadt waren beim letztenmal, im vergangenen August, nicht immer ganz widerspruchsfrei gewesen. Einerseits sollte der Tote möglichst schnell beerdigt werden, andererseits hieß es, man solle sicherheitshalber noch etwas warten. Zwölf Stunden, hieß es, und in dieser Zeit konnte ein Aufkäufer in aller Ruhe die verseuchte Wohnung aufsuchen, das Haar befühlen und ein Angebot machen. Im September hatte die Stadtverwaltung sogar vierundzwanzig Stunden Wartezeit vorgeschrieben, weil der Pesttote, wie sich gezeigt hatte, öfter einmal ein Scheintoter war und sich, bereits im Gestank des Friedhofs befindlich, noch einmal aufzurappeln verstand. Kreideweiß, mit ausgestreckten Händen vor sich tastend, und Augen, die nichts begriffen. Auf dem Kopf die knapp oberhalb der Wurzel abgeschnittenen Härchen, wie Werg.

14

Spiegel und Testamente

Sie war nicht seine erste Frau gewesen. Sie, die zweite, war vor dem Gesetz nicht einmal als seine Frau registriert worden. Seine erste hatte das per Testament verhindert. Natürlich nicht absichtlich, nicht vorsätzlich, ganz gewiß nicht... obwohl? Wie scharf kann eine ausgezehrte Frau in die Zukunft blicken? Auf der Schwelle zum Jenseits? Und weshalb sollte eine Fast-Tote gegen Hintergedanken gefeit sein? Frei von Eigennutz?

Der Maler war gegen eins nach Hause gekommen. Wo sind sie alle, hatte er zunächst gedacht und sich dann erinnert, daß seine Tochter bei Verwandten war und sein Sohn sich am Morgen zu einem Weinhändler, der gleichzeitig Kunstsammler war, begeben hatte, um ein paar Kupferplatten zu erstehen.

»Ich weiß, daß er in Geldschwierigkeiten steckt«, hatte er zu seinem Sohn gesagt. »Feilsch also gnadenlos, falls du noch Sachen für den Laden siehst.«

Sein Sohn hatte ihn ruhig angesehen und genickt. Es gab niemanden auf der Welt, der ihn besser, schneller und loyaler verstand als er, das vierte Kind seiner Mutter, als einziges am Leben geblieben.

»Nimm die Platten auf jeden Fall. Sie sind genau das richtige für eine Kreuzigung, die ich im Sinn habe.«

Das Dienstmädchen Mie Magdaleen würde wohl bei der Hinrichtung auf dem Dam gewesen und in dem Trubel danach noch ein wenig hängengeblieben sein.

Er war durch die vollgestopfte, unordentliche Diele gegangen, durch die Küche mit dem ausgeblichenen Teppich und dem Tisch mit einem Teller voll Äpfeln, verschrumpelt, vom vorigen Jahr, einem Messer und einem Aschenbecher mit zwei Pfeifen. Merkwürdigerweise war ihm diese Wohnung an der Rozengracht besonders lieb geworden, obwohl sie sich in keinerlei Hinsicht mit dem reichen Haus messen konnte, das er im vierten Jahr seiner Ehe gekauft und stilgerecht bewohnt hatte, das aber mit einer Hypothek belastet war, die er nie ordentlich abbezahlt hatte. Nach zwanzig Jahren also das Ende dort. Er ging ins Hinterzimmer, das Fenster stand offen, er roch die frische Luft, hörte eine ferne Frauenstimme, die *Juwel meines Herzens* sang, und, näher, das Grunzen von ein paar durch die Gassen rennenden Schweinen. In diesem Haus würde niemand auch nur einen Stuiver von ihm fordern können. Jeder Gegenstand hier trug das Namensschild von Ricky und seinem Sohn, auf jedem Gegenstand hier lagen die Hände dieses einträchtigen Zweiergespanns, das nach dem Umzug geschickt und gelegentlich auch knallhart dafür gesorgt hatte, daß er weiterarbeiten konnte.

Der Maler blieb kurz vor dem großen Spiegel neben der Tür stehen, warf einen flüchtigen Blick auf seine Falten und Runzeln und rieb sich über das stopplige Kinn. Dies war der Spiegel, den sein Sohn für ihn aus dem beschlagnahmten Hausrat zurückgeholt hatte, hatte zurückholen wollen, denn das Ungetüm war auf dem Rückweg nach Hause hingefallen und das Glas in tausend Splitter zerborsten.

»Ich ertrag' es nicht«, hatte der Junge zu seiner Stiefmutter gesagt.

Ricky hatte, ohne aufzusehen, weitergeschlagen, Eier und Branntwein in einer Schüssel, es war Ende April, sie saßen noch in der Küche des großen, toten, leeren Hauses. Nach eineinhalb Jahren öffentlicher Versteigerungen waren dies die letzten Tage in der Breestraat. Gott sei Dank, dachte sie.

»Was erträgst du nicht?« fragte sie.

»Ich denke schon seit dem Aufwachen an seine Sachen.«

Die Versteigerung im Lombard Steeg war dabei, in drei mitleidslosen Tagen über die Bühne zu gehen. Dies war der dritte. Die Gebote lagen nicht nur für die Hellebarden, Gelbspötter, Muscheln, Nasenflöten und Löwinnenfelle lächerlich niedrig, auch die Werke des Malers gingen für einen Pappenstiel weg. Man konnte sich mißtrauisch fragen, was wohl dahintersteckte. *Der Ochse*, ein sehr gutes Bild auf einer Buchenholztafel, hatte gestern fünfunddreißig Gulden erbracht.

»Ich hätte Lust, noch etwas zurückzuholen, ich weiß nicht, warum.«

Der Sohn konnte dank des Rests, der ihm vom Nachlaß seiner Mutter geblieben war, noch einen bescheidenen Betrag erübrigen.

»Ich weiß nicht«, spann er seine Überlegungen weiter. »Es hat keinen Sinn, jedenfalls fast keinen, aber, na ja, mir ist einfach danach.«

Er sah von seinen Schuhen auf und lachte ein etwas träges, törichtes Lachen.

»Ich finde, das ist eine sehr gute Idee«, sagte Ricky, den Schaumschläger in der Hand nur noch ganz leicht bewegend.

Die Augen auf das nachdenkliche Gesicht seiner Stiefmutter gerichtet und auf den weichen, gefältelten Stoff ihrer Bluse, dachte er nach.

»Aber was?« fragte er nach einer Weile.

Sie stellte die Schüssel beiseite, auf den Tisch, der bereits verkauft, aber noch nicht abgeholt worden war. Die zweiunddreißigjährige Frau und der sechzehnjährige Junge, der seine leibliche Mutter nie gekannt hatte, sahen sich an. Er fragend, hoffnungsvoll. Sie (typisch für sie) mit ihrem blaugrünen Blick voller Tatkraft. Halb praktisch, halb lieb, äußerst zärtlich. Und, außer wenn ihr Instinkt einer liebenden Frau ihr etwas anderes befahl, zu hundert Prozent dem verpflichtet, was sie als anständig betrachtete. Einmal, vor Jahren, hatte sie gemeint, das Kind – es wird acht gewesen sein – müsse doch wissen, wer seine richtige Mutter gewesen war und wie sie ausgesehen hatte.

»Meine Mutter?« hatte der kleine Stiefsohn, noch etwas weiß um die Nase, wiederholt.

Es geschah kurz nach einer kleinen häuslichen Aufregung. Ricky hatte ihm mit einer Stopfnadel einen Mordssplitter, der sich weit unter die Haut geschoben hatte, aus dem Oberschenkel gepult.

»Ja, mein Herzensschatz«, hatte sie gesagt. »Sie soll eine Schönheit gewesen sein.«

Dann winkte sie ihm, mit ihr nach oben zu gehen, die Treppe hinauf hinter ihr her, mochte es auch noch etwas schmerzhaft für ihn sein, ins Malzimmer, in dem in diesem Moment niemand war, jedenfalls nicht lebendig.

Nach einigem Herumgekrame: »Das ist sie.«

Der Junge, der es sich auf der Bank bequem gemacht hatte, sah friedlich von der Dame auf dem Bild weg und hin zu seiner jungen Stiefmutter, die das Porträt vor ihm auf den Boden gestellt hatte und festhielt.

»Na komm schon, schau es dir an …«

Es hatte umgedreht an der Wand hinter einigen anderen unverkauften Bildern gestanden. In seiner Erschütterung nach dem Tod seiner ersten Frau hatte der Maler das Porträt, das zu dem Zeitpunkt schon mindestens ein Jahr lang existierte, hervorgezogen, eine Stunde lang betrachtet und in den darauffolgenden Wochen völlig abgeändert und überarbeitet.

Das Kind gehorchte.

Der Maler hatte auf den flachen und ohnehin schon sehr großen Hut auch noch ein Mordsding von Straußenfeder plaziert. Das Dekolleté mit einem Stück Spitze bis zum Hals geschlossen. Die Spitze mit Zierband verbrämt. Die rechte Schulter, die rechte Brust und den rechten Arm unter einer schweren braunen Pelzstola verborgen, die Heinrich dem Achten nicht schlecht zu Gesicht gestanden hätte.

Ricky seufzte tief.

»Schön, nicht?«

Der kleine Junge nickte. Wußte nichts Besseres zu tun, als dem beizupflichten, was Ricky, die das Bild mit ihren runden Armen fast umarmte, von oben zu sehen und ihm zu vermitteln versuchte. Der Holzfußboden knarrte in der Stille des Nachmittags. Der kleine Halbwaise erblickte, eine Armlänge von sich entfernt, eine Frauengestalt mit sprachlosem, von ihm abgewandten Gesicht, die mit halb gesenktem Blick in die Ferne schaute. Abwesend, leerer als leer, und das ganz zu Recht. Wonach hätte diese Geistgestalt, die ganz genau wußte, die Unterwelt würde sie nie wieder gehen lassen, noch Ausschau halten können? So reich ihr Witwer sie auch ausstaffiert hatte? Ein Mann, der seine zu einem Schemen gewordene Frau so schön kleidet, sieht sie an, dreht sich nach ihr um und schaut, anders geht es nicht.

Auch der kleine Junge schaute, wie ihm geheißen worden war. Kostete mit den Augen von seiner Mutter. Die schien ohnmächtig unter ihrem schönen Hut, unfähig zur kleinsten Bewegung. Es sollte noch Jahre dauern, bevor er und Ricky erfahren sollten, daß sie, über das Grab hinweg, doch nicht vollständig gelähmt gewesen war.

Denn im siebzehnten Jahrhundert hatte das Sterbelager so seine festen Besucher. Da war der Pfarrer, selbstverständlich, aber mindestens genauso selbstverständlich und meistens sehr viel dringlicher bestellt, der Notar. Testamente waren eine wahre Leidenschaft in der Republik. Wer es sich auch nur halbwegs leisten konnte, ließ seinen letzten Willen festhalten, wie eine Stimme, die weiter insistiert, wie eine Andachtskerze, die nie herunterbrennt. So kam es, daß der Maler nach dem Tod seiner Frau nichts geerbt hat, aber doch den uneingeschränkten Nießbrauch über ihr Vermögen erhielt. Beim Aufsetzen des Dokuments war er damit völlig einverstanden gewesen. Die Essenz ihres Willens jedoch, die zweite Bestimmung des Testaments, die ihn hart im Genick packen sollte, als er sich wieder verliebte, die war ihm entgangen. Warum hätte er sie auch beachten sollen? Er besaß zu jener Zeit mehr als genug eigenes Geld.

Sollte er sich erneut vermählen, so mußte er dem Sohn das Erbe seiner Mutter, ein Vermögen, unverzüglich auszahlen.

Ricky und ihr Stiefsohn saßen also an jenem Nachmittag in der Küche des leergeräumten Hauses. Von irgendeinem realen Erbe war da schon lange keine Rede mehr, doch daran dachten sie nicht. Es gibt Dinge, die weiß man, und es gibt Dinge, an die denkt man. Ricky, die wußte, daß ihr Mann sich, wenn er sie geheiratet hätte, einen formidablen Gläubiger eingehandelt hätte, hatte wieder zur Rührschüssel gegriffen. Sie konnte besser nachdenken, wenn ihre Hände beschäftigt waren. Der Junge, der wußte, daß die Waisenkammer der Stadt seine Interessen mit eisenharter Gerechtigkeit wahrgenommen hätte, hatte gedacht: Wenn ich mich nicht beeile, ist gleich alles verscherbelt.

Er seufzte ungeduldig.

Seine Stiefmutter sah auf.

»Der Spiegel«, schlug sie vor.

Der gute Junge war schon fort.

Wie man aussieht? Interessiert einen das? Das eigene Haar, der Hut, das Doppelkinn, das sich inzwischen bis zu den Ohren ausgebreitet hat, die Seele, die einen – Gott bewahre – aus den Augen heraus intensiv betrachtet? Der Maler hatte sich wieder von dem Spiegel abgewandt. Nur wenn er das Ding nach vielem Hin und Her auf einer zweiten Staffelei in seinem Atelier aufgestellt hatte, es zentimetergenau zurechtrückend und -schiebend, war er bereit, wirklich hineinzuschauen. Dieser merkwürdige Kauz? Durch sein Gedächtnis schweifend, fiel sein Blick dann recht bald in den Blick eines anderen. Zwinkerte er mit den Augen, dann tat der andere es auch, das schon, doch wandte dieser sich ab, sagen wir mal in einer klassischen Dreiviertelpose, dann war er es, der Maler, der ihm folgte. Legte der Herr etwa den Ellbogen auf eine Fensterbank und sah ihn etwas hochherzig an, so dachte er: Ha, da haben wir ihn, Tizian da Cadore. Zog sein verehrtes Gegenbild es dagegen vor, den ganzen

Unterarm aufliegen zu lassen, ja, dann hieß er wohl eher Albrecht Dürer, wie der zutiefst bewunderte Kollege, der in diesem Augenblick kühl, abwehrend, mitten durch ihn hindurchschaute, weil er nicht an ihm, dem künftigen Menschen des siebzehnten Jahrhunderts, interessiert war, natürlich nicht, sondern genauso wie er selbst auf kleine Signale von gewissen Vorgängern wartete. Und er wußte auch in etwa, von wem, er fand sie selbst ebenfalls fabelhaft … den fröhlichen Lucas van Leyden in seinem Kittel mit den riesigen Puffärmeln, die er bestimmt irgendwann einmal nachahmen würde, oder Jan van Eyck, der Stunden damit beschäftigt gewesen sein mußte, dieses rote Tuch so um seinen Kopf zu drapieren, daß die Zipfel wie lebendige Pelikanschnäbel nach außen standen.

Meister unter sich. Davon konnte dieser Sohn, dieser halbwüchsige Junge bei seiner Rettungsaktion doch nichts wissen? Sich in einer endlosen Reihe von Spiegeln spiegelnd, schauen sich die Maler gegenseitig an und schärfen ihren Blick. Sie grübeln auf verschiedene Weise über dasselbe nach.

Der Junge war in den Auktionssaal gestürmt. Ohne Bieternummer, dafür war keine Zeit gewesen. Den Blick aufs Podium geheftet, eilte er, den Arm wie ein gewiefter Trödler in der Luft, nach vorn, denn genau in diesem Moment wurde der Spiegel, ein Prachtstück aus der Werkstatt von Adriaen Wouterszoon Maes, von zwei Saaldienern aufs Podium gehoben.

»Fünfundzwanzig Gulden!« ertönte es aus dem Mund irgendeines Subjekts, das keinen Cent in der Tasche hatte. So einen Preistreiber nennt man Schaf.

»Dreißig!«

Der dritte Hammerschlag. Der Sohn wurde rot vor lauter Glück. Er drehte sich sofort um, ging zum Tisch des Kassierers, zählte hocherfreut die Summe hin und machte sich auf die Suche nach einem Träger.

Es wird ungefähr eine Dreiviertelstunde später gewesen sein, daß sich in dem Haus in der Breestraat eine traurige und auch ziemlich symbolträchtige Szene ereignete. Es klopft an der Haustür. Ziemlich leise, aber doch beunruhigend. Ricky ist ausgegangen. Der Maler, gerade zurückgekehrt von einem Barbierbesuch, öffnet. Er sieht seinen Sohn, der in einer Hand die blinkende Scherbe hält, mit der er an die Tür geklopft hat, mit der anderen balanciert er einen wohlbekannten Ebenholzrahmen auf seinen Schultern.

»Sein Hemd stand offen. Seine Hände bluteten«, sollte der Maler seiner Frau später erzählen. »Er sah aus, als käme er aus dem Krieg.«

Sein Sohn begann sich an ihm vorbei ins Vorderzimmer zu schieben, dessen Wände nur noch die bleichen Rechtecke der abgehängten Bilder aufwiesen.

»Junge …« sagte der Maler entsetzt. »Erzähl.«

Es war gleich hinter der Brücke über den Kloveniersburgwal passiert.

Ein Träger, gemeinsam mit dem Sohn auf dem Weg in die Breestraat, hatte die Last auf dem Kopf getragen. Er war betrunken, was aber nur ein Kenner hätte bemerken können. Es gibt Trunkenbolde, die gerade, wenn sie völlig blau sind, ohne das leiseste Zögern und mit Autorität im Blick auf ihr Ziel zusteuern. Am Fuße der kleinen, ziemlich steilen Brücke lag ein Wirtshaus, das einige Jahrhunderte später De Staalmeesters heißen würde, jetzt aber noch ganz einfach De Balk genannt wurde, nach dem Eichenbalken, der quer über ein paar Fischtonnen an der vorderen Hauswand lag. Auf diesem Balken saßen die Freunde des Trägers.

»Klatsch doch mal in die Hände!« begann der erste.

Gelächter.

»Nicht zu dicht am Kopf festhalten, hörst du!« rief Nummer zwei. »Das nützt nichts bei einem Stück Glas. Was vorsteht, kippt immer nach vorn, das ist ein Gesetz!«

Der vorige: »Stimmt. Hände ein Stück weiter nach vorn!«

»Na ja«, mischte sich ein dritter in das Thema ein. »Und wenn es ins Rutschen gerät, das zerbrechliche Ding? Ganz sacht nach hinten, ohne daß du es merkst? Ich lasse nur eine Position gelten, wenn man so etwas transportiert, und zwar mit der einen Hand ...«

Ein lautes Scheppern unterbrach ihn.

Über das Kopfsteinpflaster der Brücke kriechend, wußte der Sohn des Malers nicht, wohin er zuerst greifen sollte. Ohne den geringsten Nutzen, aber auch wiederum verständlich, daß der Junge begann, die Scherben zusammenzuschieben, das Zerstörte zu retten, und sein Gesicht trug dabei schon bald einen erstaunlich ernsten und entschlossenen Ausdruck. Inmitten eines Kreises von Zuschauern, die genauso ernst dreinschauten wie er, sammelte er die Stücke zusammen und legte sie auf einen Haufen, ganz ruhig jetzt, pietätvoll, wie einige meinten, die wußten, daß der Vater dieses Jungen schon gute zwanzig-, dreißig-, wenn nicht vierzig- oder fünfzigmal sein eigenes Antlitz nach dem Bild in diesem Spiegel gemalt hatte. Zum Schluß ist der Sohn auf den Träger zugetreten und hat ihm den Rahmen aus den Händen genommen. Ohne auch nur einen Blick auf das kleine Mahnmal aus sorgsam aufeinandergeschichteten

Scherben zu werfen, ist er nach Hause gegangen. Er war schon eine Gracht weiter, da kam ihm ein kleiner Junge schreiend nachgerannt.

»Mijnheer!«

»Laß mich«, murmelte er, blieb aber trotzdem stehen.

Das Kind reichte ihm eine Scherbe, die größte von allen, die er übersehen hatte.

Jetzt standen der Maler und sein Sohn im Vorderzimmer des Hauses, in dem sie – ein Gnadenerweis des neuen Eigentümers – noch einige Tage wohnen durften. Der Sohn, zu Ende mit seinem Bericht, zog abgrundtief die Nase hoch.

»Schrecklich, Papa!«

Er hielt den Rahmen, der zwischen ihnen beiden auf dem Boden stand, noch immer fest.

Der Maler hustete. Wollte etwas sagen, konnte es aber nicht gleich. Die zwei sahen sich an, zu beiden Seiten des fehlenden Glases, oder nein, der Sohn schaute nicht wirklich, er starrte nur vor sich hin, weil ihm immer noch schwindlig war.

Der Maler sagte erst versuchsweise mit leiser Stimme: »Ach herrje« und dann mit wieder kräftigerer Stimme: »Ach, was macht das schon? Wir lassen einfach ein neues Glas einsetzen, was?«

Konzentriert blickte er in die Tiefe hinter dem Rahmen, wie er es so oft getan hatte. Mein Sohn, schien er zu denken, der mich auf jeden Fall überleben wird.

15

Rot

Es ist noch immer der dritte Mai, Sonnabend. Elsje ist tot. Der Maler, unausweichlich auf dem Weg zu ihr, dachte mit keinem Gedanken an sie. Mit einem etwas einfältigen weißen Mützchen auf dem Kopf, das war er so gewohnt, stand er vor dem Bild in seinem Malzimmer und ließ sich vom Rot von Rebekkas Kleid beruhigen, ganz in Ordnung. Auch als er unten die Tür zufallen hörte und wußte, sein Sohn war zurück aus der Stadt, dachte er nicht an das hingerichtete Mädchen. Während er den Schritten des einen jungen Mannes lauschte – der, ohne es wirklich zu wollen, doch gegen halb elf auf dem Dam gelandet war –, betrachtete er den anderen, den jungen Mann auf der Leinwand, der in gewisser Weise Isaak darstellte, einst das Kind, das dieses perverse, im letzten Moment nicht vollzogene Menschenopfer überstanden hatte. Haltung, Kleidung und dieses sympathische Gesicht. Scheinbar ohne Nachdenken von ihm aus dem Kopf gemalt. Von wem stammen diese Gesichtszüge? Der Maler, in Morgenrock und Pantoffeln, suchte es nicht herauszufinden. Daß der erwachsen gewordene Isaak große Ähnlichkeit mit seinem Sohn hatte, allerdings älter war als dieser jetzt, etwa sechs, sieben Lebensjahre, die dem Jungen in Wirklichkeit nicht mehr vergönnt sein würden, war ihm nicht aufgefallen und sollte ihm auch nie auffallen.

»Du bist nicht einmal böse auf Ihn, was, im nachhinein?« murmelte er, während er gutgelaunt zu seinen Paletten, Farben und Messern auf dem Nebentisch ging. Die Lösung, die er brauchte, war ausgebrütet und hatte sich fast ganz von selbst ergeben.

»Nicht böse? Da täuschen Sie sich aber gewaltig. Und ob ich böse auf Ihn bin!« entgegnete der junge Mann mit dem sympathischen Gesicht und erzählte, er habe nie auch nur das leiseste Verständnis dafür gehabt, daß er unbedingt von seinem Vater auf einem Scheiterhaufen festgebunden werden mußte, daß ihm dessen Hand auf die Augen gedrückt wurden, damit er auf keinen Fall etwas von dem Mord an sich selbst sähe, und im folgenden spüren mußte, wie sein Kopf so weit zurückgedrückt wurde, daß seine Kehle vollständig frei lag, mit genau der richtigen Spannung, um ...

»Nun ja, ich fing an, wie ein Schoßhündchen zu zittern. War ja noch ein Kind, verdammt noch mal. Dachten Sie denn, das wird man in seinem Leben je wieder los, diesen Moment, in dem man spürt, daß der eigene Vater auf Seinen Befehl im Begriff ist, einen mit einem Schlachtermesser fachmännisch abzustechen?«

Der Maler kramte, immer wieder über die Schulter schauend, eine Weile in seinen Materialien herum, trat dann wieder auf die Leinwand zu, blieb aber einige Armlängen davon entfernt mit vorgeschobenem Kopf reglos stehen. Sehr wahrscheinlich, daß er in diesem Moment im Geiste einen kurzen *Durchgang* machte: alles sehen und erfassen mit einem einzigen wachsamen, kühlen Blick. Es war eine Weile nach Mittag, die Sonne schien, von Westen strömte kreidig weißes Licht herein. Sehr wahrscheinlich, daß der Maler in diesem Moment wie ein Schiff auf die Leinwand zusegelte, ein schnittiges, wendiges Schiff, das die Strecke vieler vorangegangener Tage auf *ein*mal beschleunigt zurücklegt.

Auch das Gesicht der jungen Frau war Zufall. Obwohl sie Ricky überhaupt nicht glich, war dieses Gesicht das liebste gewesen, das ihm eingefallen war.

Sie erkrankte in einer Zeit, in der kein Mensch, kein Mensch, der seine Sinne beisammenhatte, daran zweifelte, daß die Welt den allmächtigen Gott braucht. Von welcher anderen Instanz würde man eine derart unmäßige Strafe hinnehmen? Die Krankheit, deren Namen man tunlichst nicht aussprach, kannte kein Maß, nur ein Tempo. Man sagte: die eilige Krankheit. In Amsterdam war es vorgekommen, daß ganze Wohnviertel zweimal in ein und demselben Sommer bis auf den letzten Bewohner ausstarben. Im Jordaan hatten Weiberhorden auf Leben und Tod miteinander gekämpft, um eine Leichenbahre für ihre Liebsten zu ergattern.

Nach einem fiebrig verbrachten Vormittag, an dem Ricky dann und wann etwas verwirrt gewesen war, hatte sie sich zu Beginn dieses ersten Nachmittags sehr nüchtern gezeigt. Einer ihrer spontanen Anwandlungen – »Geh doch mal ein bißchen raus« – hatte der Maler nur zu gern Folge geleistet. Wenn sich die Möglichkeit einer tödlichen Krankheit ankündigt, stehen jedem Betroffenen zwei Lösungswege offen. Der erste ist der schönere. Es ist nicht … das. Sie hat das nicht. Ganz bestimmt nicht! Als sie, im Bett, ihren Mann für ein paar Stündchen fortschickte, hörte er folglich ausschließlich das Liebe in ihrer Stimme, das Alltägliche. Jeder hat mal eine kleine Grippe.

»Du siehst doch, wie schön das Wetter endlich geworden

ist? Meine Güte, nach dem ganzen Regen! Grüß mir die schöne frische Luft da draußen.«

Als er nicht antwortete und sie nur anstarrte, rollte sie den Kopf sacht auf dem Kissen hin und her, beschwichtigend, auch gegenüber sich selbst. Das Unheil würde sich schon zurückhalten. Kann ich einen Apfel haben, fragte sie noch. Als er ihr den brachte, auf einem Teller, hatte sie sich etwas aufgerichtet. »Schick mir mal eben die Mie Magdaleen.«

»Gut«, sagte er abwesend.

Sie strich sich mit allen zehn Fingern die Haare aus dem Gesicht und sah ihn dabei so feurig an, als sprächen sie über irgend etwas Gewaltiges, sie beide. Dann plötzlich ein behagliches Lächeln.

»Wir warten auf dich, hörst du, mit dem Essen.«

Intimes Gespräch, ihr letztes.

Eine Viertelstunde später streifte er durch die Felder. Dort kommt man von seinem Zuhause ganz bequem hin. Man geht die Rozengracht hinunter, überquert die Brücke über das Wasser der Lijnbaan und gelangt zu einem der Bollwerke des Walls, der die Stadt wie ein gekrümmter Arm gegen die Ebene ringsum abschirmt. Ein guter Fleck, wo er oft gesessen und gezeichnet hat, den Sandweg, ein paar Häuser, eine verrückte Mühle, die man, damit sie genug Wind einfängt, auf vier absurd hohe Stelzen aus Backstein gestellt hat, doch heute ließ er das alles unbeachtet. Er ging einfach so dahin, schaute. Träumte, dies sei ein Tag wie jeder andere. Man braucht nicht die Wahrheit zu denken, ein zerstreuter Narr denkt, was er will. Bis auf weiteres ist die Wahrheit kein Trumpf im Spiel. Scher dich also zum Teufel. Doch was man träumt, ist ganz und gar wirklich.

Der Maler ging über den sumpfigen Boden. »Wie das hier aussieht!« brummte er verwundert. Er blickte auf das hohe Unkraut, innerhalb weniger Tage hochgeschossen, Disteln, die sich wie Gitterzäune zu den Seiten hin verzweigt hatten, Baumstämme, deren Füße gänzlich mit Schwämmen bedeckt waren, gelblichweißen Dingern, mit Feuchtigkeit vollgesogen. In der vergangenen Woche hatten Tag und Nacht Gewitter über der Stadt gehangen, die sich immer wieder in kurzen, plötzlichen Güssen entluden. Böses Wetter. Besonders geeignet für die Flöhe, die nach dem Massensterben unter den Ratten, denen von der schwarzen Sorte, auf der Suche nach dem Blut neuer Wirte waren. Vor sechs Tagen war Ricky von einem Floh in den Hals gebissen worden, ganz alltäglich, nichts Besonderes, bei einer kleinen Ader oberhalb des Schlüsselbeins.

Das ist ja schon keine Landschaft mehr, dachte der Maler, das sieht ja aus wie hingekotzt. Wie das Schlachtfeld auf einem Bild eines dieser süddeutschen Meister.

Währenddessen sorgte er dafür, daß ihm sein Traum keine Sekunde lang geraubt wurde.

Sie hatte das nicht.

Ziemlich nah im flachen, sich bis nach Haarlem erstrekkenden Land lag das Pesthaus. Das wußte er sehr wohl. Er hatte das Außenspital, dieses Stück Hölle auf Erden, das wie ein Kreuzgang mit vier schroffen Flügeln um einen Innenhof herumgebaut war, mehr als einmal gezeichnet. Einer Illusion gleich hinter einer Baumlinie, mit einer braunen Feder, die das hellbraune Papier lediglich angestippt hatte, wie ein Geist. Auf dem Wasser im Vordergrund ein Kahn mit einem Fährmann. Er wußte, daß in diesem Sommer schon wieder jede Menge Kranker dort abgeliefert worden waren.

Die heiße Krankheit machte keinen Unterschied zwischen arm und reich, im Prinzip nicht, aber es waren doch in erster Linie die armen Schlucker aus den Elendsbehausungen, die die kleine, das Wasser dreimal überspannende Brücke hinaufgeschleppt wurden und nicht auf Rückkehr zu hoffen brauchten. Der Friedhof, auf der Zeichnung nicht zu sehen, nicht mit den Augen, lag im Westen.

Aber sie – er drehte abrupt um, hatte Lust auf einen Pfeifenkopf in der Hand, Lust auf Rauchwolken um den Kopf – aber sie hatte diese Krankheit nicht! Ricky war ein Juwel von einer Frau. Sie hatte dichtes haselnußblondes Haar, ein rundes Gesicht, blaugrüne Augen, die liebevoll auf einen gerichtet waren, ja, aber provozierend gewappnet mit Verstand. Ihre Beine waren gerade, die Arme weich, ihre Brüste ebenfalls, der Mund mit einer noch fast vollständigen Garnitur regelmäßiger Zähne war, wie er es nannte, ein lächelnder und oft sogar in sich gekehrter Mund, kein schallend lachender. Ihre Haut war warm, durch und durch gutwillig, und darauf kam es bei einer Frauenhaut ja auch an, meinte er.

Als er nach Hause kam, waren alle beunruhigt.

»Sie zittert vor Fieber«, sagte sein Sohn, der ihm an die Tür entgegengegangen war. »Und am Hals …« Anstatt seinen Satz zu beenden, zog er ihn am Arm die Treppe hinauf.

In seinen schlammigen Stiefeln stand er neben dem Bett.

Das ist es also, dachte er, während er auf sie hinunterstarrte.

»Mach, daß du hier wegkommst, Neelie«, murmelte er, ohne das Mädchen anzusehen, das sich ans Kopfende gestellt hatte, um ihm Platz zu machen. Das Kind hielt einen zusammengeknüllten nassen Lappen in der Hand, mit dem es die kleine Bißwunde an Mutters Hals, gestern noch eine Blase, inzwischen ein Stück abgestorbene Haut, ein Schmutzfleck, hatte betupfen und abreiben wollen.

An diesem Abend übte er sich in der Kunst, mit aller Kraft, die in ihm war, bei seinem »Nein!« zu bleiben, während er mit seinem Sohn bei ihr saß. Gab er ihr zu trinken, dann spürte er heiße Schweißtropfen auf seine Hände fallen. Nachts lauschte er schlaflos ihrem Gemurmel, erwachte aber auch ein paarmal aus einer schweren, behaglichen Tiefe. Die Schwellungen, die sich mittlerweile in ihren Leisten und Achselhöhlen bildeten, wurden am frühen Morgen von Mie Magdaleen, die ihr das Nachthemd wechselte, entdeckt. Die Dinger verfärbten sich sehr schnell. Um die Mittagszeit brauchte sich keiner mehr zu fragen, was dies für harte, schwarze Beulen waren.

Das war am Montag.

Dienstag. Sie bekam ein schweißtreibendes Mittel aus in Bier aufgelöster Myrrhe. Sie bekam ein Klistier, in dem fein zerriebener Rubin verarbeitet war.

»Bar auf die Hand bitte«, sagte die Frau, die die Arzneien verabreichte, zum Maler.

Keine böse Hexe, nur eine Person, die völlig teilnahmslos geworden war aufgrund des Übermaßes an Kranken, zu denen sie geschickt wurde. Ihrer Visite war am frühen Morgen der Besuch eines städtischen Kontrolleurs vorangegangen. Pestkranke mußten unverzüglich gemeldet werden, bei Zuwiderhandlung drohte eine Strafe von zwei Gulden. »Es hat gerade erst angefangen«, hatte Mie Magdaleen dem Mann versichert, nachdem sie ihn eingelassen hatte. Er war die Treppe hinaufgegangen, hatte von der Tür aus einen Blick ins Krankenzimmer geworfen, war wieder hinuntergestampft, und tack, tack, tack!, da hatte er schon ein weißgekalktes Stück Holz über die Haustür genagelt. Auch hatte er – alles nach städtischer Vorschrift – mit weißem Pinsel ein großes P mitten auf die Tür gemalt.

Während die Frau mit der Kranken beschäftigt war, sah der Maler aus einer Zimmerecke zu. Ricky starrte ihn auch dann noch aus glasigen Katzenaugen an, als sie auf die Seite gerollt wurde. Die Frau war geschickt. Auch sie stand im Dienst der Stadt, die ihre Ärzte lieber für später aufsparte, wenn die Epidemie wieder vorbei wäre, und diese Art von Krankheitsfällen daher größtenteils Nothelfern überließ, den im übrigen sehr fachkundigen Pestmeistern und -meisterinnen, mit Anrecht auf eine Gefahrenzulage zusätzlich zu ihrem Salär.

»Habt ihr Knoblauch und schwarzen Senf im Haus?« fragte die Frau.

Der Maler, der, was den Ausgang der Krankheit betraf, auf jeden Fall bis Donnerstagnachmittag auf den zweiten Lösungsweg – Genesung – eingestellt bleiben würde, empfand ihren Ton als angenehm, überlegen, in nichts auf eine mögliche Niederlage anspielend.

Das Geforderte hatten sie. Ricky bekam drei Tage lang einen Brei auf ihre Beulen, ein Nahrungsmittel, das aus Senf, Knoblauch und dem eingekochten, getrockneten und danach pulverisierten Blut eines lebenden Hahns bereitet war. Mochte die Krankheit auch göttlichen Ursprungs und Plans sein, die Symptome und Heilmethoden waren dunkel, eklig und rein irdisch.

Kann man sein Glück oder auch ein lächerliches bißchen guter Hoffnung mit einem anderen teilen? Man kann es, bis zu dem Augenblick, in dem dieser andere, der sich öfter und länger an ihrem Bett aufhält, mit einem Gesicht heruntergekommen ist, das man kaum erträgt. Sein Sohn trank nicht. Er an diesem Mittwochabend schon.

»Sie wird es schaffen«, erklärte er. »Drei, vier Tage, du wirst schon sehen.«

Sein Sohn stand am Küchentisch, wo er den Glühstrumpf der Lampe höher und wieder niedriger drehte, und reagierte nicht. Nachdem mindestens eine ganze Minute vergangen war: immer noch nicht. Er selbst saß im Dunkeln, neben der Tür zum Hinterzimmer, in dem er jetzt schlief, in einem Bett inmitten der zum Verkauf stehenden Sachen.

Er beugte sich zur Seite, tastete unter seinem Stuhl und fand den Geneverkrug.

»Ich red' mit dir ...!!«

Da sah er, daß sein Sohn ihn allein gelassen hatte. Er sah es, als der Junge sich ihm zuwandte, nicht einmal verärgert ob seines Gebrülls, macht überhaupt nichts, und ihn sein Gesicht lesen ließ, ein ruhiges Gesicht, auf dem die Wahrheit ihre scheußliche Fratze zeigte.

Die Hand, in der er den Becher hielt, zitterte an seinem Knie.

»Geh ins Bett, mein Junge«, brach es flüsternd aus ihm heraus. »Schlaf sofort, oder ich tu' dir was an.«

Donnerstag. Wieder Regen. Es ging ihr sehr schlecht. Glühendes Fieber, ihn wegstoßen, ihn rufen und, wenn er kam, sich doch nur am Bettpfosten festklammern wollen. Donnerstagnachmittag. Die Pestmeisterin erschien, um verabredungsgemäß die mittlerweile straff gespannten, schimmernd schwarzen Beulen mit einem kleinen Messer zu öffnen, zu töten. Ein lauer Regen rauschte in dem Moment wie ein Schleier an den Fensterscheiben des Krankenzimmers herab, sie durften schon seit Tagen unter keinen Umständen geöffnet werden. Die Frau ging sofort zu der Patientin, sie bedeutete dem Sohn, auf die Seite zu treten, und Mie Magdaleen, an der Wandseite aufs Bett zu krabbeln, sie stellte ihre Tasche auf die Bettdecke und zog mit dem Fuß gleichzeitig den Hocker heran, um sich zu setzen – sie sah sich um.

Der Maler stand am Fenster. Er sah ein prüfendes Frauengesicht auf sich gerichtet, mit grauen Augen, die für einen Moment groß wurden.

»Sie«, sagte sie barsch. »Tun Sie uns derweil einen Gefallen und schlagen Sie diese Mistfliegen tot.«

Die Luft in dem Raum war tatsächlich voll von ihrem Summen und Brummen.

So daß er, als Mie Magdaleen den Kopf ihrer Herrin zwischen ihren Händen festhielt und mit dem Knie einen Arm fixierte, nicht sah, wie die andere Frau schnell und geschickt einen Einschnitt in das erste Geschwür machte, weil er mit einem seiner Pantoffeln in der Hand auf das Fenster zuschlich. Die Pestmeisterin arbeitete fachkundig, mitleidslos. Ricky jammerte leise und biß sich die Unterlippe blutig, daraufhin bekam sie ein Tuch zwischen die Zähne. Ihr Mann sah nicht, wie sie die Fäuste ballte, den Körper hochstemmte und zu einem Bogen spannte, hörte aber, als er ein paar Fliegen auf dem Fußboden traf, große Exemplare, die Blutspritzer hinterließen, das leise Stöhnen, das sie manchmal auch während ihrer Liebesumarmungen von sich gab. Nach ungefähr zehn Minuten war es vorbei. Die Pestmeisterin packte, ohne sich mehr um die Anwesenden zu kümmern, ihre Tasche und sagte, sie finde den Weg zur Tür schon allein. Er ging zum Bett und sah, wie Ricky wieder zu sich kam. Sie erbrach ein wenig, ließ es ihn abwischen. Ihre Augen wurden weiter und blauer, als sie ihn erkannte, und sandten mühsam, gleichsam Wort für Wort, eine Botschaft aus. Postskriptum zu ihrem letzten Gespräch.

Ich bin noch da, siehst du, mein Herz. Und ich bleib' da.

Im Laufe des Freitags und Samstags fanden er und sein Sohn wieder zueinander. Gespräche führten sie nicht. Die Wut, die den Sohn umgab, zornige, zu seinem Alter passende Empörung, eignete sich nicht gut für Worte, auch nicht für verdächtige Worte. Gott, den es gab, warf den Hochmütigen zu Boden. Es ging nicht gut. Ricky hörte nichts von dem hartnäckigen, endlosen Fingerknacken ihres Stiefsohns, das ihr früher immer so auf die Nerven gegangen war, jetzt wohlgemerkt dicht an ihrem Ohr. Und was seine rasenden Gedanken währenddessen dachten, rein aus sich selbst heraus, ohne sein Zutun – Gott ist nicht christlich –, hörte sie schon gar nicht. Sie schwitzte, redete irre und war entgegen ihrem Willen im Begriff zu sterben. Sollte man nicht einen Pfarrer rufen? Die Krankheit verlief wieder einmal ungemein schnell, aber es gab Momente, in denen Ricky noch so weit bei Bewußtsein war, gerade noch, um ein paar erbauliche Worte mitzubekommen.

Es ist nicht bekannt, ob sie im Haus an der Rozengracht darüber gesprochen haben. Ein Haus, in dem die Pest herrscht, ist ein geschlossenes Haus, ohne Nachrichten. Bewohner dürfen sich nur nach Sonnenuntergang auf der Straße zeigen, Nachbarn dürfen nicht kommen, um zu helfen oder zu wachen, und Besuch ist strengstens verboten, nur Amtspersonen haben noch Zutritt. Zu diesen gehören sicherlich die Pfarrer, natürlich, dennoch hielt die Stadt Amsterdam es für besser, auch sie als Berufsgruppe so weit wie möglich in petto zu halten. Man stellte ein kleines Heer von Pestkrankentröstern ein. Gutgesinnte und selbstverständlich auch gutbezahlte Leute mit befristeten Verträgen, die die passenden heiligen Texte kannten. Es ist völlig undenkbar, daß der Maler die für sein Wohnviertel zuständige Person, einen wegen der Seuche nicht mehr aktiven Aalverkäufer, in sein Haus gelassen hat.

Am Samstagabend hat er das Dienstmädchen in die Küche geschickt, um für seinen Sohn und seine Tochter Essen zu machen, er selbst ging wieder nach oben. Der Gestank des Krankenzimmers störte ihn schon lange nicht mehr. Er hatte sich ans Fenster gesetzt. Die ihm den Rücken zukehrende Gestalt lag im Koma oder schlief vielleicht. Das war alles, Stille, eine Zeitlang. Kurz nachdem es zehn Uhr geschlagen hatte, zündete er die Lampe auf dem Tisch an. Im Kopf den Singsang eines Gebets zu Rochus, dem Pestheiligen – seine Mutter war katholisch gewesen und bis zu ihrem Tod geblieben –, starrte er weiter halb schlafend, mit offenen Augen träumend in Richtung des Alkovens in der schummrigen Ecke. Als seine erste Frau im Sterben gelegen war, hatte der damalige Pfarrer der Oude Kerk, zugleich ihr angeheirateter Cousin, genau im richtigen Moment leise das Zimmer betreten, um mit ihr zu beten. Der tieferschütterte Mann, in schwarzes Tuch gekleidet, hatte sie sehr gemocht.

Bei Ricky lagen die Dinge anders. Ein seelsorgerischer Besuch an ihrem Sterbelager hätte ihr anstatt Seelenruhe womöglich etwas ganz anderes beschert: die erneute Halsstarrigkeit von vor einigen Jahren, als sie vom Rat ebendieser Oude Kerk nicht weniger als viermal ermahnt worden war, vor ihm zu erscheinen, um über ihr außereheliches Sexualleben zu sprechen.

»Diesmal geh' ich hin«, hatte sie ihm an jenem Julitag mitgeteilt.

»Tu's nicht«, sagte er wie bei den vorigen drei Malen.

Das war noch in dem Haus an der Breestraat gewesen. Er erinnerte sich, wie sie ihm vom Spiegel aus, vor dem sie sich gerade ihre Ohrringe anlegte, ein leeres, in sich gekehrtes Lächeln zugesandt hatte. Fast schon im sechsten Monat schwanger. Noch immer hatte sie eine Taille. Ihren hohen, harten Bauch sah man unter den Kleidern kaum. Saß sie ihm ohne diese Kleider Modell, während sie einen simulierenden Zeh zum Wasser der fürstlichen alttestamentarischen Kulisse um sie her auf der Leinwand ausstreckte, so kamen ihm ihre volleren Schultern gerade gut zupaß, den Bauch flachte er zu dem Bauch von vor einem halben Jahr ab, ihr Gesicht malte er sowieso anders als ihr wirkliches Gesicht, und den Blick veränderte er in nachdenklich, in doch-ein-bißchen-sehr-sehr-besorgt. Sie hielt einen Brief in der Hand. Ein König lud sie in sein Bett.

»Ich geh' hin.«

Er hatte schon die Schuhe anziehen wollen, um sie zu begleiten, doch sie hatte gesagt, das sei Unsinn. Ob er denn vergessen habe, daß er nicht einmal kirchlich registriert sei? Als sie um fünf zurückkehrte, war ihr Gesicht unbegreiflich heiter gewesen, im Grunde richtig froh. Wie ist es gelaufen, hatte er gefragt, worauf sie antwortete, der Pfarrer sei unglaublich streng und böse gewesen.

»Das heißt, du heiratest nicht? hat er mich zweimal gefragt, und ich habe gesagt nein, nein, hab' ich gesagt.«

Sie hatte ihr Kopftuch abgelegt, die Finger ins Haar geschoben, um es ein wenig zu lockern, und ihm erzählt, daß sie nicht mehr am Heiligen Abendmahl teilnehmen dürfe.

»Und dein Kind wird ein illegitimes Kind sein, hat er gesagt.«

Sie hatten sich weiter angeblickt, sie mit diesem Glück in den Augen, für das seiner Ansicht nach an diesem Tag überhaupt kein Grund bestanden hatte.

In der Nacht von Samstag auf Sonntag wollte er es nicht mehr sehen. Die Erkenntnis, daß er praktisch Witwer war, daß er sich die Zukunft, unvermeidlich wie das Wetter, als Leere vorstellen mußte, in der es sie nicht mehr gab, das war es nicht, was ihn in dieser Nacht umwarf. Auch nicht ihre würgende Atemnot, ihr Irrereden, ihr zeitweiliges Geschrei und auch nicht ihre Schmerzen. Was ihn umwarf, war ihr Lebenswille. Sie atmete schwer, die meiste Zeit mit geschlossenen Augen, doch wenn sie sie aufschlug, suchten sie ihn und begannen ihm ohne Pardon eine Frage zu stellen, die er zwar nicht verstehen konnte, aber dennoch begriff. Sie kannten sich schließlich durch und durch. Diese Krankheit kann sich spektakulär grausam aufführen. Je mehr Zeit die Pest bekommt oder sich nimmt, um so zahlreicher werden die Geschwüre, auch unter der Haut, wo sie überall Blutergüsse verursachen. Er brauchte ihr Nachthemd nicht hochzuziehen, um zu wissen, daß sie aussah, als hätte man sie mit einem Karabinerkolben traktiert. Kurz bevor es draußen wieder hell zu werden begann, schlug sie erneut die Augen auf, er sah, wie ihr Blick abdriftete von der Schwelle zu einer Welt, von der sie überhaupt nichts wissen wollte, ungesehen, hin zu der Welt, der sie aus tiefstem Herzen vertraute.

Sein Gesicht, das ihr etwas vorlügen mußte.

Ich werde also nicht sterben?

Ihr letzter Sonntag war ein Tag, an dem für ihn alles auf Distanz geschah, stillstand, ohne ihn irgendwie einzubeziehen, und sich dann wieder in Bildern zu bewegen begann, deren Echtheit er im nachhinein nicht immer traute. Es war nach wie vor sehr warm im Zimmer, er hörte den Südwestwind an den Fenstern, sah, wie sie ziemlich hoch in den Kissen lag und atmete, stockte, wieder weiteratmete. Einmal lächelte sie, murmelte etwas und streckte ihre gespreizte Hand dorthin aus, wo er zufällig stand. O mein Mädchen. Meine Träume sind immer schrecklich banal, hatte sie ihm mal erzählt, sie spinnen einfach das fort, was ich an dem Tag getan habe, kochen, mit jemandem reden, ein Pferd betrachten. Ihre Hand war feucht und glühend heiß.

Hinter ihm stellte jemand die Lampe auf den Tisch, schob das Töchterchen von der Tür weg.

»Gehen Sie hinunter und trinken Sie ein Glas«, sagte irgendwann die Pestmeisterin, die gerade im Begriff war, ein Laken, das ihm wie ein Leichentuch erschien, auf dem Bett auszubreiten.

Er hatte nicht einmal gemerkt, daß sich die überlastete Heilkundige die Mühe gemacht hatte, noch einmal vorbeizuschauen.

Er gehorchte, saß eine Weile auf dem Stuhl neben dem erloschenen Herd in der Küche.

Als er danach aus dem Malzimmer im ersten Stock hinausschaute, sah er seinen Sohn die Rozengracht entlangkommen, was am hellichten Tag nur eines bedeuten konnte, Kirchgang. In der Westerkerk war an Sonntagen für alle, die unter die Quarantänevorschriften fielen, ein abgetrennter Raum eingerichtet. Dies geschah aus Nächstenliebe, aber auch aus praktischen, theologisch-medizinischen Gründen.

Buße tun half, hämmerten die etwas bedächtigeren Pfarrer den sterbensbangen Kirchgängern ein. Verschenke eine Schiffsladung Korn. Meide das Bordell. O ja, seinen Sünden abzuschwören konnte tatsächlich zu Genesungen führen, dafür gab es Beispiele.

»Es ging um Gottes Zorn«, berichtete ihm sein Sohn kurz darauf.

Seine Stimme klang so abwesend und seine Miene war so bestürzt, daß er genausogut hätte sagen können: »Heute abend gibt es bestimmt einen wunderbaren Sonnenuntergang.«

Als hätte er das tatsächlich gesagt, tastete der Maler mit Kennerblick den Himmel über den Häusern gegenüber ab. Regenwolken bei Südwestwind können sehr schön sein, schön wie die des Kollegen Ruysdael, mit diesen scharfen weißen Rändern. Sie brechen auf und segeln vorbei. Wie schnell das gehen kann!

»Die Sünde ist die Gebärmutter aller Seuchen«, sagte derweil der leise weinende Junge neben ihm. »Fressen, saufen, huren, prosten, aufschneiden, schlemmen, würfeln, tanzen, prassen, protzen, prahlen …« Die Predigt war diesmal nicht von dem guten, braven Psalm 91 ausgegangen, was sehr wohl möglich gewesen wäre – *Daß du nicht erschrecken mußt vor dem Grauen der Nacht* –, sondern von Römer 2, Vers 5. Der Ton selbstverständlich entsprechend.

Der Maler war nicht dabeigewesen, als seine Frau, am Montag im Morgengrauen, starb. Alles deutet darauf hin, daß er es nicht mit ansehen konnte, wie sie bis zu den letzten Atemzügen mit Rettung rechnete. Es wehte kein Wind mehr an diesem Morgen, und es regnete auch nicht mehr. Es gab nur das graue Dunkel des noch nicht ganz angebrochenen

Tags. Und den Raum, der sich perspektivisch zu dem Bett hin verengte, in dem sie sich aufzurichten versuchte. Das letzte, was er gesehen hatte, bevor er auf den Gang hinaustrat, war, wie sein Sohn den Hocker heranzog und ihr ins Ohr zu sprechen begann. Seine Haltung und auch sein Gesichtsausdruck, so würde ihm eine Erinnerung später sagen, hatten ihn stark an die des jungen Mönchs erinnert, der seiner Mutter auf ihrem Totenbett die Sterbesakramente gespendet und ihr zum Schluß in kraftvollem Latein zugeflüstert hatte: »Fahr hin, du Christenseele, aus dieser Welt! ...«

Er sollte gar nicht erst fragen müssen.

»Ich habe ihr gesagt«, erzählte sein Sohn ihm später, »daß wir, wenn es ihr in der nächsten Woche wieder besserginge, als erstes in das Auktionshaus an der Keizersgracht gehen würden, um den Warenbestand im Geschäft aufzufüllen. Das ist *wohl* notwendig, Mama, zum Kuckuck! Ich habe ihr gesagt, daß wir auf unserem Spaziergang dorthin wahrscheinlich großes Glück mit dem Wetter haben würden, der Enkhuizer Almanach hat Sonne und frischen Wind für den Rest des Monats vorausgesagt und auch für den nächsten Monat. Wir würden, hab' ich gesagt, zuerst ein paar schöne, nicht zu teure Gipsabgüsse kaufen, eine Venus, eine Callisto, eine Persephone oder so, je nachdem was sie da anbieten, und danach, hab' ich gesagt, würden wir zum Stadttor gehen und mit der Treckschute nach Ouderkerk fahren, wo wir uns auf die Terrasse von De Koe setzen und in aller Gemütlichkeit auf den Fluß schauen würden, die Boote, die Ruderer, die Sänger, die Mühlen. Ich hab' gesagt, ähm ... na ja, alles mögliche ...«

Die Hähne hatten schon mehrmals gekräht, als er zu dem Bett trat, in dem jetzt alles vorbei war. Sein Atem stockte.

Mit einem Schrecken, wie ihn nur der empfinden kann, der erst vor ganz kurzer Zeit gesehen hat, daß ein Kranker, so schlecht es ihm auch gehen mag, noch immer voll und ganz lebt, betrachtete er ihre Totenfarbe. Kölnische Erde und Weiß, Umbra und Weiß, Schwarzlack und Weiß, bläuliches Violett, Fahlgelb, Blaßgrün wie von der unreifen hellen Traube.

Der Maler betrachtete das Kleid.

Rot ist eine Farbe, die über sämtliche Grenzen wogt. Die Lösung, die das Bild von ihm verlangte, war einschneidend, aber schnell und geschickt wie das Messer, das dabei zum Einsatz kam. Nicht nur mußten die Bewegungen des Paars bis zum äußersten stillgestellt werden, auch das Bild selbst mußte auf sein wahres Motiv reduziert werden. Intimität des Golds des Mannes mit dem alles überstrahlenden Rot der Frau. Nur das, nichts anderes. Wenn er also auf der rechten Seite den Palast einschließlich des Voyeurs abschnitt und oben den hohen Innenhof wegnahm, würden sie, die Liebenden, seit vielen Jahren verheiratet, übrigbleiben.

Seine Augen kehrten zu dem Rot zurück. Die Hand des Mannes breit auf der linken Brust der Frau. Ihre Hand leicht auf seiner liegend, lediglich mit den Fingerspitzen, die in ein und derselben Geste etwas empfangen und erwidern.

Was?

Daß das Glück vor allem etwas Vergangenes ist?

Wie eine Bewegung immer etwas von einer anderen, früheren Bewegung in sich hat, so erinnert das eine Rot auch immer an ein anderes. Eines Tages war aus der roten Flanke eines geschlachteten Ochsen eine ganze Wolke fliegender Käfer entwichen.

Sie hatten beide verblüfft hingeschaut.

»Ich traue meinen Augen nicht«, hatte er gesagt.

»Schau doch, wie tapfer sie sich aus der Farbe herausarbeiten«, sagte sie.

Sie war, die Hand erstaunt vor ihrem lachenden Mund, ein paar Schritte vorgetreten zu dem Bild auf der Staffelei schräg gegenüber dem Fenster.

»Wie sie aus dem Dunkel hervorkriechen und dann ihre winzigen Flügel ausbreiten!«

Der Ochse war auf eine Buchenholztafel gemalt. Weil Eiche wegen des Kriegs in letzter Zeit schwer zu bekommen war, hatte er eben eine alte Tafel aus seinem Vorrat genommen, ein etwas kümmerliches Stück Holz, das aber, wenn man die Ritzen und Wurmlöcher zustopfte und mit hellbrauner Grundierung überstrich, durchaus noch zu gebrauchen war. Er hatte sich an die Arbeit gemacht. Sommer. Während der Ochse aufgeschnitten und mit gespreizten Hinterbeinen an einem Balken aufgehängt wurde, entwickelten sich unter und in dem fettgemästeten Tier die Larven des Holzwurms zu Käfern. *Anobium punctatum* liebt ganz gewiß die Eiche, bevorzugt jedoch die Buche.

Sie hatten neugierig, ein wenig erschrocken, weiter zugeschaut. Sie, sich auf die Unterlippe beißend, ihr entzücktes, aber auch etwas nervöses Lachen unterdrückend. So ein Ochse war bei den Kunstkäufern beliebt. Die Gedanken höherer Ordnung, denen dieses Stück Schlachtvieh Ausdruck zu verleihen vermochte – über den Profit im Fleischhandel, über rechtzeitige Bevorratung, über den Monat November, über den Tod –, eigneten sich ganz besonders für den Ehrenplatz über dem Kamin in den Wohnstuben Amsterdams.

»Die schaffen es, schau«, murmelte er fasziniert.

Daß er das Werk nachher wieder gründlich herrichten mußte, störte ihn nicht.

»Ich glaub', ich mach' mal das Fenster auf«, sagte sie.

Er nickte.

Und dieser Ochse war wirklich enorm gewesen. Das kopfunter aufgehängte Geschöpf drückte nichts anderes aus als seinen vergeblichen, gewaltigen Lebenswillen. Der Maler hatte das Tier mit kurzen, rasenden Strichen angelegt. Der Kopf war abgeschlagen, das heißt keine Zurschaustellung von Machohörnern, und auch die Geschlechtsteile fehlten. Doch die freigelegten Rippen, die Muskeln, das Fett und vor allem das ergreifende Pathos des weit vorragenden, seiner Blasebälge entledigten Brustkorbs sagten zwingend: Dies bin ich, *ecce bovis*.

Sie hatte das Fenster aufgestoßen. Aus der Bäckerei gegenüber strömte der Duft noch warmer Zuckerbrote herein. Als ob die zu einem anderen Leben erweckten winzig kleinen Tierchen das röchen, entschlüpften sie jetzt beschleunigt dem Rot des Gemäldes, dem getrockneten Blut der Flanke.

»So was aber auch!«

»Ja, verrückt, nicht ...«

Sie waren beide ein wenig beiseite getreten, als das summende schwarze Wölkchen, das Trauermemento im Hintergrund, nach draußen flog, als wüßte es, wohin es fliegen mußte. Wie es leben mußte. Das eine Verlangen eingetauscht gegen ein anderes.

16

Der Aufschub

Währenddessen erhält die Reise der jungen Dänin nach Amsterdam eine Extraportion Raum und Zeit, was gar nichts ausmacht. Wer achtzehn ist, hat genügend Atem. Diese Woche zu verstehen sollte ihr nicht gelingen. Nur, daß die Verzögerung durch den Knecht kam.

Der Mond war bereits erschienen, als ihre Unterkunft für, wie sie dachte, *eine* Nacht endlich im Schnee auftauchte. Sie waren lange umhergefahren, kein Dorf, kein Haus weit und breit. Auch keine aufgehängten Wölfe mehr übrigens. Der Knecht, der die Pferde lenkte, ignorierte die Rufe seiner Herrin, der Stups gegen seinen Rücken kümmerte ihn genausowenig. Schließlich drehte er aber doch den Kopf auf die Seite. Elsje sah ein versteinertes Profil, das schweigend fragte: Ja, Mensch, was ist? Eine Verstörtheit, die sie verstand. Der Schnee war blau, die Fläche unermeßlich, der Mond weiß. Nach einiger Zeit spielt nichts anderes mehr eine Rolle.

Doch das Gespann schwenkte herum, und der Schlitten hielt vor einem Hindernis, das ihr auf den ersten Blick eine Hütte mit einem gelben Licht hinter einem Fenster zu sein schien. Danach, in der Diele des Bauernhofs, der zu wachsen schien, während sie da standen, hörte sie Trein Jansdogter mit dem Bauern, der ihnen die Tür geöffnet hatte, über ihre Übernachtung verhandeln.

Für eine Nacht? lautete die Frage.

Die Antwort: Für unbestimmte Zeit.

Sie folgte dem Blick ihrer Amaker Freundin. Der Knecht stand in dem schmalen Raum unter einer Leiter, die mit einem Strick an zwei Pfosten festgebunden war, und sah aus wie eine gerahmte Statue. Ein Bauernsohn, der ihre Sachen auslud, stellte Ranzen und Taschen wie Opfergaben vor seine Füße.

»Was ist los mit ihm?« fragte sie Trein am nächsten Tag mehr als einmal und auch am darauffolgenden Tag noch mal. »Was hat er?«

Sie erntete nur ein Kopfschütteln.

Im Laufe dieser Woche sah sie den Mann in sich zusammengesunken auf einem Stuhl sitzen, in der Ecke neben dem Ofen stehen oder seinen Becher leer trinken und den Arm für einen Nachschlag ausstrecken, den er dann von Trein auch bekam. Und nachts hörte sie ihn atmen, will sagen, sie hörte, wie das erstickte Schnappen nach Luft, mit dem er irgendwann die Stille durchbrach, in einen lauten Schnarcher mündete. Dann war es wieder mucksmäuschenstill. Auf dem Dachboden waren drei Schlafplätze für sie eingerichtet worden, durch Schränke getrennt. Nach zwei Tagen, an denen Elsje tagsüber immer wieder zu den Fenstern gegangen und die Wohnstube des Bauernhofs enger und enger, wieder zu einem Hüttchen geworden war, begann sie nachts dem Verlauf dieses gräßlichen Geräuschs zu lauschen. Wann kommt es? Jetzt? Nein, noch nicht. O Gott, da ist es! Und sie schoß hoch, ließ das Geräusch über sich ergehen, hörte danach keinen Mucks mehr, legte sich wieder hin und wartete im Dunkel, daß sich das Phänomen auf der anderen Seite des Schranks wiederholen würde.

Wie kann man auf diese Weise schlafen? Als sie während einer dieser Nächte an Sarah-Dina denken mußte, in Bildern, so lebendig wie die Welt, ging ihr nicht einmal auf, daß sie an ihre Schwester schon seit geraumer Weile nicht mehr als Reiseziel dachte, sondern an etwas, das vorbei ist.

Gerade an diesem Nachmittag hatte Trein, ziemlich schwärmerisch, mit Glücksaugen geseufzt: »Ach ja, vorbei… vorbei.« Und sie eine Zeitlang mit intimen Frauenerinnerungen bedacht, die ihr nichts sagten, Sex war ein weißer Fleck in ihrer Vorstellungswelt.

Sie waren unter sich gewesen. Das Bauernpaar hatte allerlei Dringendes in der Scheune zu erledigen, die beiden Söhne, begeistert von ihrer Herrschaft über die Rassetiere, gingen derweil zu den Friesen. In der Wohnküche hatte eine etwas merkwürdige Stimmung geherrscht. Die Witwe und Elsje hatten zusammen auf einer der Fensterbänke gesessen, während ein Stück weit von ihnen entfernt, am Tisch, der Knecht vor sich hin stierte, in dem sich an diesem ganzen Nachmittag noch nichts anderes geregt hatte als der Impuls, den leeren Suppenteller von sich zu schieben.

»So eine Seele von Mensch«, hatte Elsje über den verstorbenen Ehemann zu hören bekommen. »So ein durch und durch guter Mann.«

Wenn sie hinausschaute, hatte sie sich die beiden jungen Reiter in der Ferne vorgestellt, die wahrscheinlich nie mehr zurückkehren würden. Wandte sie den Blick wieder ab, sah sie keine Armlänge neben sich den Rock aus Amaker Schafswolle, schwarz mit rot gefütterten Aufschlägen, auf denen die eine Hand zärtlich die andere streichelte.

»… Und wenn er am Tag einen guten Fleischkontrakt geschlossen hatte, sagen wir mal, mit einem Händler in Hamburg unter der Bedingung, daß die Zollgebühren bei Gottdorf auf den Käufer entfielen, tja, mein liebes Kind, dann schlug er abends gleich nach dem Essen vor, doch einfach früh zu Bett zu gehen.«

So hatte die Witwe Elsje von einem kostbaren, phantastischen Glück berichtet, das gerade, weil es vorbei war, um so glücklicher erschien.

»Entschuldigung«, hatte das Mädchen irgendwann gesagt, das meinte, alles Gute läge noch vor ihr. Sie hatte gegähnt, herzhaft, aber mit halb geschlossenem Mund, so daß ihr Tränen in die Augen geschossen waren.

»Aber Kind, du schläfst doch wohl gut? Sie haben auf dem Dachboden doch prima Betten für uns hergerichtet, oder?«

Jetzt lag Elsje im Dunkel und wartete auf das Schnappen nach Luft, das einstweilen noch ausblieb. Sie hob den Kopf und ließ ihn wieder sinken. Tödliche Stille. Und draußen die endlose Weite. War ihr nicht klar, daß sie auf dem Weg über die kleine Insel Sprov und das große Fünen jetzt wieder in Jütland war, nicht weit von zu Hause? Es war die vierte Märzwoche. In gut einem Monat würde sie kein Landkind mehr sein, sondern eine zur Höchststrafe verurteilte Schwerverbrecherin, der nicht einmal die Wärme eines Grabes gegönnt werden sollte. Hat sie, während sie im Dunkeln emporstarrte, denn nicht wenigstens einmal gedacht: Was tu' ich hier, besser, ich geh' zurück? Der Hof, das Haus, die Gänseweide, ihr Verehrer in der Hafenkneipe Zout …

Das Schnappen begann. Sie schoß hoch.

Oder der Schiffer von der Dorothe … Hat sie denn keinen Augenblick an die jungen Männer gedacht, die sich nach ihr sehnten?

Da war der gewaltige Schnarcher. »Mein Gott«, flüsterte sie erleichtert und legte sich, vom Schlaf übermannt, wieder hin.

In dieser Nacht träumte sie von den riesigen katholischen Engeln in der lutherischen Kirche von Aarhus. Es war ein hinreißender Traum, aus dem sie sich beim Erwachen noch lebhaft an ein großes Glücksgefühl erinnerte, wenngleich sie nur noch wenige Dinge wußte, wie Federrauschen, sanfte, trockene, warme Hände. Nie zuvor hatte sie in einem Traum auch nur das geringste Geräusch gehört. Diesmal also die Federn an ihrem Ohr, schwirrend, und die ganz leichte Berührung eines Lufthauchs an ihrem Gesicht. Schön!

Am nächsten Morgen wurde sie vom Geruch warmer Milch geweckt und von den Stimmen unten, wo man schon mit dem Gepäck zugange war. Sie erhob sich rasch, zog Jacke und Überrock an, kämmte sich, kletterte die Leiter hinunter und trat in die Diele. Während sie in ihre Stiefel schlüpfte, schaute sie durch die halboffene Tür hinaus, wo der Knecht gerade dabei war, die Bauchgurte der Pferde anzuziehen. Sie sah, wie er sich bückte, um eine große behaarte Hand zwischen Gurt und Pferdeleib zu schieben, und wie er sich wieder aufrichtete, um das Geschirr entlang der Deichsel nach hinten zu führen.

In der verlassenen Küche stand ein Teller lauwarmer Brei für sie bereit. Durch die nach Osten gehenden Fenster konnte sie die gerade aufgegangene rote Sonne sehen. Löffelnd, den Teller in der Hand, stand sie da in großer Vorfreude. Sie hatte geschlafen wie ein Murmeltier und nicht einmal gehört, daß die Dachbalken geknarrt hatten, als erwachten sie erneut zum Leben, wie es oft in einer Frühlingsnacht geschieht.

Sie grüßte den Knecht, der gerade hereinkam. Der Mann brummte etwas nicht Unfreundliches zurück.

Sie grüßte Trein Jansdogter, die in bereits zugeknöpftem Mantel gleich hinter ihm ging.

»Guten Morgen«, antwortete diese und musterte kurz die kleine Reisekiste und die Tasche auf dem Tisch. »Hast du alles?«

Sie bejahte und sah die andere unwillkürlich fragend an, als der Knecht bereits ihre Reisekiste und die Tasche ergriff, um beides zum übrigen Gepäck zu tragen.

Trein erwiderte ihren Blick, nicht aber die darin liegende Frage. Sie zupfte sich nachdenklich an der Nase. Erst später am Vormittag würde sie mit einem kleinen Seufzer, einem Lächeln in Richtung des Mannes auf dem Bock, dessen Rükken irgendwie noch immer bedrückt, aber nicht mehr untröstlich wirkte, Antwort geben.

»Och, das hat er nun mal von Zeit zu Zeit.«

Nachdem sie die Rechnung für ihren Aufenthalt beglichen hatten, verabschiedeten sie sich zufrieden von der Bauersfamilie. Auch Elsje hatte einen halben Taler entrichtet.

Schon bald befand sie sich unter demselben Bärenfell und in derselben Schneelandschaft wie eine Woche zuvor, und dennoch war alles anders. Am frühen Morgen warf das flache Land ein süßes weißes Licht zum Himmel zurück. Sie konnte so weit sehen, wie sie nur wollte, und das war sehr weit.

»Gib mir mal eben mein Schnupftuch.« Trein irgendwann, zum erstenmal im Ton einer Herrin.

»Bitte sehr.«

Und etwas später: »Steck's wieder zurück.«

Sie gehorchte, beugte sich wieder zur Seite und schaute an den Pferden vorbei nach vorn. Konzentriert, mit einem leichten Strahlen. Ihr Gesicht das Gesicht eines Abenteurers, der spürt, daß eine Begegnung bevorsteht, doch mit wem oder was, ist vorerst noch ungewiß. Geraume Zeit vor Mittag sah sie die noch teilweise zugefrorene Fladsaa glitzern, den Fluß, dem sie nur zu folgen brauchten, um in die Hafenstadt Ribe zu gelangen. Dort, das wußte sie genau, lagen die Schiffe mit dem Ziel Niederlande auf der Reede, man brauchte nur eines zu wählen.

Der Westen hatte bereits die Emaillefarbe eines Seeohrs, und die Luft schmeckte salzig, als die Begegnung stattfand, nach der sie, ohne es zu wissen, Ausschau gehalten hatte. Es war ein Wiedersehen.

Zuerst ein grauschwarzer Strich in der Ferne. Und ein Wiedererkennenslächeln auf dem Gesicht des Mädchens. Dann, schon bald, mußte der Knecht Pferde und Schlitten sehr vorsichtig durch eine Schiffsladung nach der anderen manövrieren. Große Herden Schlachtvieh bewegten sich im Zuckeltrab zur Küste. Die Tiere, die auf der nördlichen Route hierher getrieben worden waren, sahen ja noch passabel aus, die Ochsen dagegen, die durch die Mitte Jütlands mit seinen armseligen Vorratsscheunen hatten ziehen müssen, waren nur noch Haut und Knochen.

Trotzdem war ausgerechnet so einer rebellisch geworden. Jedes Herdentier weiß, was es heißt, getrieben zu werden, und diese Cowboys mit ihren schwarzen Ohrenklappenmützen, ihren Peitschen, Steinen und Stricken waren im Prinzip durchaus in Ordnung. Aber eine Hungerdiät? Bei Etappen von zwanzig Meilen pro Tag? Ein Stier, selbst wenn er kastriert ist, bleibt ein männliches Rind. Er kann grundlos in Rage geraten.

Die Pferde hatten gebockt und sich aufgebäumt.

Die drei Reisenden blickten erschrocken zur Seite. Der Schlitten konnte nirgendwohin. Dicht vor ihnen die dahintrabende Kolonne, links der Fluß.

»Nicht bewegen.«

Sehr lang hat es wohl nicht gedauert, das Visavis mit dem Tier, dem klar war, daß es aus war mit ihm, wenn es nicht augenblicklich etwas Schreckliches tat. Bevor der gesenkte Kopf zustoßen konnte, war ein Bursche auf einem Fjordpferd längsseits gekommen. Hohe Töne ausstoßend, stach er mit seinem Treiberstock ein paarmal zu und warf, als das Tier herumsprang, sein Lasso. Der Ochse war ein monumental gebautes Exemplar. Er hatte jedoch so sehr an Gewicht verloren, daß sein Hauptrassemerkmal, die Hörner, wie eine Skulptur für sich zu stehen schienen. Eine zweizackige Heugabel, Spitzen nach außen gedreht, mit einem rührenden Haarbüschel dazwischen. Auch die ziemlich langen Beine des skandinavischen Rinds jener Zeit hatten etwas Eigenartiges, wenn der Physiognomie darüber jegliches Volumen fehlte.

Bald darauf erreichten sie die an einer Nordseebucht gelegene Stadt Ribe mit ihren sanftkarminroten Häusern. Die Sonne war gerade untergegangen, und von West hatte sich ein aggressiver Wind erhoben. Kaum hatte Trein Jansdogter ihre Pferde vor einem hohen Steingebäude am Ende der Seestraße anhalten lassen, da flog die Tür auch schon auf. Ein Mannsbild in wattierter Jacke stürmte heraus und hob seine Schwester vom Bock.

In dieser Nacht lag Elsje in einem Bett im Souterrain des

Herrenhauses und lauschte dem Wind. In ihrem Kopf sammelten sich die Bilder. Die Augen des Ochsen waren von einem glühenden Orange gewesen, als wären sie nicht im Begriff zu schauen, sondern wollten nur noch orangeglühender werden. Neben ihr auf der hubbeligen kurzen Matratze schlief das Mädchen, das morgens die Feuer entfachte.

17

Sie und die Ochsen

Der Ochse ist ein pestresistentes Tier. Als Elsje Christiaens am achten April an Bord eines Ochsenschiffs mit Ziel Amsterdam ging, brauchte sie sich keinen Moment zu fragen, ob sie wohl in die besorgte Stadt eingelassen würde. Bereits am Morgen nach ihrer Ankunft im Hause des Reeders und Befrachters Oluv Janszen erfuhr sie einiges über die Situation.

Die Köchin hatte einen Neffen, der bereits ein paarmal als Betreuer auf so einem Ochsentransport mitgefahren war. Als sein Schiff im vergangenen Sommer in Amsterdam anlegte, hatte dort die Pest geherrscht.

»Stell dir das vor«, sagte die kräftige blonde, freundliche Frau. »Dreihundert, vierhundert Tote pro Woche!«

Sie hatten am Küchentisch gesessen und Kalbspansen gefüllt. Zum erstenmal hörte Elsje etwas Ungünstiges über die Stadt ihrer Träume.

Es sei dort ordentlicher und sauberer gewesen als je zuvor, gab die Köchin weiter, was ihr Neffe ihr erzählt hatte. Sämtliche Dung- und Misthaufen waren aus den Straßen entfernt worden, nirgends lagen mehr Fischabfälle herum, weder auf dem großen Platz vor dem Rathaus noch in den Gassen am Hafen, nirgendwo fand man Blut, Eingeweide oder sonstige Schlachtabfälle, und nirgends sah man Schweine-, Katzen-

und Hundekadaver in den Grachten. Hunde hatte es sowieso nicht gegeben, hatte ihr Neffe, der die Leidenschaften dieser Stadt kannte, verwundert festgestellt. Selbst die kleinsten Kläffer waren auf Anordnung des Rathauses totgeschlagen worden. Trotzdem hatte überall der Geruch einer tiefen, aufgewühlten Kloake gehangen.

»Noch ein bißchen«, bat die Köchin, und nachdem das Mädchen mit Daumen und Zeigefingern die Öffnung des Pansens weiter auseinandergezogen hatte: »Das Schiff meines Neffen hatte Glück, als es in Amsterdam einlief, reines Glück wegen den Ochsen. An der Pier nebenan, hat er mir erzählt, lag eine Fleute aus Marseille, deren Besatzung schon vierzehn Tage an Bord festsaß, weil sie Teppiche aus Alexandria transportierten. Nur gut, daß sie eine Geldstrafe aufgebrummt bekamen, als sie ihre Betten an Deck lüfteten!«

Während sie ein mit Lorbeer geschmortes Ragout in das Organ schöpfte, erläuterte die Köchin, daß die Pest zwar Tiere liebte, allen voran die schwarzen Ratten, nicht aber Ziegen und Böcke und schon gar keine Ochsen.

Das Mädchen hatte zugehört, genickt. Sie hatte in dieser Nacht sehr gut geschlafen. Auf ihrem Gesicht lag die Abgeklärtheit einer jungen Reisenden, die hört, daß alles gut verläuft, und tatsächlich hatte die Köchin nichts von dem armen sterbenden Tropf vor dem Wirtshaus am Zeedijk erzählt, in dem ihr Neffe mit seinen Kumpanen vom Boot gesessen und getrunken hatte. Der Mann hatte als letzte Geste seines Lebens mit der Hand in Richtung der Matrosen gewinkt, als wolle er ihnen eine Runde spendieren.

»Es geht klar. Du kannst mit«, hatte Trein Jansdogter Elsje schon nach dem Frühstück erklärt.

Die Amakerin, die, sobald sie ihren Fuß in dieses Haus

gesetzt hatte, jegliches Interesse an etwas anderem als dem Achtmonatsbauch ihrer Nichte verloren hatte, war kurz zu ihr ins Souterrain hinuntergestiegen, nachdem sie mit ihrem Bruder gesprochen hatte.

»Seine Herde ist noch nicht da, kann aber jeden Moment auf dem Verladeplatz eintreffen. Du wirst dann noch am selben Tag auf einem seiner Schiffe abreisen.«

Oluv Janszen war mit dem bescheidenen Preis von eineinhalb Talern einverstanden, den seine Schwester als Geste des Abschieds von Elsje – sie würde ihr bei der Abfahrt am Ende der Woche nicht Lebewohl sagen – für die Überfahrt vorgeschlagen hatte.

An diesem Nachmittag streifte sie den Strandweg entlang, wobei sie in dem tosenden Wind mit beiden Händen mal ihr Kopftuch, mal ihre Röcke festhalten mußte. Weil in der Bucht kein Mast, kein Segel zu sehen war und das Meer sich wilder gebärdete, als sie es je an der Küste, an der sie aufgewachsen war, gesehen hatte, kam es ihr vor, als ob alle Schiffe untergegangen wären. Und nachdem sie einmal ringsum geblickt hatte – auf dem Kopfsteinpflaster lediglich ein Mann mit einer tragbaren Drehorgel –, nahm sie an: mit Mann und Maus.

Mehr oder weniger aus Pflichtgefühl, da nur für sie allein gespielt wurde, wartete sie, bis der Musikant sein Lied mit kleinen Laufschritten, wie es bei diesen Leuten üblich war, zu ihr getragen hatte. *O Carin, Carin, Seelenfreundin …* sang sie im Geiste die Worte mit, die durch den Wind hindurch von den Flöten und Pfeifen bei ihr geweckt wurden. Der Orgelspieler, ein hübscher junger Mann, aber leider blind, wie sie jetzt bemerkte, war direkt vor ihr stehengeblieben. Die eine Hand am Instrument, die andere am Radgriff, spielte er ihr die Melodie vor, die schon seit Jahren überall von jung und alt nachgeträllert wurde.

Als das Lied zu Ende war, machte er nicht die geringsten Anstalten, seinen Hut umgekehrt auf die Erde zu legen, im übrigen hatte sie auch nicht einen Stuiver dabei. Also fragte sie ihn, um ihrerseits doch etwas zu tun, wo um Himmels willen die Schiffe waren!

»Der Wind ist Gott«, war das einzige, was der arme Junge zu erwidern wußte, nachdem er sekundenlang mit seinen weißen, wie glasiert wirkenden Augäpfeln in Richtung Meer gespäht hatte.

Bei ihrer Rückkehr nickte sowohl die Köchin als auch das Feuermädchen, mit dem sie im Souterrain schlief, Jutta Armina, als sie ihnen von dem Wind, den Schiffen und dem Musikanten erzählte.

»Wenn der Wind nicht will, dann haben die Schiffe das Nachsehen«, sagte die Köchin. Und Jutta Armina sagte: »Und wenn er viel will, ein bißchen sehr viel, dann gehen sie unter.«

Als Elsje sie unbeirrt weiter ansah, erzählte die Köchin, daß die Schiffe hier nicht am Strand, sondern immer ein Stück weiter draußen im Meer, hinter den Sandbänken, auf die Ochsen warteten. Wurden sie von einem Weststurm auf die Seite gedrückt, dann konnten sie bei Hochwasser tatsächlich unsichtbar sein.

Jutta Armina zog eine drollige, verächtliche Schnute.

»*Total* unsichtbar!«

Am fünften April traf die Herde von Oluv Janszen am Verladeplatz ein, lediglich hundertfünfzig Tiere, und jeder hatte Verständnis für die Wut des Käufers. Es waren wandelnde Gerippe, wie sich herausstellte, beinahe zu schwach, ihr eigenes Gewicht zu tragen. An diesem Abend, beim Abwaschen, gaben die Köchin und Jutta Armina Elsje zu verstehen, daß sie bestens informiert waren über die Beschlüsse ihres Herrn.

»Zwei Drittel der Lieferung hat er rundheraus verweigert.«

»Die können Sie sich in Ihren verehrten Arsch stecken, hat er zu dem mitreisenden Kommissionär gesagt.«

»Der Rest sieht ein bißchen besser aus.«

»Ein bißchen, ja, aber noch immer zu schwach für einen Balken unter dem Bauch.«

»Ich hab' gehört, er hat ein Schiff mit großem Laderaum gechartert.«

»Die müssen liegen, nicht wahr, diese Viecher. Die kann man wirklich nicht sechs Tage oder so aufgebockt auf einem Stück Holz stehen lassen.«

»Ein Laderaum, größer als der seiner eigenen Schiffe.«

»Damit sie sich wie in einem Stall hinplumpsen lassen können, querschiffs auf einer Schicht Stroh, und sich dann auf See herrlich erholen.«

»Seine Schiffe fahren also nicht, oder?«

»Jedenfalls nicht in die berühmte Stadt Amsterdam.«

Jutta Armina, die mit einem Stück Seife langsam über eine Bürste fuhr, drehte sich zu Elsje um. Einen Augenblick lang sahen sich die beiden Mädchen unergründlich an. Dann zog die eine ein Gesicht, das besagte: Wetten, daß alles mit meiner Seereise klappt? Und die andere: Wette angenommen.

Der Sturm war gekommen, der Sturm war gegangen. Drei Tage später segelte der Enkhuizer Schiffer Jan de Veth mit seiner Schmack auf die Nordsee hinaus, entlang den Inseln vor der jütländischen Küste nach Südsüdwest, das heißt in der Absicht, die Deutsche Bucht abzuschneiden. Auf der Hinreise hatte er Steinplatten und Dachpfannen befördert, jetzt, auf dem Rückweg nach Hause, bestand die Ladung aus fünfzig Ochsen, die laut Vertrag wie kränkelnde Prinzen zu versorgen waren, Befrachter Oluv Janszen hatte für die Eier und das Bier einen Zuschlag gezahlt.

Wegen des mitfahrenden Gastes, einem Mädchen, hatte es zunächst ein bißchen Theater gegeben.

»Geht nicht, wir sind auch so schon total voll.«

Der holländische Schiffer und Oluv Janszen waren sich auf dem Stück des Strandwegs gegenübergestanden, an dem im Morgengrauen eine Szene aus dem vom Teufel besessenen Teil der Erde aufgeführt wurde, man kann es nicht anders sagen. Niedrigwasser, das heißt: fiebrige Hektik. Ungefähr dreißig Männer aus dem Städtchen hatten sich zur Verfügung gestellt, um die Tiere, die fast eine Woche in Scheunen und Ställen eingesperrt gewesen waren, schnellstens über die Sandbänke in die Schiffe zu jagen, bevor die Flut wiederkam.

»Kein Platz, wirklich nicht«, hatte der Holländer gesagt, machte dann jedoch, als er schräg an der Gestalt Oluv Janszens vorbeisah, eine resignierte Gebärde.

Elsje Christiaens. Die ihn mit der Art von ruhigem, leerem Blick musterte, für den ein Mann (wie der Enkhuizer Schiffer) nicht unempfänglich bleiben konnte. Die kleine Reisekiste zu ihren Füßen, machte sie ein Gesicht, als gebe es den Trubel ringsherum zwar, auch in ihrer Wahrnehmung, aber als betreffe er sie nicht. Die Ochsen waren bereits alle am Strand zusammengetrieben. Ihre Muskeln zitterten unter dem Schlabberfell. Von ihren Quälgeistern angefeuert, stürzten sie sich zu Dutzenden gleichzeitig ins Meer. Das Niedrigwasser reichte ihnen noch immer bis zur Brust, zum Hals, und bei ein paar Kleinen bis zur Nase, dann hieß es schwimmen. Das Gebrüll, mit dem sie etwa hundert Meter weiter auf die Sandbänke kletterten, tönte zurück zum Strand und zu den Hafengebäuden am Wegrand, die es verstärkt in der ganzen Umgebung widerhallen ließen, was die Ochsen, die noch nicht an der Reihe waren, wiederum verrückt machte. Im Dämmerlicht konnte man erkennen, daß längst nicht alle Tiere es schafften, über die Laufplanke an Bord eines Schiffes zu gelangen, doch was genau die Knechte in so einem Fall mit Gurten und Winden anstellten, ließ sich vom Strand aus kaum verfolgen.

Der Holländer war bereits wieder in dem Trubel verschwunden. In Ordnung, sie durfte mitfahren, doch von dem Preis in Höhe von zweieinhalb Talern für eine Strohmatratze und zwei, vielleicht drei Mahlzeiten pro Tag wich er nicht ab. »Braucht sie eine Quittung?« hatte er Oluv Janszen noch gefragt.

Nein, besten Dank, und so trat die junge Dänin den letzten Teil der Reise in die Stadt ihres Lebens an. Leb wohl, leb wohl, du Land, das ich, wenn alles gutgeht, nie mehr wiedersehen werde! Es wurde eine Etappe mit Nordwestwinden, schwankenden Laternen bei Nacht und dem Gestank nach Mist, der sich durch die Decksluken, die wegen der lebenden Ladung immer geöffnet bleiben mußten, mit der Seebrise vermischte. Wahnsinnig? Vielleicht. Als sie zu der wartenden Schmack gerudert wurde, hatte die Flut bereits wieder eingesetzt, die Treiber wateten bis zu den Achseln zwischen der schwimmenden Herde, und außer ihr selbst befand sich auch noch ein toll gewordener Ochse in der

Schaluppe, ein Tier, das, keine Armlänge über ihrem Kopf, nach Luft oder sonst etwas schnappte.

Ohne die geringste Verwunderung hat sie den Schiffsbug vor sich auftauchen sehen. Nach einem Händepaar gegriffen. Mitsamt ihrem Gepäck hat sie sich unter dem Ochsen hindurch hochziehen lassen und ist die Laufplanke hinaufgesprungen. Ein wahnsinniges Geschehen, das sich, in verschiedene kleine Tatsachen dosiert, derart logisch verhält, wird von einem Menschen schon sehr bald als völlig normal betrachtet.

»Laß mich das machen!« rief sie am Ende desselben Vormittags einem verwilderten Jungen zu, den sie schon ein paarmal dabei beobachtet hatte, wie er ein Ei in seiner Hand zerdrückte.

Der Junge blickte auf. Im Luk des Oberdecks sah er ein Mädchen, das den Blick sehr interessiert von ihm zu den Ochsen wandern ließ, die in zwei Reihen beiderseits eines Laufgangs bequem im Stroh lagen.

Er zuckte mit den Achseln.

»Na gut.«

Für fünfzig sich zusehends erholende Tiere zu sorgen, die willens sind, alt zu werden, ist natürlich eine schöne, angenehme Arbeit. Oluv Janszen hatte drastische Maßnahmen ergriffen, um seine Ware in Kürze auf dem Mageren Tiermarkt an der Elandsgracht noch einigermaßen zu Geld machen zu können. Elsje fühlte sich auf Anhieb wohl im Laderaum. Sie half, das Brot zu verteilen, die Raufen mit Hafer zu füllen, Eier über Eimern mit Bier aufzuschlagen und die Plempe danach den Tieren zu geben, die davon nicht nur wuchsen, sondern auch in einen Rausch versetzt wurden, der sie vergessen ließ, daß ihr Stall ein Stall auf dem wohl gefährlichsten Meer der Welt war. Auch Elsje machte sich über diesen Punkt keine Gedanken. Wenn die Knechte am Ende des Tages den Mist über Bord gekippt hatten, eine Runde mit den Ochsen mittranken und zu singen begannen, schienen das knarrende Schiff und der Wind, in dem man schon den Frühling riechen konnte, ihr die besten aller Vorboten einer erträumten, aber doch auch schon nachdrücklich existierenden Zukunft zu sein.

»Was habt ihr da gesungen?« fragte sie den verwilderten (einst mit einem Jahr als Findelkind ausgesetzten) Jungen nach der dritten Nacht.

Er antwortete nicht gleich. Er riß die Augen auf, im Gesicht den Ausdruck eines Geschöpfs, das weiß, daß man, wenn einem die Welt befiehlt, zu beißen, zu schlagen, zu essen oder sich zusammengerollt schlafen zu legen, das auf jeden Fall tun muß.

Auch Elsje sperrte die Augen auf, ganz und gar Ohr. Im Dunkel der vergangenen Nacht, auf ihrem Strohsack neben dem Sägenschrank, hatte sie einen leisen Stimmenchor einen Gesang anstimmen hören, der sehr verhalten begann und im weiteren Verlauf immer höher und lauter wurde. Sie hatte die holländischen Worte nicht verstehen können, doch sie hatten sie traurig gemacht.

»Wir singen das immer unterwegs«, sagte der Junge, ein Jütländer wie die beiden anderen Ochsenknechte. Und nach einem Moment, stolz: »Wir und die Besatzung.«

»Ah«, sagte sie. »Soso. Und ihr habt immer weitergesungen. Das Lied hört nie mehr auf, hab' ich gedacht.«

Sie schwiegen einen Augenblick.

»Es ist das Lied von einem Ochsen«, sagte der Junge.

Bevor sie wußte, wie ihr geschah, begann er zu singen, mit

seiner Tagesstimme, doch der schleppende Klang der Nacht schwang trotzdem darin mit.

Wi magren Ossen wer'n ins fette Gras gedreven. Wi grasen för't Beil und nich för't sute Leven ...

Ach! dachte sie, und wie er dabei schaut!

Und ach! dachte sie in dieser Nacht wieder, als sich aus dem Chor die Stimme löste, die sie kannte. Im Halbschlaf und so mühelos, als wüßte sie den Text auswendig, verfolgte sie, was der zum Tode verdammte Ochse mit lauter Jungensstimme vortrug: *Un so vreet ook de Mensch sich saftig fett un groot. Je hastiger er grast, je näher kommt de Dood.*

»Du, ich weiß nicht, aber mir wurde ganz kalt«, würde sie am nächsten Morgen zu dem Jungen sagen. »Ich hab' mir die Decke über den Kopf gezogen und doch weitergezittert!«

Leider gab es in den darauffolgenden Nächten wenig zu singen. Es war die Jahreszeit der plötzlich aufkommenden Nordweststürme. Unweit der Heimat, lediglich vier Meilen von den Wattenmeerinseln entfernt, geriet die Schmack in ernste Schwierigkeiten, als bei einem unerwarteten Roller die Anbindestricke der Ochsen rissen und ein großer Teil der Ladung nach Lee geschleudert wurde. Mit schwerer Schlagseite, trotz geschlossener Luken Wasser machend, kam der Moment, in dem das steuerlose Schiff seinem Ende entgegensegelte und dann doch – einzige wissenschaftliche Erklärung die unerschöpfliche Trickkiste des gutmütigen Gottes – mit knapper Not davonkam. Als Elsje am Morgen des zwölften April wieder an Deck erschien, war die See ruhig, und es flogen jagende Möwen ums Schiff, weiße Tiere mit scharfen schwarzen Augen. Das Schiffsvolk war damit beschäftigt, acht tote Ochsen über Bord zu schaffen. Die Männer hievten die Kadaver mit einer Winde aus dem Laderaum und schoben sie über das klatschnasse Deck zur Reling, wo sie den letzten Tritt gegen das Hinterteil bekamen. Aus ihrer Todesnot wieder erwacht, sangen sie dabei das erstbeste Lied, das ihnen in den Sinn kam.

Der Himmel war blaßblau, jede Wolke silbergerändert. Ein typischer Amsterdamer Himmel. Das Schiff hatte noch nicht am östlichen Hafenkai angelegt, da wurde es schon von einer Schar alter Kerle gestürmt, die berechtigt waren, die Ochsen über eine Laufplanke an Land zu bringen. Mitten in dem daraus entstehenden Trubel befand sich ein Mädchen, auf das zunächst niemand achtete. Sie ging mit vorsichtigen Schritten über die Planke zum Kai hinunter, schnupperte die feuchte Temperatur, sah sich um. Beim Kaffee- und Kakaohaus Zum strahlenden Türken standen immer ein paar Frauen, um die Passagiere, die von den Schiffen kamen, abzupassen und zu taxieren. Herbergswirtinnen, Geldwechslerinnen, Vermittlerinnen für Haushaltsangestellte. Die Republik warb zu jener Zeit elfhundert neue Dienstmädchen pro Jahr an, behandelte sie human und bezahlte sie sogar eine Spur besser als die gleichfalls bequem von Norden zu erreichenden deutschen Länder, das konkurrierende Pommern oder Schleswig-Holstein.

»Hast du schon einen Schlafplatz, Kind?«

Jemand hatte ihr auf den Arm geklopft. Eine Frau in reiferem Alter sah sie mit einem freundlichen Flackern in den Augen an. Das geschäftliche Gespräch über ein gutes, sauberes Mietzimmer hier ganz in der Nähe ging danach ganz schnell.

»Ein halber Taler pro Woche. Nach den ersten beiden Wochen berechne ich dir nur noch acht Stuiver.«

Elsje reagierte nicht gleich. Worauf die Frau zurücktrat, als wolle sie weggehen, und sie folglich instinktiv einen Schritt nach vorn machte.

»Gut, dann komm mal mit. Anschauen kostet schließlich nichts.«

Elsje Christiaens, die in diesem Moment noch eineinhalb Taler und neun Stuiver besaß, ließ sich darauf ein.

18

Unter Kollegen

Er steht noch immer in seinem Atelier. Das ist nichts Ungewöhnliches. Das Gemälde auf der Staffelei hinter ihm beschwört Spannung herauf, Aktion, in nicht geringem Maße, doch vor allem strahlt es etwas Demütiges, um nicht zu sagen Hilfsbedürftiges aus. Hierbleiben, in der Nähe. Selbst wenn du nur aus dem Fenster starrst.

Auf der anderen Seite der Rozengracht herrscht heute mal wieder der übliche Rummel. Gegenüber dem Haus des Malers liegt der Vergnügungspark De Nieuwe Doolhof, Das Neue Labyrinth, ein wunderlicher Komplex aus Wasserspielen, Gärten mit kreischenden Pfauen, von Fabeltieren gezogenen Spieluhren, drei riesigen niederländischen Löwen mit erhobenen wasserspeienden Pranken, Raritätenpavillons mit Gipsabgüssen sämtlicher bis zu diesem Zeitpunkt in der Welt bekannter griechischer Statuen, mit Schenken, Sitzgruppen und als Hauptattraktion natürlich dem Labyrinth aus übermannshohen, undurchdringlich zusammengewachsenen Buchsbaumhecken.

Der Maler blickt zu dem Amüsierbetrieb hinüber. Voller als sonst unter der Woche, konstatiert er verwundert und bedenkt nicht, daß eine Menschenmenge, die gerade einer Hinrichtung beigewohnt hat, danach etwas anderes sehen will. Das tote Mädchen hatte man ziemlich schnell vom

Pfahl abgenommen und vom Schafott entfernt. Während man sie den Damrak hinunterruderte, auf der Bahre neben ihr die Mordwaffe, war das Publikum noch einmal zusammengeströmt, um zu schauen, einige wurden still. Die Schaluppe bewegte sich dank energischer Ruderschläge in Richtung IJ und verschwand außer Sicht. Nun war es genug gewesen.

Also bleiben. Vor einigen Minuten ist sein Sohn nach Hause gekommen, das hat er gehört, der Junge wird ihm wohl gleich berichten, ob es mit diesen Ätzplatten etwas geworden ist, das hat keine Eile. Als Bewohner dieses Viertels kennt er den Lustort gegenüber natürlich gut, er geht nach wie vor manchmal hin, trinkt ein Glas Wein, zeichnet etwas. Aber auch als er noch in der schicken Breestraat wohnte, als Witwer seiner ersten Frau, hat es Zeiten gegeben, in denen er es vor allem an langen, von unmöglichen Verheißungen erfüllten Sommerabenden daheim nicht mehr aushielt. In den schummrigen Labyrinthgängen, durch die zwischen den immer so ernsten Liebespaaren auch die Nachtvögel aus dem Hafengebiet schwärmten, fröhlich, in stramm geschnürten Leibchen, fiel ein Mann in feiner Jacke genausowenig oder genausoviel auf wie ein Schauermann. An die Dezibel der fahrbaren Orgel, suggestiv bemalt mit einer lebensechten Judith, die das lebensecht blutende Haupt des Holofernes an den Haaren von der Genickwunde hebt, ist er inzwischen gewöhnt. Damals, erinnert er sich, hat er sich einmal fürchterlich erschrocken, als unversehens hinter einer Hecke die Melodie des Tages losplärrte. *Dort nahmen sie einander.*

»Was ist denn *jetzt*?!«

Das Mädchen – sechs Stuiver – hatte gelacht und geantwortet, daß er sich nicht darum kümmern solle, und hatte ihre lauwarme Hand an seine Wange gelegt.

Aus dem Fenster schauen. Sich weiter am Ort des Geschehens aufhalten. Die Gedanken an die Pärchen im Labyrinth hindern ihn keineswegs daran, sich voll auf das rote Kleid im Bild hinter sich zu konzentrieren, genauso wie das rote Kleid ihn nicht daran hindert, im Geiste ein Gespräch zu führen. So ein typisches Gespräch von Künstlern unter sich. Hochfliegende Ideen, Wissenswertes und barer Unsinn, alles kriecht aus grauer Vorzeit hervor, um sich aufs Geratewohl miteinander zu vermischen.

Der Maler denkt an das stille Paar auf der Leinwand und gleichzeitig an einen der Meister, mit denen er sein Leben lang Zwiesprache gehalten hat. Er braucht den Blick nicht von der Straße zu lösen, um den Kollegen aus Venedig in seinem graublauen Rock mit den gesteppten Ärmeln vor sich zu sehen. Dunkles halblanges Haar, auf dem Scheitel ein Käppchen, gepflegter Bart und Schnurrbart: Tizian. Der ihn mit seinem arrogant-freundlichen Blick aus dem sechzehnten Jahrhundert heraus ansieht.

»Ich habe mal einen Folioband mit Ihrem vollständigen Werk besessen, Zeichnungen, Reproduktionen, alles sehr, sehr schön«, sagt er leise und stellt sich die späten, überaus beweglichen Werke des Meisters vor. Was würde er wohl zu dem zurückhaltenden Liebespaar hier auf der Staffelei sagen? Die beiden sehen einander nicht einmal an.

Es ist genau richtig, würde er bestimmt sagen. Es ist… ähm, eigenartig schön.

Der Maler nickt nachdrücklich. »Ja. Und viel natürlicher. Diese ganze Bewegung, diese Hektik, diese Geschwindigkeit, was will das anderes, als aus dem Rahmen ausbrechen?«

Vergnüglich weiterspinnend bedenkt er, daß sie, die Maler, schließlich nicht daran arbeiten, der Zeitdauer eine Form aufzuerlegen, wie die Dichter es tun, sondern gerade umgekehrt die Form mit einer Zeitdauer versehen, dem Blick.

»Was, wenn es nur halbwegs klappt, eine Ewigkeit ist«, hört er jetzt eine eindeutig gutgelaunte Stimme sagen. »Ich würde meinen, euch Kalvinisten ist so etwas von der Natur der Sache her Göttliches gar nicht erlaubt.«

Der Maler spürt, wie er leicht errötet. Nicht wegen des Zweiten Gebots, um das sich Amsterdam weiß Gott nicht groß schert, sondern vor Vergnügen über das kollegiale Gespräch.

»Och«, sagt er ausweichend, und nach kurzer Pause: »Man hielt sie für unfertig, nicht wahr, die Bilder, die man nach Ihrem Tod umgedreht an der Wand fand.«

Seine Stimme klingt sanft, solidarisch und ein klein wenig neugierig.

Der andere lacht wie jemand, der sich noch gut daran erinnert, was Ärger ist, sich seine gute Laune dadurch aber nicht mehr verderben läßt.

»Die meisten waren fertig. Hab' ich nicht gesagt und haben sie nicht gesehen. Die meisten waren genau richtig, *non finito*, das schon, aber basta ist basta.«

»Einverstanden. Hat man erreicht, worauf man aus war, dann sollte man die Finger von der Sache lassen!«

Das vertrauliche Gespräch wendet sich in angenehmer Weise den Porträts zu, die sie beide in großer Zahl angefertigt haben.

Lukrativ.

»Das sowieso.«

Zufrieden denkt der Maler an eines seiner besten Selbstporträts – eine Tizian direkt abgeschaute Pose – und verbeugt sich höflich. Augenblicklich wird die Verbeugung erwidert und von einem sachkundigen Kompliment zu dem Gesichtsausdruck in diesem Porträt begleitet. Vollkommen lebensecht, natürlicher als natürlich, ein Wunder, wie du das jedesmal wieder hinkriegst! Der Maler grinst. Und findet dann nicht genug Worte, um die Porträtkunst des anderen zu loben. Es juckt einem in den Fingern, das nachzuahmen! Verständnis des einen Fachbruders für das Können des anderen. Dann schweigt er kurz. Bestimmte Modelle des genialen Kollegen kommen ihm in den Sinn.

»Wie die schauen, sitzen, in der allergrößten Vollkommenheit. Die kommen beim Jüngsten Gericht bestimmt durch, will ich meinen.«

Der Maler gehört einer Zeit an, die eine göttliche Absicht hinter der Schöpfung und die Wiederauferstehung der Toten widerspruchslos akzeptiert. Während er noch über die letztgültige Rechtsprechung an jenem letzten Tag nachsinnt und sich dabei die ganze Zeit der Anwesenheit des venezianischen Meisters bewußt ist, kommt er wie von selbst auf dessen Maria Magdalena zu sprechen. Daß der Sünderin das Haar über Schultern und Busen fällt, weiß er. Bis zu seinem Konkurs besaß er zu Hause eine Radierung dieses Werkes. Daß die Haarpracht golden ist, der Busen elfenbeinweiß und daß die mit reuevollen Tränen gefüllten Augen leicht gerötet sind, hat er seinerzeit von seinem ersten Lehrmeister gehört, der, wie alle anderen, nach Italien gereist war.

»Er hat mir erzählt, daß man als Mann und Künstler kein Auge von ihr lassen konnte und trotzdem keine körperliche Wollust verspürte.«

»Nein?« Der Katholik aus dem sechzehnten Jahrhundert scheint überrascht.

Der Maler hat sich von der Fensterbank umgedreht. Er sieht seinen Gast, einen alles andere als toten Vorfahren, mit dem er schon seit Jahrzehnten verkehrt, gemütlich auf dem Stuhl neben dem Torfofen sitzen. Die gutaussehende Erscheinung betrachtet ihn aufmerksam. Vor rund hundert Jahren hat dieser Künstler jenen besonders schönen liegenden Akt geschaffen, die kühl-klassische Schönheit, an die der Maler in diesem Augenblick intensiv denken muß. Ich wurde sofort davon angesteckt, erinnert er sich murmelnd.

»Ja, das hat mich furchtbar in Rage gebracht!«

Auch das Gemälde dieser Frau hat er nicht in Wirklichkeit gesehen. Was auch nicht unbedingt nötig ist. Du kannst einfach eine der vielen Kopien studieren, die unheimlich populäre Venus bis ins Detail erforschen, um sicher zu sein, daß du weder den kleinen Kopf mit dem schlangenartigen Blick noch die träge ausgestreckten, für immer in dieser Position zufriedenen Beine und auch nicht die unwahrscheinlich vollkommenen Brüste und die ebenso vollkommene Bauchpartie für die eigene *Danae* verwenden kannst. Was deine Augen festhalten – stehlen würde man in späteren Jahrhunderten sagen –, ist der Arm, auf dem sie ruht, die Komposition und die erregende Vorstellung eines Akts in natürlicher Größe. Und gut, okay, auch noch ein paar andere Dinge wie die Rundung der Matratze, ein kleiner Tisch, ein gefältelter Vorhang… Kurz und gut, du fängst an. Du machst den Kopf wieder vollkommen leer und beginnst die Frau zu malen, die direkt aus dem wirklichen Leben davongelaufen ist, dein williges Mädchen, das dennoch seine eigene Geschichte hat – auf phantastische Weise sexuell bedrängt von einem geilen Gott –, und qualifizierst sie für die Ewigkeit …

Der Maler hört seinen Gast brummen.

»Was ist?« fragt er besorgt. »Geht es Ihnen nicht gut?«

Der andere hebt erschrocken die Arme.

»Nein, nein. Es ist nichts.«

Und wendet sich ab.

Der Maler sieht nicht, wie sein toter Kollege mit Augen, schwarz vor Entsetzen, in die Ewigkeit blickt.

Es ist das Jahr 1985. Die Stadt an der Newa heißt also noch Leningrad. Im sowjetrussischen Museum Eremitage hängt im zweiten Stockwerk der Akt, der als der schönste der Welt gilt. Der Mann, der eines Nachmittags das Museum besucht, kennt ihn. Er ist erst gestern hier gewesen, weiß aber heute nicht mehr genau, wo er das Bild finden kann, in diesem Labyrinth. Die junge Frau liegt, vollkommen real, auf dem Bett. Nicht nackt, sondern entblößt. Nicht in sich gekehrt, sondern bereitwillig. Bekleidet mit ihren Armbändern und der Lichtbahn, die ungehörig von Gott weiß woher über ihren Körper fällt, sagt sie ja, aber ja, komm nur zu mir!, trotz der Gebärde der einen Hand, die schreckhaft wirkt, aber lediglich dazu dient, ihre Augen gegen das überwältigende Licht abzuschirmen. Der Mann hat in der zurückliegenden Nacht nicht schlafen können. Es ist Juni. Das Tageslicht scheint wie in einer Gefängniszelle vierundzwanzig Stunden am Stück. In der schwülen weißen Nacht hat er an nichts anderes gedacht als an den Abstand zwischen ihm und ihr. Seine Wut schwillt an zu einem Entschluß, einer Tat, die bereits ihren Anfang genommen hat.

»Wo befindet sich das schönste Kunstwerk der gesamten

Sammlung?« fragt er den erstbesten Wärter, dem er an diesem Tag begegnet. Die Sammlung besteht aus 2706814 Kunstwerken, Tafelgeschirre und Silber nicht mitgerechnet.

Der Wärter antwortet ohne das leiseste Zögern.

»Treppe rauf. Gang bis zum Ende runter. Nächsten Gang runter, auch bis zum Ende, und dann noch einen, wieder bis zum Ende. Letzter Saal. Erstes Gemälde, hinter der Zwischenwand, links, ganz hinten in der Ecke.«

Der Mann geht die Treppe hinauf, in der einen Jackentasche ein Messer, in der anderen ein Fläschchen Vitriol. Wie um seiner – bereits begonnenen – Tat noch eben etwas in den Weg zu stellen, fragt er am Ende des zweiten Gangs noch einmal nach dem schönsten Kunstwerk. Das magere, krumme Weiblein blickt ungehalten aus seinen Gedanken auf (Blockade überlebt) und bestätigt das Urteil. Auch sie sagt: Gang runter, und so weiter und so fort.

Als er vor dem Gemälde steht, braucht er sie nur einen Moment lang anzusehen, so warm und weich, so verfügbar, so lichtübergossen, und schon stößt er zu. Der erste Stich trifft das kompositorische Herz des Bildes: das Dreieck unter dem kräftigen Bauch, in das er eine mehr als zwölf Zentimeter lange Wunde reißt. Noch einmal sticht er zu. Als die Wärterin kommt, hat der Mann das Fläschchen schon fast ausgeleert, die Säure frißt sich in tropfenden Linien durch das Gesicht, die Brüste, die Arme und Beine des Mädchens über das Bettzeug bis zum Fußboden.

Mit einemmal schwermütig. Warum? Gerührt denkt der Maler, der Lichtfanatiker, noch eben an das Mädchen, das vom tausendfachen Licht des verliebten Gottes und von nichts anderem befruchtet wird. Er kann es sich vorstellen.

Ja, sehr gut möglich. Dann reibt er sich die Augen. Die Hand voller Farbflecken, muskulös wie die eines Organisten. Die angenehme Atmosphäre eines Gedankenaustauschs, der noch ein wenig nachwirkt, kehrt für einen kurzen Moment zurück.

Warum sollte man das Bild, das man vor Augen hat, nicht unverzüglich mit der Farbe in Angriff nehmen? Warum die erste Arbeitslust mit Zeichnen verderben? Das Gespräch der beiden Meister hatte sich in einem bestimmten Moment der Motorik des Berufs zugewandt. Ach! Ihre Lockerheit, Herr Kollege, hatte der Maler gesagt, der selbst an einem Bild arbeitet, das gar nicht locker ist, sondern vielmehr schorfig, dickflüssig, voller Grate und frech in die Farbe aufgenommener eingetrockneter Krusten von einem früheren Arbeitsgang: Pinseln, Hinklatschen, Putzen. Merkwürdig übrigens, hatten sie beide gefunden, wie eine derart locker fabrizierte Wirklichkeit, aus einiger Distanz betrachtet, sensationell echt wirkt …

Und aus der Nähe?

Achselzucken, Nähe ist privat, intim wie der Nachthimmel, der den größten Teil seiner Sonnen ebenfalls verborgen hält. Der Maler, verstört, als hätte er ein altes Lieblingsbuch noch einmal von vorn bis hinten durchgeblättert, sieht sich im Raum um. Helles Mittagslicht. Und auf dem Tisch der Krug und ein paar kleine Gläser, die Gäste erwarten. Kann alles sein, denkt er. Trotzdem gibt es nichts, absolut nichts Intimeres als die Zeichnung. Eine größere Nähe gibt es nicht.

Einmal war die arme Ricky müde gewesen und hatte nicht darauf geachtet, daß er sie vom Zwischenzimmer aus betrachtete. An dem Nachmittag, erinnert er sich, gab es so gut wie keine Distanz zwischen seiner Feder auf dem Papier und ihrem etwas traurig in eine Jacke gewickelten Körper, Haube über dem Kopf. Der auf der Fensterbank ruhende Arm. Schon seit Jahren ein unwiderstehliches Signal für seinen Blick. Kurz darauf also seine kratzende Feder, dann ein feiner Pinsel, und die ganze Zeit ihr schwermütiges, fast grüblerisches Gesicht, das Kinn in die Hand gestützt. Zusammengesunken saß sein Mädchen, gerade Mutter geworden, da und dachte an etwas Ernstes. Gleichzeitig also eine kleine Zeichnung. Maß nicht einmal vier auf drei Daumen. Und kurz darauf eine zweite, kaum größer, auf der sie an den Fensterrahmen gelehnt eingeschlafen ist, vollkommen sorglos jetzt, das Nachmittagslicht auf ihrem gesunden jungen Gesicht.

Gerade als er sich fragt, wie spät es ist, beginnt gegenüber das Glockenspiel. Halb. Nach der kleinen Weise der Glokkenschlag. Er hört die Schritte seines Sohnes im Zimmer unten. Er hat die Schuhe nicht ausgezogen. Warum kommt er nicht schnell mal herauf?

19

Das cremeweiße Tribunal

Ein Vater und ein Sohn.

Der Sohn hatte sich vom Fenster umgedreht, als der Vater die Küche betrat. Ein verhältnismäßig heller Raum zu dieser Tagesstunde. Sonne auf der kupfernen Wasserpumpe zwischen dem Spülstein und dem Geschirrschrank. Die beiden hatten sich angesehen, und jeder hatte sofort gewußt, was den anderen beschäftigte.

»Du hast es also gesehen«, sagte der Maler, der den unglückseligen Blick seines Sohnes von einer früheren Gelegenheit her kannte.

Der junge Mann strich sich das Haar aus der Stirn.

»Ja«, sagte er. »Ich hab' es gesehen.«

Er begann, mit den Fingern der einen Hand an denen der anderen zu ziehen.

»Ich hab' sie sogar noch im Gerichtssaal gesehen, von hinten. Sie war klein, ein bißchen mollig. Sie stand sehr gerade.«

»Dann mußt du früh da gewesen sein.«

Der Sohn überhörte die Bemerkung. Vor sich hin starrend, sagte er: »Ich habe es von A bis Z gesehen.«

Einen Augenblick später saßen sie am Tisch, seitlich, die Stühle etwas weggerückt. Der Maler war damit beschäftigt, eine ausgegangene Pfeife neu zu entzünden. Die Flamme beschien sein Gesicht. Sein Vormittag, einschließlich des

Spaziergangs in die Warmoesstraat und mit einem Umweg wieder nach Hause, war nichts als eine Fortsetzung seines Sinnierens und Grübelns an vielen anderen Vormittagen gewesen. Der Sohn, der das wußte, der genau wußte, in welcher Stimmung sein Vater sich befand, ließ die Fingerknöchel knacken. Er erzählte, wie er, inmitten eines Grüppchens entschlossener Sloterdijker vorwärts geschoben, auf dem Dam gelandet war.

»Ich wußte, wohin sie gingen, und ging mit«, sagte er.

Der Maler blickte seinen Sohn prüfend an.

»Ich bin einfach mitgegangen.«

Liebevolles Nicken.

Die Gruppe hatte sich von der Südwestseite des Rathauses frech durch die Menge auf der Vorderseite gedrängt. Es war ihr gelungen, sich durch das Publikum auf der Galerie zu zwängen und die Stelle zu erreichen, von der aus man durch die bronzenen Gitterfenster in den Gerichtssaal hineinschauen konnte. Daß die Fenster des Tribunals weit offenstanden, hatte nichts mit dem schönen Wetter zu tun, sondern einzig und allein mit der Stadt Amsterdam, in der die Justiz vor keinem Menschen etwas zu verbergen hat. Die Decke des prächtigen rechteckigen Raums, der vollständig aus weißem Marmor der teuersten Sorte bestand, befand sich auf der schwindelnden Höhe zweier kompletter Rathausgeschosse. Ein intelligent entworfenes Gebäude. So konnten im Saal unten Schultheiß und Schöffen ein unabhängiges Urteil fällen, während eine Etage höher die vier Bürgermeister der Stadt die Innenfenster ihrer Amtsstuben nur zu öffnen brauchten, um nachdrücklich, wie aus einer Burg heraus, zugegen zu sein. Die wirkliche Macht in der Stadt.

Wir sind zur rechten Zeit da, hatten die zufriedenen Sloterdijker festgestellt.

Der Maler merkte, daß sein Sohn, dem die Leibesstrafen, die auf dem Dam regelmäßig vollzogen wurden, weiß Gott nicht unbekannt waren, dennoch sehr mitgenommen war. Während er erzählte, versagte seine Stimme manchmal ganz.

»Ja, wir waren rechtzeitig da. Man hatte sie, glaube ich, gerade hereingebracht. Sie stand ganz allein vor dem Schultheiß. Ich sah, wie sie sich einmal über den Rock strich, einfach so, ganz ruhig eigentlich, man konnte ihr noch gar nicht ansehen, was ich später sah, daß sie … daß sie ein verdammt rebellisches Mädchen war. Sie strich sich mit beiden Händen über den Rock. Dunkelrot war der, und die Jacke leicht violett, und das Häubchen weiß …«

Der Maler begann das Mädchen zum erstenmal wirklich vor sich zu sehen. Das heißt, er erblickte sie durch die Erschütterung in den plötzlich wieder naiv-kindlichen Augen seines Sohnes.

Eine Weile sagten sie nichts.

»Wie müssen die Reliefs an der Rückwand, genau ihr gegenüber, sie erschreckt haben«, überlegte dann, sich in sie hineinversetzend, der Maler, der wie seine Zeitgenossen noch die gespenstische Kraft der Bilder erkannte, eine lebensechte Beseeltheit, die in späteren Jahrhunderten völlig verwässert werden würde. Er wußte, daß das vorgeführte Mädchen von zehn strengen Männern gemustert worden war, die aufgereiht mit dem Rücken zu einer Serie von drei hoch über ihnen aufragenden Szenen saßen, eine schrecklicher als die andere.

Ein Vater und ein Sohn, denen jeweils ein Auge ausgestochen wurde.

Zwei Mütter und ein Baby, das jeden Moment in zwei Teile gehackt werden konnte.

Ein Brüderpaar, einer der beiden bereits auf Knien, dem ein muskulöser nackter Kerl mit einem Beil zu Leibe rückte (Enthauptung).

Dies alles im allersanftesten, geheimnisvollsten Fluidum von außergewöhnlich kundig und liebevoll bearbeitetem cremeweißem Marmor aus den Steinbrüchen von Carrara.

»Wahrscheinlich schon.«

»Ja.«

Der Maler wandte den Blick zu der Ecke mit dem Herd, auf dem das Dienstmädchen eine wohlschmeckende Kakaomelassemischung warm hielt. Er legte seine Pfeife hin. Mit den Gedanken noch bei dem Augenausstechen, der Szene links, die ihn persönlich am stärksten berührte und die er auch für die gelungenste hielt, stand er auf und griff nach der Kanne.

»Ist da noch was drin?« brummte er.

Als er sich wieder umdrehte, schien der Sohn seinen Gedanken gefolgt zu sein.

»Erschrocken, meinst du, na ja, vielleicht ist sie erschrokken, Vater. Aber dann nur über diese eine Szene direkt vor ihr, diese Sache mit dem Baby, denn sie hat ihren Kopf nicht einmal gedreht.«

»Nein?«

Wieder sahen sie sich an. Der Sohn, der wußte, daß sein Vater in letzter Zeit nachts kaum in den Schlaf fand, etwas gebeugt ging, mit weniger Appetit aß, was aber auch von dem Verlust eines weiteren Zahnes herrühren konnte, fast niemanden mehr besuchte und manchmal grundlos lächelte, wahrscheinlich wenn er an Ricky dachte. Der Vater, der schon seit einer Weile der Meinung war, sein längst erwachsener Sohn solle endlich heiraten, eine Familie gründen und in eine neue Lebensphase eintreten. Dieser Vater hatte seinen Sohn schon oft porträtiert und als Modell für verschiedene Figuren genommen. Sein inneres Auge prophezeite ihm mühelos, wie der Jungmännerblick, aufgeweckt, verträumt, und wie die Haut der Wangen und die Farbe des dicken, lockigen Haars sich mit den Jahren verändern würden, die Gott nach Seinem Willen dem Jungen noch so reichlich vorherbestimmt hatte. Der Maler beobachtete zerstreut, unwillkürlich, wie er es gewohnt war, die Gesichtszüge seines Sohnes und zeichnete sie in Gedanken nach. Ohne daß er selbst es im mindesten ahnte, sprach das oben auf der Staffelei wartende Bild bereits von den künftigen Linien. Wäre es nicht wie ein Fluch gewesen, ein augenzwinkerndes Einverständnis, wenn er sich, und sei es auch nur für einen Moment, vorgestellt hätte, was geschehen konnte, jederzeit in diesem Leben, und was in vier Jahren, vier Monaten und vier Tagen auch tatsächlich geschehen würde: der Tod des frischvermählten jungen Mannes, während sein erstes Kind unterwegs war?

Noch nicht, noch nicht! Was ist, solange du lebst, die Grenze deines Lebens? Deine Tage mögen vom Oberbuchhalter gezählt sein, aber jedenfalls nicht von dir. Vorläufig saßen Vater und Sohn noch ohne die geringste Eile in der Küche und tranken einen Rest lauwarmen Schokoladengetränks. Und dachten beide, der eine nach der Wirklichkeit, der andere illusionistisch, an ein Mädchen in einem grobwollenen dunkelroten Rock.

Das die grauenhaften Abbildungen natürlich überhaupt nicht beachtet hatte. Als ob die Augen eines solchen Kindes am Tag seines Todes auf so etwas eingestellt wären! Nach einer durchwachten Nacht war der Morgen ihr lang vorgekommen, und sie hatte recht, der Morgen *war* lang gewesen. Aus irgendeinem Grund hatte man in Amsterdam nie einen eigenen Henker eingestellt. Die Stadt war daran gewöhnt, sich für ihre Hinrichtungen an das benachbarte Haarlem zu wenden. Dort hatte es in den vergangenen Tagen ziemlich viel zu tun gegeben. Normalerweise wäre Elsje Christiaens um halb neun zu ihrer Hinrichtung abgeholt worden. Weil Chris Jansz, der Scharfrichter, entgegen seiner Gewohnheit aber erst am Tag selbst angereist war und sein Wagen unterwegs auch noch eine Panne hatte, hatte das Mädchen bis kurz vor halb elf in der Folterkammer warten müssen. Wie das Reglement es verlangte, hatte man sie für ihre letzte Nacht in den Marterraum gebracht. Um ihr ein wenig Ablenkung zu bieten, hatte der Sohn des Gefängniswärters ihr vorgeschlagen, noch einmal ein paar Runden zu bickeln.

»Darf ich auch wissen, wie du heißt?« hatte Elsje ihn gestern, zu Beginn jener letzten Nacht, gefragt.

»Simon.«

Der rothaarige Lockenkopf hatte mit ihr geeselt, mit Würfeln, und gebickelt, bis der Pfarrer gekommen war. Als sie an dem heutigen endlosen Morgen den Schlüssel wieder im Schloß gehört und die Tür sich wieder hatte öffnen sehen, hatte es einen Moment gedauert, bis ihr klar wurde, daß es noch nicht, noch immer nicht soweit war.

»Gut«, hatte sie zu seinem Vorschlag gesagt.

Wie am Abend zuvor hatten die beiden vorgebeugt zwischen den Folterwerkzeugen gespielt, sie auf dem Strohsack auf dem gemauerten Podest, das ihr als Schlafplatz gedient hatte, er auf einem kleinen Hocker. Durch das vergitterte Fenster an der Decke war Licht vom nördlichen Innenhof in den Raum geströmt. Bickeln geht am besten mit den Knöchelchen eines Entenkükens. Man nimmt sie in die Hand, wirft sie hoch, angelt eines heraus, schaut, wie sie fallen, und rafft sie mit einer raschen Handbewegung wieder vom Boden.

»Du bist dran.«

»Ich?«

»Ja. Du darfst noch mal werfen.«

»Gut.«

»Du.«

»Was?«

»Du wieder.«

Bis kurz vor halb elf der Gefängniswärter hereingekommen und Simon, plötzlich im Dienst, mit betretener Miene aufgestanden war.

Als Elsje einige Minuten später den Gerichtssaal betrat, war sie eigentlich schon eine Patientin, das heißt eine zum Tode Verurteilte, die ihr Urteil kennt und angehört hat. Dennoch hätte die Stadt Amsterdam es für unverzeihlich leichtfertig gehalten, nun unverzüglich, ohne Umschweife, zur naheliegenden Tat zu schreiten. Die Kirchenglocken der Umgebung schwiegen jetzt. Die Pfarrer wußten aus Erfahrung, daß nun zunächst in der Öffentlichkeit Recht gesprochen werden mußte. Als sie in den Saal trat, hörte Elsje Christiaens durch die offenen Fenster rechts von ihr die merkwürdige Stille einer Menschenmenge, die den Atem anhält. An den Oberarmen fühlte sie den Griff des Gefängniswärters und seines Sohnes, die sie mit einem Bogen vor den

Schultheiß führten und dort losließen. Sie sah zehn Männer, in den schwarzen Blutrock gekleidet, die sie vor einer marmorweißen Wand ohne die geringste Regung ansahen.

Plötzlich eine Beschwörung oder etwas Ähnliches, in erschreckender Lautstärke.

Der Schultheiß: »Steht die Sonne hoch genug, um das Urteil zu verkünden?!«

Wobei Elsje genau wie alle anderen das Gefühl hatte, das müsse so sein, exakt auf diese brüllende Manier. Auch das Antwortgebrüll danach erschien logisch. Es kam von den neun Schöffen zu beiden Seiten des Schultheißen und, leicht verzögert, schleppender, vornehmer, von dreien der Bürgermeister (der vierte lag auf dem Sterbebett) in den Fenstern über ihrem Kopf.

»Ja!!«

Daraufhin zog der Schultheiß ein Blatt Papier aus seiner Kleidung. Im Ton einer dringenden Botschaft, die man, ja, wohin, gen Himmel schickt, verlas er in seiner Funktion eines Anklägers den gesamten Hergang des Verbrechens, das dem Mädchen zur Last gelegt wurde. Elsje Christiaens hörte sich die Formulierungen an, Hochholländisch, für sie nicht recht zu verstehen, was auch nicht nötig war. Sie stand aufrecht, die Hände am Rock, runde Schultern. Daß die zehn sie anstarrenden Männer rote Augenlider und leicht violette Lippen hatten, lag nur am Widerschein des über ihre Brust gebreiteten feuerroten Blutschals.

Ein ausnehmend schönes Bild.

Und keiner der Amtsträger hatte auch nur den geringsten Grund, sich über Elsje zu beklagen, vorerst jedenfalls. Das Kind hatte keine Reue gezeigt, schade, wirkte aber brav an dem glanzvollen und vor allem auch lehrreichen Sieg der städtischen Obrigkeit über die Kriminelle mit. Deshalb, wegen dieses guten Verhaltens, stand ihr in diesem Moment auch noch eine Möglichkeit offen. Nicht die der Rettung ihres irdischen Lebens, das nicht. Auch an der Art und Weise, wie ihre Strafe vollzogen werden würde, konnte nicht mehr gerüttelt werden. Aber was danach geschah …

»Wie sie da stand«, sagte der Sohn des Malers zu seinem Vater, »hätte man meinen können, es ginge sie alles nichts an.«

Was im Grunde auch zutraf. Die Hauptrolle bei der bis ins Kleinste geregelten Zeremonie war der Magistratur vorbehalten, dem Gericht, das an diesem Tag ein Menschenleben nehmen würde und dafür der Tröstung eines Phantasietraums bedurfte. Während Schultheiß und Schöffen sich von ihren Plätzen erhoben, nach oben gingen, um sich, rein der Form halber, mit den Bürgermeistern zu beraten, und in dem Prozessionsschritt, mit dem sie gegangen waren, auch wieder in den Gerichtssaal zurückkehrten, hatte die Patientin gewartet. Bescheiden in ihrer Statistenrolle, wie es sich geziemt. Auch als der Marsch der Herren nach oben noch einmal erfolgen mußte, diesmal nachdem der Schultheiß den ihr bereits bekannten Strafantrag donnernd vorgetragen hatte, blieb sie ganz allein auf ihrem Posten.

Ob sie in diesen paar Minuten vielleicht dem kleinen Orchester aus Flöten und Trommeln lauschte, das draußen, in der Sonne vor der Stadtwaage, zu spielen begann? Ein Intermezzo, wer hatte das bestellt? Die Sloterdijker, erfuhr der Maler von seinem Sohn, hatten die populäre Kanzone sogleich erkannt, und einer von ihnen hatte die Worte leise mitgesungen. *Wie still es jetzt auf der Straße ist, jeder, der nach Haus gehn mußt, ist nach Haus gegangen …* Für einen kurzen Moment hatte sich eine Atmosphäre des Verständnisses, eines anderen Verständnisses, auf den Platz gesenkt. Die Worte, diesmal ungesungen, den meisten jedoch wohlbekannt, wurden als durch und durch bedeutsam empfunden, älter und reifer als das, was sie selbst im Alltag sagten.

Im Gerichtssaal faßte jetzt einer der Schöffen das Mädchen am Ellbogen. Durch eine Vierteldrehung plazierte er das Kind des Todes, wie sie offiziell, bis zum Ende ihres Lebens, von jedermann genannt werden durfte, genau vor den Sessel des Stadtsekretärs.

»Dieser kleine Dickwanst«, murmelte der Maler, während er seinen Sohn weiter gebannt ansah. »Kein übler Bursche, aber schwerfällig, Augen wie von einem Hecht.«

Das Mädchen muß diesen Fischblick irgendwie als unangenehm empfunden haben. Der Stadtsekretär besetzte ganz allein die Nordwand des Tribunals. Die cremeweißen Reliefs rings um seinen Sessel sprangen im Licht des Maitags hervor, als ob sie lebendig wären. Der Stadtsekretär griff nach seinem Papier. Der Form halber richtete er seine Glubschaugen für einen Moment auf das Kind des Todes, das sofort ein paar Meter höher hinauf schaute, was er nicht merkte, da auch sein Blick in die Höhe schwebte. Nach Luft schnappen, ein bißchen nervös. Elsje starrte derweil auf eine besonders schön gemeißelte Allegorie des Todes.

Die Stimme des Stadtsekretärs war schon von Natur keine Ausruferstimme.

»Elsje Christiaens …«

Noch näselnd, aber sie verstand es natürlich. Danach kam, wahrscheinlich durch die Aufregung zu Beginn, eine etwas forcierte Deklamation in Gang.

Während Elsje ihr kleines rundes Gesicht völlig ausdruckslos nach oben gerichtet hielt – zu drei weinenden nackten Kindern rings um einen grinsenden Schädel –, trug der Stadtsekretär für das Volk ihr Todesurteil vor. Das klang heftig. Es hatte, weil seine Stimme sank und stieg und er jedesmal neu nach Luft schnappen mußte, mehr Ähnlichkeit mit einer Serie von Verwünschungen als mit einem fachkundig abgefaßten juristischen Text. Der Stadtsekretär sprang oft ein paar Zeilen zurück, unklar, warum er das tat. Er sprach viele Minuten lang. Nur diejenigen, die es bis in die Nähe der Fenster des Tribunals geschafft hatten, bekamen offiziell zu hören, auf welche Weise die junge Mörderin ihr Ende finden würde. Sie haben auch direkt hören können, daß ihr Hab und Gut von der Stadt eingezogen werden würde. Zum Schluß konnten sie die einzige Bestimmung aufschnappen, die eventuell noch hätte widerrufen werden können.

Daß ihr Leichnam der Erde nicht gegönnt würde.

Von der Straße kam schon seit einer Weile kein Lärm mehr, was ungewöhnlich war.

»Den Wievielten haben wir heute eigentlich?« fragte der Maler.

»Den Dritten«, sagte sein Sohn, zum Rhythmus einer lautlosen kleinen Musik unmerklich nickend.

Der Maler war überrascht, daß er bis zu diesem Tag nichts von dem doch wirklich spektakulären Verbrechen gehört hatte. Er ging noch immer oft genug ins Wirtshaus, unterhielt sich mit den Nachbarn und las mehrere Zeitungen, vor allem natürlich die mit den Börsennachrichten. Auch warf er gelegentlich einen Blick in den *Courante uyt Verscheyde Quartieren*.

»Ich frage mich …« hob er an.

Er legte die Handflächen auf den Tisch, als wolle er sich erheben, um wieder an die Arbeit zu gehen.

»So ein Mädchen, und dann so eine Aggressivität, wie ist das möglich?« sagte er erstaunt, mit einem forschenden Blick auf seinen Sohn.

20

Das Beil

Daß die Atmosphäre im Haus etwas eigenartig war, hatte sie nicht sofort gemerkt. Verwunderlich war das nicht. Sie war auf dem Land aufgewachsen, inmitten von Wiesen und Äckern außerhalb des Stadtwalls von Aarhus, außerdem war sie noch jung. Von Hurerei hatte sie zwar schon gehört, aber noch nie von Prostitution. Hurerei war der Fall bei ihren Nachbarn, Viehhändlern, die schon an die fünfzehn Jahre auf ihrem Bauernhof zusammenlebten, wie Mann und Frau laut Sarah-Dina, aber unverheiratet, warum, hatte die Stiefschwester nicht zu sagen gewußt.

Am ersten Morgen war sie spät aufgewacht. Das Laken roch so sauber und lag so hart an ihrer Nase, als sei es gerade erst von einer Leine im Wind hereingeholt worden. Das Licht der Stadt fiel in den mit Latten abgetrennten Teil des Dachbodens herein, das Klappfenster auf der Straßenseite stand ein kleines Stück auf. Sie hatte die Augen wieder geschlossen. Am Tag zuvor war sie drei Treppen hinaufgestiegen, hinter der Schlaffrau her, ihre kleine Reisekiste auf der Schulter. Sie erinnerte sich genau daran. Aber weil das Holz der Fußböden und des Dachstuhls so ruhig knarrte und das Laken so angenehm roch, nach Seife, aber auch nach Salz, konnte sie sich sehr gut vorstellen, noch immer an Bord des Schiffes zu sein.

So eine Ankunft geht zu schnell. Tausend Szenen stürmen auf einen ein. Man kann sie sehen, mehr oder weniger, aber unmöglich allesamt zu sich durchdringen lassen, und das macht auch überhaupt nichts aus. Man kann sie sich morgens, wenn man mit unter dem Kopf gefalteten Händen im Bett liegt, wieder vor Augen rufen.

Die Schmack von Kapitän Jan de Veth hatte von der Zuiderzee an den Hauptwasserweg zu den Häfen genommen. Wer von Norden auf das IJ zusegelt, kommt an einem Teil Noordhollands vorbei, der den Namen Land nicht verdient. Wer Volewijck sagt, sagt Schlamm, Moor, Schilf und verlegt sich danach lieber aufs Schweigen oder denkt an die schönen Schlittschuhfahrten, die man im Winter entlang dieser Halbinsel im IJ machen kann. Die Richtstätte liegt an ihrer Südwestspitze, direkt gegenüber der Stadt Amsterdam. Unheimlich? Eine Art höllischer Kinderspielplatz mit seiner hohen, in klassischem Stil hochgemauerten Rotunde, wo an Galgen immer zwei, drei Kadaver hängen, mit seinen Pfählen, seinen auf Stangen befestigten Rädern, alle besetzt, manchmal mit bereits mehrere Jahre alten Festteilnehmern? Die Schmack ist zuerst am schwarzbraun geteerten Zollhaus vorbeigefahren, dann an dem grünen Ausflugslokal in der Biegung und wäre geradewegs auf die makabre Südwestspitze zugesteuert, wenn sie nicht gerade über Stag gegangen wäre. Jetzt lag die moralische Begrüßung der gastlichen Stadt an Steuerbord, noch immer deutlich erkennbar.

Elsje Christiaens hat nichts davon gesehen. Sie stand auf dem Vordeck. Neben ihr ein Junge mit dem Aussehen eines von Hunden gezausten kleinen Katers.

»Also so was«, sagte er.

Nur wer ihn gut kannte, und niemand hier tat das, hätte

gewußt, daß der Junge hiermit seiner tiefsten Ehrfurcht Ausdruck verlieh.

»Ja«, antwortete Elsje, die immerhin ahnte, was er meinte. Er meinte die Kirchtürme, Mühlen und Häuser in der Ferne, die alle mit leiser, zärtlicher, aber höchst autoritärer Stimme sagten: Komm du auch!

Sie bekam einen Schlag auf die Schulter.

»Wo die wohl hinfahren?« schrie der Junge und zeigte in eine bestimmte Richtung.

Erst da richtete sie ihre Aufmerksamkeit auf den Vordergrund der Stadt, die Wasserkosmopole aus abgetakelten Schiffen in Reih und Glied, Anlegestegen, Bötchen, Kränen, Hallen und Schuppen auf Pfählen, die sich in das mit den Gezeiten steigende und fallende Wasser des IJ hinein erstreckte, das die Vorstellung übersteigen würde, wenn man es nicht mit eigenen Augen sähe. Doch der Junge zeigte immer noch in eine Richtung. Also folgte sie ihm mit dem Blick. Und natürlich, da lagen, sich riesengroß im Wasser spiegelnd, die Kriegsfregatten mit derart dunkel gestrichenen Rümpfen und Masten, daß die Kanonenläufe, blank und voller Sonne, einem vor Kampfeslust blitzend ins Auge sprangen.

Der Junge löste sein Halstuch.

»In den Krieg, ja, bestimmt! Aber mit wem haben die hier Krieg?« Und nach einer Pause: »Was zahlen sie hier wohl einem Marinesoldaten, wenn er seinen rechten Arm verliert oder seine Augen?«

Sie wußte es nicht und wandte ihr Gesicht zum Himmel.

Es war so ein Tag zwischen Regen und Sonne. Silberweiße Vögel schossen aus gewaltigen Wolken hervor und verschwanden wieder darin.

Ein grober Griff des Einvernehmens um ihren Arm.

»Also so was!«

Aber sie schaute schon wieder auf die Stadt. Biß sich auf die Fingernägel wie ein Mädchen, das von seiner älteren Schwester gelernt hat, daß man zuhören muß, wenn einem etwas gesagt wird, und sah die Dächer, Türme und Flaggen auf sich zutreiben. Schweigend, übertönt vom Wind und den geschrienen Befehlen an Bord.

Ob sie mich erwartet?

Was sie wohl denken wird, wenn sie mich sieht! Hat sie ihren Bootsmann dabei?

Das war am dreizehnten April gewesen.

Als Elsje Christiaens am Morgen darauf erwachte, hatte sie zunächst, seufzend und schmatzend, durch die Wimpern lugend sondiert, wo sie war. Schon bald dachte sie voller Energie an Sarah-Dina. Wie kann ich sie finden? Am Tag zuvor, während des kurzen Wegs vom Hafen zum Haus der Schlaffrau, hatte die Stadt sie bereits etwas von ihrer Unermeßlichkeit spüren lassen. Sie stand auf. Nachdem sie sich rasch angezogen hatte, leerte sie zuerst drei Treppen tiefer den Topf in die Grube auf dem Innenhof, wie die Schlaffrau es ihr gezeigt hatte. Auf dem Weg nach unten und wieder zurück nickten ihr die paar Menschen, denen sie begegnete, freundlich zu. Auf dem Dachboden hatte an diesem Morgen an drei gespannten Leinen Wäsche zum Trocknen gehangen. Gerade als sie sich bückte, um unter den Sachen hindurch wieder in ihr Schlafkabuff zu gelangen, war aus einer niedrigen Tür gegenüber ein großer, hustender Mann getreten. Den Topf in der Hand, machte sie ihm Platz. Der Mann ging zur Treppe, während er noch dabei war, seinen Gürtel zu schließen. Er betrachtete sie im Vorbeigehen ausgiebig.

»Tag«, grüßte kurz darauf seine Frau, als sie beide zufällig im selben Moment ihren Schlafraum verließen, sie, Elsje, um zum erstenmal in die Stadt zu gehen. Sie fand, daß die Frau, sehr viel jünger als ihr Mann, sehr nett aussah.

»Tag!«

Im Laufe der nächsten zwei, drei Tage begriff Elsje natürlich, daß es kein eheliches Band sein konnte, das ihre Nachbarin von gegenüber mit den wechselnden Männern verband, die ihr in ihrer Kammer Gesellschaft leisteten, und daß sie auch nicht in Hurerei mit diesen Passanten zusammenlebte. Das Mädchen war nett. Sie hieß Katerina. »Hallo! Wie geht's?« sagte sie, wenn sie Elsje auf der Treppe begegnete.

21

Wie es zuging. Wie es kam

Turbulenz. In einer Weltstadt herumlaufen, und das auch noch ganz allein. Vor allem zu Beginn muß Elsje Christiaens das ungestüme Treiben, das sie ringsum umgab, genossen haben, war sie sich doch sicher, daß sie jeden Moment Sarah-Dinas Finger auf ihren Schultern spüren konnte. Amsterdam spann sie ein, das war logisch, so erging es jedem. Wenn sie ihre Unterkunft verließ, brauchte sie nur ein kleines Stück mit der Menschenmenge mitzulaufen, und schon befand sie sich im Auge dessen, was hier das Ganze in Schwung brachte und in Gang hielt. Der Dam. Gewinn, Gewinnstreben erkennt man wie einen Sturm, der an sich unsichtbar ist, an den Auswirkungen. Obwohl sie also an jenem ersten Morgen mit Herz und Seele nach einer barschen, breitschultrigen Frau Ausschau hielt, sahen ihre Augen schon nach fünf Minuten die Stadtwaage, ein in die Musik eines Blasorchesters und den Geruch vom Fischmarkt eingehülltes Prachtgebäude, in das man alles, womit in dieser Stadt gehandelt wurde, schleppte, aufs Gramm genau abgewogen und dann zu einem angemessenen Tarif besteuert.

Welch ein Glück, daß die Leute so nett waren.

»Mal probieren?«

Und da reichte der Volendamer ihr hinter seinem Verkaufstisch doch tatsächlich ein Stück gebratene Meerbrasse, ihr und der Madam neben ihr, auf die er es abgesehen hatte! Während sie den Fisch verspeiste, wurde ihr erst bewußt, daß ihr Magen noch leer gewesen war. Köstlich. Gut essen heißt schlemmen, wortlos, und danach noch eine ganze Weile davon durchdrungen bleiben, wie gut es war. So blieb sie einen Augenblick stehen auf ihrer Suche, bei der sie höchstens fünfzig Meter vorangekommen war. Der Fischmarkt nimmt so ungefähr den gesamten Platz zwischen der Waage und dem Rathaus ein, das Elsje auf diesem ersten Gang, so merkwürdig das auch klingen mag, noch nicht wirklich bemerkt hatte, so wie man von einem Berg in einer Landschaft auch oft weiß, ihn aber nicht unbedingt sieht. Fisch, auf dem Markt, schaut immer entsetzt. Was sie einstweilen sah, waren Berge und Berge aufgeschichteter und schön angeordneter Fischleiber aus allen Meeren und Flüssen, die dieses Land speisten, manche noch nach Luft schnappend, während ihr dünnes rötliches Blut Blasen über den Kiemen bildete. Sie kannte das natürlich, auf dem Markt in Aarhus liegt der Fisch genauso da, aber nicht in diesen Mengen!

»Also gut, hilf du mir mal.«

Die Madam hatte ihren Kauf getätigt. Und Elsje bekam die Chance, einen nicht gar so schweren Korb hinter einer Hausfrau herzutragen.

»Da entlang.«

Sie folgte mit der Last auf der Hüfte.

Während sie mit einem angenehm nützlichen Gefühl hinter der Hausfrau herging, tauchte das Rathaus in ihren Augenwinkeln auf.

»Kind!«

Denn sie war stehengeblieben.

Die Frau verstand es.

»Ein schönes Gebäude, nicht wahr?«

Elsje war kaum imstande, ihren Blick davon zu lösen. Unglaublich schön. Man muß wirklich nicht das Athenaeum Illustre besucht haben, um mit eigenen Augen zu erkennen, was Pracht ist, was Ernst, was Einschüchterung, was architektonische Proportionen von vorbildlicher Ordnung, die übrigens – was Elsje noch nicht weiß, aber noch erfahren wird – an den Gerichtstagen durch einen farblosen Bretter-steg auf Pfählen in häßlicher Weise gestört werden, einem Steg, der vom Gerichtssaal im ersten Stock her zugänglich ist oder über eine Leiter aus den Zellen. Dort, rechts vom Gerichtssaal, sieht man in der Mauer die Löcher, in die die Querbalken geschoben und vor Sonnenuntergang wieder herausgezogen werden, das geht im Handumdrehen.

Sie hielten vor einem Haus in einer Gasse. Die Frau nahm den Korb wieder an sich, stieß mit dem Rücken die Tür auf, strich Elsje über den Arm, gab ihr einen Apfel und verabschiedete sich mit einem Lachen von ihr. Elsje fiel erst später an diesem Tag ein, als sie wieder in ihrer Unterkunft war, daß sie gut die Anstellung hätte ansprechen können, die sie suchte.

Müde, natürlich. Früher Abend. Im Vorderhaus ging es gesellig zu. Zehn, zwölf Männer und Frauen, ein paar Kinder und ein Hund, noch immer selten seit der heißen Krankheit im letzten Jahr, füllten den Raum. Die Fenster zur Straße standen offen, man konnte Lautenmusik hören und in der Ferne Trommeln, die Schlaffrau ging mit einer Kanne Bier herum. Auch Elsje bekam einen Krug, den sie neben der Tür stehend trank. Danach kam die Schlaffrau mit einem Paar Pantoffeln aus zusammengenähtem Stroh zu ihr.

Ob sie die im Haus tragen wolle. Das spare eine Menge Putzen und Fegen.

Während Elsje auf einer Treppenstufe die Schnallen an ihren Stiefelchen löste, meinte im Vorderhaus einer der Männer beifällig: »Appetitliches Ding.«

Das Haus war kein richtiges Hurenhaus. Es war ein Gelegenheitshaus, wie es so viele gibt, mit Zimmern für Ehepaare, Handelsreisende männlichen oder weiblichen Geschlechts, eine erste Anlaufstelle für Einwanderer auf der Suche nach Arbeit, und darüber hinaus eine Unterkunft für ein paar Mädchen, wo sie Gäste zum Stundentarif empfangen konnten, die wie die anderen Gäste anschließend bei der Wirtin zahlten. Undurchsichtige Atmosphäre. Unbehagliche Begrüßung also einige Tage später für Elsje, als ein Herr im Treppenhaus ihre Hand ergriff, sich vorbeugte, die Finger öffnete und ihre ganze Handfläche an den unteren Teil seines Gesichts drückte, während er ihren Daumen über seine Lippen bewegte.

Und sie danach losließ und seelenruhig weiterging.

Da war sie schon etwas unruhig geworden. Ihr Geld schmolz, so sparsam sie auch damit umging. Es gab am Tag nun mal Momente, in denen ein Pfannkuchen mit Zucker Vorrang vor allem anderen hatte. Hunger, vor allem die leichte Form, greift die Wahrnehmung an. Die Wahrnehmung selbst tut das auch. Je genauer man hinschaut, um so mehr sieht man. Am Ende dieser ersten Woche hatte sie so ununterbrochen Ausschau nach ihrer Schwester gehalten, so zwanghaft und hoffnungsvoll, daß der Moment kam, da es fast kein Frauengesicht gab, das sie nicht, aus der Ferne, ganz kurz aufatmen ließ. Das Merkwürdige war, daß sie gleichzeitig den Glauben zu verlieren begann, je noch tatsächlich gemeinsam mit ihrer Schwester ein, sagen wir mal: Anisbrötchen mit Zuckerglasur zu essen.

Sie klapperte die Wirtshäuser ab, lief in Kirchen hinein, betete, schaute, fragte und ging in die Häfen, um Arbeit zu suchen, vor allem aber, um sich umzusehen und auch da wieder zu fragen.

»Sarah-Dina?«

»Ja, ja, Sarah-Dina, meine Schwester.«

Am Abend des siebten Tages ihres Aufenthalts in der Herberge klopfte die Schlaffrau ihr auf den Arm. Elsje stand, an einen Treppenpfosten gelehnt, gebückt da, um sich ihre Stiefelchen auszuziehen. Die Schlaffrau, die gerade herunterkam, war kurz stehengeblieben, um ihr etwas mitzuteilen. Elsje sah auf und grüßte. Die Schlaffrau konnte den Atem des Mädchens riechen, von Knoblauch wird man nicht dikker, aber er nimmt doch für eine Weile das Hungergefühl.

»Hör zu, Mädchen …«

»Ja?« sagte Elsje fügsam.

»Morgen fängt eine neue Woche an. Nicht vergessen, hörst du?«

»Nein«, sagte Elsje. »Bestimmt nicht.«

Die Frau ging weiter, drehte sich aber auf der Schwelle zum Vorderhaus noch einmal kurz um, um ihren Blick über den Körper des Mädchens gleiten zu lassen.

Die Mahnung kam erst drei Tage später, also keineswegs unbillig. Die Schlaffrau, die Elsje hatte kommen sehen, hatte sich an diesem Nachmittag die Mühe gemacht, auf den Dachboden hinaufzusteigen. Dort fand eine kleine Unterredung statt über das Bezahlen und über die schändliche Untugend des Nichtbezahlens. Dabei keine Spur von Feindseligkeit, weder bei der Schlaffrau noch bei dem Mädchen, das lediglich spürte, daß ihre Wangen zu glühen begannen.

Zum Schluß: »Also dann stunden Sie mir nicht mehr?«

Sie hatte verstanden.

Elsje schob ihr Schultertuch auf die Arme hinunter. Wenn die Sonne schien, wurde es schnell warm auf dem Dachboden. Ihre jungen Finger, noch Lichtjahre entfernt von irgendeiner dunklen Grenze, einem Endpunkt, nie gesichtet, aber, zum Teufel, trotzdem präsent, pflückten nervös am Stoff.

Kurz darauf ließ die Schlaffrau sie allein. Und es kam der Moment der zur Seite geschobenen Gardine, ihr Blick in das Kämmerchen und den Sex. Es dauerte einen Augenblick, bevor sie in dem Gesicht auf der anderen Seite der Gußglasscheibe das ihrer freundlichen Nachbarin von gegenüber, Katerina, erkannte.

Elsje Christiaens ging mit einer Miene, von der nichts abzulesen war, nach unten, engelsgleich, gewissermaßen unbelastet von allem. Ein Mann, der ihr auf der Treppe begegnete, fragte sich unbewußt, was alle Männer sich überall und zu allen Zeiten gefragt haben und fragen werden: Woran denkt so ein Mädchen bloß? Vermutlich werden sie nie wissen, daß Mädchen neunzig Prozent ihrer Zeit an praktische, alltägliche Dinge denken. Sie ging zur Tür hinaus auf die Straße, wo es zu dieser Stunde noch sehr belebt war.

Jetzt muß ich doch wirklich rasch eine Anstellung suchen.

Das Schicksal war ihr gleich am nächsten Morgen außerordentlich wohlgesinnt. Im Kaffee- und Kakaohaus Zum strahlenden Türken stand eine Vermittlerin für Hausangestellte, die gleichsam Ausschau nach ihr zu halten schien. Es handelte sich um normale Arbeit, abwaschen, Flure aufwischen, Öfen anzünden.

»Hast du ein Zeugnis?«

Kopfschütteln.

»Ach, was macht das schon.«

Die Frau musterte ihre Kleidung.

»Zieh ein Paar saubere Ärmel über und geh dich vorstellen, man wartet auf dich, in dem Haus ist gerade wieder was Kleines angekommen.«

Elsje bekam Anweisungen, wie sie zu gehen hatte.

»Kennst du die Kaufmannsbörse? Ja? Gut.« Da gegenüber sollte sie nach rechts in die Gasse einbiegen und dann die Kalverstraat überqueren, es war am Nieuwezijds Voorburgwal.

»Du bekommst einen Vertrag. Bis Sankt Michael, das heißt bis zum neunundzwanzigsten September, können sie dich nicht wegschicken.«

Sie prägte sich die Adresse ein, nickte dankbar und drehte sich um.

»Wart mal«, rief ihr die Vermittlerin nach. Und, mit einem Lachen über dem flachen, steif abstehenden Kragen: »Laß dich nicht schlagen. Das ist hier nicht erlaubt!«

Die Kaufmannsbörse ist ein auf dem Wasser des Rokin schwimmendes zweistöckiges Steingebäude, dessen untere Etage aus einem von Galerien umgebenen Innenhof besteht. Als Elsje sich dem Konsumentenpalast näherte, sah sie gerade Sarah-Dina hineingehen, ein spitzes weißes Häubchen über dem Haarknoten.

22

Das Beil, noch immer

Jetzt sind erst wieder das Schlafhaus und die Schlaffrau dran. Die Ereignisse folgen aufeinander, meint die Kadenz der Lebensgeschichte, doch in Wirklichkeit fallen die meisten Ereignisse zusammen, wenn auch nicht unbedingt im gleichen Tempo. Während Elsje in der Kaufmannsbörse einer völlig fremden Frauensperson folgte, liefen in der Herberge die Arbeiten an einem abgesackten Vorratsverschlag im Keller nicht, wie sie sollten. Ursprünglich hatte der Mann der Schlaffrau die Sache übernommen, was natürlich immer die vorteilhafteste Regelung ist, aber – wieder so ein Fall – genau an dem Tag, als Elsje Christiaens hier eine Bleibe fand, hatte der Mann beschlossen, die Tür für immer hinter sich zuzuschlagen. Heute, nachdenklich an ihrer Nase zupfend, stand die Ehefrau da und inspizierte die Zimmermannssachen auf dem Flur, die er einfach stehen- und liegengelassen hatte. Während sie sich unter lautem Seufzen, sie war ja allein zu Hause, daranmachte, das Zeug ein bißchen zu ordnen, spazierte das dänische Mädchen zwischen Bevollmächtigten aus der ganzen Welt durch die Galerie der Kaufmannsbörse.

»Ach herrje, da ist sie ja«, sagte sie sich, als sie die breitschultrige Frau, Witwe eines Zinngießers, in der Ferne die Treppe ins erste Stockwerk hinaufgehen sah.

Aber es war kein Durchkommen. Hinten im Säulengang, halb versperrt durch eine Riesenvase mit glasgefaßten Pfauenfedern, standen drei oder vier schwarzgekleidete Herren und einer in einem violettrot gestreiften Kaftan dicht beisammen und besprachen etwas.

Also wartete sie und dachte an ihre Schwester.

Was sie wohl kaufen will? fragte sie sich.

Eine Hand schob sie ein Stück beiseite, eine andere Hand noch ein Stück weiter. Die geschäftliche Unterredung direkt vor ihrer Nase fand mit Hilfe eines Dolmetschers statt. Warum sollte sie zuhören? Sie hörte nicht zu. Der Herr im Kaftan äußerte sein Interesse an einem superschnellen Schiffstyp, der bei Wind, egal aus welcher Richtung, seinen Gegner ausmanövrieren konnte und dabei so wendig war, so verflixt behende, daß er einen von Westen her einbrechenden Feind wie ein Spuk von hinten angreifen konnte.

»Machen wir«, fing sie trotzdem auf.

Auch hier wieder die Anwesenheit eines Hundes. Das kräftige Tier versuchte verzweifelt, sich durchzuquetschen. Elsje bückte sich, um sein Fell zu kraulen. Der Mann im Kaftan ging derweil weiter die Wunschliste durch, die man ihm mitgegeben hatte. Ein Paar prächtig geschnitzte Galionsfiguren sowohl an Steuerbord wie an Backbord, sie sollten Krieger darstellen, aber auf keinen Fall Römer.

»Geht in Ordnung.«

Schließlich, so ließ der Gesandte durch den Dolmetscher übermitteln, denke er noch an Geschütze mit genügend Feuerkraft, um bei Bedarf dreimal eine komplette feindliche Besatzung aus den Wanten zu schießen.

Einer der schwarzgekleideten Männer richtete seine auffallend hellblauen Augen konzentriert auf Elsjes Gesicht.

»Alles möglich.«

Eigenartig? Eigenartig, daß ein armseliges, des Lesens und Schreibens unkundiges Mädchen sich auf einem Wandelgang befindet, auf dem hier eine Sammlung Dürers, van Dycks und Flincks für ein Mordsvermögen in sizilianische Hände übergeht und dort, drei Schritte weiter, ein osmanischer Bey eine Bestellung über acht noch vor dem Winter in den Schiffswerften des IJ fertig zu bauende Tausendtonnenkriegsfregatten aufgibt, mitsamt Bewaffnung, die garantiert von den stets zuverlässigen Gebrüdern Trip, wohnhaft am Kloveniersburgwal in dieser Stadt, pünktlich geliefert werden?

Absolut nicht, und so gab es auch niemanden, der die junge Dänin beachtete. Hier liefen genug Dienstmädchen und Knechte herum.

Zu guter Letzt gelangte sie in die obere Etage. Sie bekam den Mund nicht mehr zu. Es geschieht nur äußerst selten, daß das alltägliche Leben den Geschichten überlegen ist, und zwar nicht zu knapp, die einem mal nachts im Bett erzählt, ins Ohr geflüstert worden sind, der Urübertreibung, die Worte im Kopf hinterlassen können. Als Elsje ihren Blick endlich von der aufgetürmten Pracht, dem Luxusangebot in dem schönsten Geschäft Europas löste, wie es von Insidern genannt wurde, hatte die Witwe des Zinngießers ihre Muschel aus dem Indischen Ozean bereits bezahlt. Sie hatte sogar schon wieder das Gebäude verlassen, was das Mädchen, erschrocken auffahrend, auch feststellte.

O allmächtiger Jesus, wo war sie hin, so schnell?!

Elsje rannte nach unten, schaute in beiden Richtungen die Straße entlang, während sie Jacke und Tuch fester um sich zog. Der Tag hatte mit einem tintengrünen Himmel angefangen, regenschwer. Jetzt war noch Wind von See her hinzugekommen. Da sah sie ihre Schwester eilig um die Ecke beim Spui biegen.

Seufzer vor Glück.

Und nichts wie hinterher.

Die Verfolgung hat sie den ganzen weiteren Tag über in Beschlag genommen. Jemandem zu folgen ist schön. Man hat ein unmittelbares Ziel im Leben. Schnell laufend versuchte das Mädchen, den Abstand zwischen sich und der breitschultrigen Frau mit dem spitzen weißen Häubchen zu verringern, sie rief auch, doch die Frau drückte gerade in dem Moment die Hand gegen eine Tür, die sofort nachgab, und verschwand. Und auch Elsje verschwand, fünf Minuten später, in einem von der Welt abgeschiedenen Innenhof mit hohen, totenstillen Häusern und zwei kleinen Kirchen. In einer davon, verboten, katholisch, außen in nichts von den Wohnhäusern zu unterscheiden, war die Witwe dabei, auf Knien für die Seelenruhe des Zinngießers zu beten. Während Elsje, auf dem Gras neben der Sonnenuhr, nicht gleich wußte, was sie jetzt tun sollte.

Anwandlung von Starrköpfigkeit. Selbstbehexung, insgeheim vielleicht schon von Anfang an geahnt. Während sie auf die Spitzen ihrer im Gras auf und ab wippenden Stiefelchen starrte, wartete sie brav auf ihre Schwester. Sie war nicht mehr allein in der Stadt. Sie ging nicht mehr unter in der Masse der Amsterdamer Bürger. Sie hatte hier ihren Platz. Nachdem sie die Frau durch eine Seitentür wieder hatte auftauchen sehen, folgte sie ihr durch einen kleinen Tunnel zum Singel, hatte aber schon nicht mehr vor, sie noch einmal zu rufen.

Das Wetter war inzwischen wirklich mistig, ein feiner Regen, der ihr von einem gleichmäßigen Wind ins Gesicht gesprüht wurde. Brücken, Grachten, Gassen. Bei einer Bäckerei erneut ein kleiner Aufenthalt, bei einem Gemüsestand wieder. Halb ausgehungert oder nicht, Elsje findet es wunderbar, dem Schemen zu folgen, der sie schon ihr ganzes Mädchenleben lang beschützt und en passant alles vollkommen durcheinandergebracht hat. Erste Liebe, Idylle zwischen einem Dummerchen und einer großen Stiefschwester, Liebesschmerz, Unverständnis, Schuld. Schuld ist etwas, was man hat, unabhängig von dem, was man getan hat oder was man empfindet, ist sie da, aus eigener Kraft, und das weiß man… Pferde und Karren machten gewaltigen Krach auf dem Kopfsteinpflaster. Bei diesem Wetter will man zu Hause sein. Schreiende Fuhrleute sind dann durchaus bereit, einen Fußgänger ein Stück weit mitzunehmen. An einem bestimmten Punkt ihres Weges in den Stadtteil Jordaan war die Frau, die merkte, daß man ihr folgte, neugierig geworden. Sie sprang vom Karren hinunter, sah das Mädchen von einem dahinter fahrenden Karren springen und wartete.

»Hör mal…« begann sie und sah dann, wie sich ein graues, leicht flehendes Augenpaar mit einem sehr dunklen Schleier überzog.

So standen sie sich kurze Zeit gegenüber. Ein eigenartiger Moment. Oder vielleicht nicht sosehr eigenartig als vielmehr herzzerreißend. Die Witwe, die den Mann ihres Lebens verloren hatte. Das Mädchen, das mehr als einmal von der schnellen, heißen Pest hatte reden hören, sie aber keine Sekunde lang mit der mächtigen Frauengestalt ihrer Schwester in Verbindung gebracht hatte. Und dann plötzlich, einen Schritt vor ihr, ein Mensch, so anonym, so unbekannt, daß es einfach abstoßend war.

Die beiden betrachteten einander mit naßgeregneten, suchenden Gesichtern, ein paar Sekunden lang in Erschütterung verbunden.

»Wo willst du hin?«

Elsje wandte den Kopf ab. Sie ließ ein paar Augenblicke verstreichen, um nachzudenken. Dann sagte sie: »Zum Dam.«

Die Witwe lachte kurz auf. »Genau die andere Richtung!« sagte sie, insgeheim vermutend, daß das Kind das schon wußte.

Worauf eine Wegbeschreibung folgte, vielleicht etwas zu umständlich, die Elsje sich genau anhörte. Dennoch hat sie natürlich die Hälfte nicht verstanden.

Der Regen hörte im Laufe des Nachmittags auf, doch die Bewölkung blieb wie ein Schwamm über der Stadt hängen. Ihren weiteren Streifzug muß das Mädchen in dem grauen Licht als sehr deprimierend empfunden haben. Auf jeden Fall als sie, wieder verirrt, zu den Arkaden in der Mauer einer Bastion kam, wo Höhlenbewohner, Schweine und Schlamm zu einer beängstigenden Unterwelt zu gehören schienen. Trotzdem sah sie hier Kinder spielen, blasse kleine Wesen, die, ohne auch nur einen Moment innezuhalten, mit einer Schweine- oder Ziegenblase an den Lippen krähend herumrannten.

Nach Hause! dachte sie, inzwischen hundemüde, und konnte damit schon nichts anderes mehr meinen als die Herberge am Damrak.

Es war noch nicht ganz dunkel, als sie dort ankam. An der Tür brannte keine Laterne, doch das Vorderhaus, rechts, war spärlich beleuchtet. Ohne auch nur den Versuch zu unternehmen, nach den Pantoffeln auf der Treppe zu tasten, machte sie sich auf den Weg nach oben, als eine Stimme aus dem Vorderhaus sie aufhielt.

Die Schlaffrau erschien mit einer Lampe in der Hand in der Tür. Sie sagte nichts zu den schlammigen Stiefeln, sie fragte nicht nach Geld (Elsje, die sich gerade einen Viertelliter warmes Bier geleistet hatte, besaß in diesem Moment noch zwölf Stuiver). Sie schaute nur und murmelte dem Mann etwas zu, der, als einzige andere Person im Raum, im Halbdunkel hinter ihr stand.

»Du bist ja klatschnaß. Komm, Schatz. Häng deine Jacke ans Feuer.«

»Ja.«

Als sie ungefähr eine Minute später langsam, schon fast träumend, die drei Treppen zu ihrem Verschlag auf dem Dachboden hinaufstieg, ertönte draußen gerade das etwas traurige, lange Signal der Stadttrompeter, das besagte, der Tag sei nun zu Ende. Elsje war gehorsam zum Feuer gegangen, sie hatte ihre Jacke ausgezogen, ihr Tuch abgelegt, alles ganz ruhig, und nach den Anweisungen der Schlaffrau über dem Gestell gleich neben dem Kaminschirm aufgehängt. Das Gesicht des Mannes, der sie währenddessen betrachtete, war nur, wie sie bemerkt hatte, ein verlangendes Gesicht gewesen und sogar ein wenig verlegen. Die Physiognomie der Schlaffrau hingegen war jetzt und an den darauffolgenden Tagen nicht mehr als Menschengesicht zu bezeichnen.

Etwas Ungutes hatte sich in das Haus eingeschlichen. Schwer zu sagen, was genau. Das Wetter war dunkler geworden, schon wahr, es sah eher nach November aus als nach April, der so schön angefangen hatte. Verschiedene Gäste verließen das Haus. Einer von ihnen, nachdem er sich über Gestank in seinem Zimmer beklagt hatte.

»Völlig normal«, hatte die Schlaffrau erklärt, die mal kurz geschnuppert hatte.

»Mensch, daß ich nicht lache.«

Es stellte sich recht schnell heraus, daß eine Ratte von der Größe eines gemästeten Kaninchens die losen Bodenbretter im Wandschrank ein Stückchen beiseite geschoben hatte, um darunter zu sterben und zu verwesen.

Auch Katerina ging. Elsje, die kaum mit ihr gesprochen, sie aber doch in ihr Herz geschlossen hatte, kam ihr entgegen, als Katerina ihre Kiste die Treppe hinunterschleppte.

»Warum gehst du weg? Wo gehst du hin?« rief sie betroffen aus.

Sie selbst kam gerade von einer Fischbude in den Westhäfen, wo man die billigsten Sprotten der Welt bekam, am Ende des Tages manchmal sogar gratis.

Katerina hatte die Kiste auf eine Treppenstufe gestellt. Während sie sie mit der Hüfte im Gleichgewicht hielt, nahm sie sich die Zeit, die andere forschend anzusehen.

»Meine Oma ist krank«, antwortete sie und wandte sich bereits ab, um den kleinen Schlüssel, der ihr an einem langen Band um den Hals hing, ins Schloß der Reisekiste zu stecken.

Kurz darauf: »Alles Gute für dich!«

»Für dich auch, und vielen Dank!«

Elsje ging in ihre kleine Kammer, in den Händen einen Malzkuchen, den sie zur Mittagszeit essen wollte, und die sanftorangefarbene Pfingstrose aus Samt, mit einer Nadel am Ausschnitt zu befestigen, die eine knappe Woche später zusammen mit ihrem übrigen Hab und Gut an die Stadt fallen würde.

Der siebenundzwanzigste April brach an, ein Sonntag. Sie hatte sich die letzten Tage keineswegs unvernünftig verhalten. Aus Sparsamkeit wenig gegessen, Wasser aus dem Stadtbrunnen getrunken, was ein wenig riskant war, aber für dieses eine Mal schon ging. Eine Arbeitsvermittlerin mit einem kleinen Büro am Zeedijk hatte ihr versprochen, daß sie etwas für sie hätte, wenn sie nach dem Wochenende wiederkäme. An diesem Sonntagnachmittag sagte der Mann, der sie vor einigen Tagen am Kamin im Vorderhaus verlegen angelacht hatte, sie solle nicht so kindisch tun. Er hatte sie auf dem Flur im ersten Stock küssen wollen. Als sie einen Augenblick später zur Haustür ging, hätte man meinen können, sie habe die Schlaffrau abblitzen lassen und nicht den Mann, der seufzend und traurig brummend in sein Zimmer zurückgeschlurft war.

»Undankbares Gör! Und derweil gratis unter meiner Decke schlafen!«

Das war auf dem Gang neben dem Keller, wo die Schlaffrau sie in die Enge getrieben hatte. Weil die Zwischentür zum Vorderhaus zu war, konnte Elsje im Halbdunkel die noch immer nicht weggeräumten Bretter, ein Balkenstück und die Werkzeuge zu ihren Füßen nicht sehen, nur fühlen. Durch ein Spiel des Lichts sah sie jedoch deutlich den Mund der Frau, der für einen Moment einen Eckzahn und ein paar Backenzähne entblößte. Als die ihr zufauchte, morgen, allerspätestens, müsse sie bezahlen, unterdrückte sie ihren Schrecken.

»Mevrouw ...« begann sie mit aller Würde einer Achtzehnjährigen und stockte. Unbeholfen nach ein paar holländischen Worten suchend, sagte sie ihr, morgen würde es noch nicht gehen.

Das muß die andere rasend gemacht haben. Schreiend packte die Frau das Mädchen am Arm, das sofort dachte: Paß auf, faß mich nicht an, Schlagen ist hier nicht erlaubt! Aber die Worte dafür nicht finden konnte. Elsje riß sich los, flüchtete erst zur Haustür und dann, als ihr einfiel, die Schlaffrau könnte sie womöglich aussperren, in ihr Kämmerchen auf dem Dachboden. Mitsamt ihren Kleidern kroch sie unter die Decke.

Zuerst zitterte sie nur, zusammengerollt, sich dem Zittern wohlig hingebend, denn es macht warm und schließt einen ganz in sich selbst ein. Danach hat sie auf der Seite liegend vor sich hin geschaut, das kleine, runde Gesicht dem Dachfenster zugekehrt, ohne Gedanken. Über die Scheibe liefen Regentropfen. Im Haus gab es kein einziges Geräusch, das den gegen das Dach blasenden Wind hätte übertönen können. Das ohnehin schon kleine Kämmerchen schrumpfte und wurde dunkel.

Jetzt schläft sie in Geborgenheit, das Häubchen hinuntergeglitten, das blonde Haar ausgebreitet. Sie träumt und lächelt. Das ist sie, ganz sie, Elsje Christiaens, ohne auch nur eine Spur dessen, was sie morgen oder übermorgen oder noch später sein wird, morgen existiert bekanntlich nicht. Sich an ihre letzte unschuldige Nacht klammernd, schläft sie einen süßen Traumschlaf, ein hübsches Kunterbunt von Bildern aus der Wirklichkeit und aus der fiktiven Welt von demnächst. Wenn man so tief schläft, hat man immer Mühe, wach zu werden.

»Wo bin ich?« hatte sie am nächsten Morgen, noch bevor sie die Augen aufschlug, gemurmelt.

Sie glitt aus dem Bett. Auf Zehenspitzen spähte sie aus dem Fenster nach unten und sah ein kleines Stück Straße, Anlegestege und Boote. Alles in der Geschäftigkeit des frühen Montagmorgens.

Die Schlaffrau muß ihr unten aufgelauert haben. Als Elsje über den Flur im ersten Stock ging, sah sie das Weib. So etwas Blödes! Ihr Herz machte einen Satz. Sie hatte die Herberge ungesehen verlassen wollen. Die Wut der Schlaffrau war in diesem Moment bereits voll entfaltet. Die Frau, die ihren Mann vermißte, hatte während einer schlaflosen Nacht stundenlang mühsam ihren Zorn unterdrückt und war durchfroren aufgestanden.

»In dieser Welt zahlt jeder für sich selbst! Jeder, verstehst du Holländisch oder nicht?«

Elsje und die Schlaffrau standen sich gegenüber, in dem Gang zum Keller, dessen Tür wegen der Reparaturarbeiten nicht verschlossen war. Als das Mädchen etwas erwidern wollte, wurde die Schlaffrau so böse, daß sie in ihrem eigenen Haus auf den Boden spuckte. Neben der Kellertür stand ein Besen, einsatzbereit. Elsje, die das begriff, wich zurück, doch viel Platz war da nicht. Eine Minute später sah es so aus, als würde es – was sehr gut möglich gewesen wäre – beim folgenden bleiben: der Schlaffrau, die die Kontrolle verloren hatte, Elsje, die geschlagen worden war. Doch das Mädchen blickte von dem Baukram auf dem Boden in das Gesicht, dessen Haut um Nase und Augen dicke Falten schlug und das sie noch immer keuchend, rot vor Genugtuung anstarrte. Danach wandte sie den Blick erneut zu dem Handwerkszeug. Auf einem Stuhl mit geflochtenem Schilfsitz lag ein Beil.

Die Schlaffrau folgte ihrem Blick. Keine von beiden sagte

etwas. Aufmerksam blickten sie mit gebeugten Köpfen auf den Gebrauchsgegenstand mit dem geschliffenen eisernen Blatt und dem fettigen braunen Griff.

Bis das Mädchen seufzte.

In der Sekunde, bevor man etwas Entsetzliches tut, ist man oft völlig ruhig. Als ob das, was gleich geschehen wird, bereits hinter einem läge.

23

Die schöne und gewinnbringende Reue

Noch eine Viertelstunde. Die Menge, die das wußte, wartete ohne Ungeduld. Man stand Schulter an Schulter. Nicht nur das Grüppchen Sloterdijker, die gesamte Schar unter der Galerie beim Gerichtssaal war unerschütterlich, dumm drückend wie Vieh zurückgewichen, bis sie die Ostfassade des Rathauses wieder vor sich hatten. Eine kleine Gruppe Schützen half. Zusammenrücken, Leute! Das war normal. Daß alle schauen wollten, verstand jeder. Während hinten die Kinder auf die Schultern ihrer Väter gehoben wurden, setzte man im Rathaus für die Prozedur in zweierlei Absicht eine gute Viertelstunde an.

Das kriminelle Mädchen, als Mensch bereits tot, erhielt noch *ein*mal die Gelegenheit, bei Gott an der Rettung ihrer Seele zu arbeiten. Die Stadt Amsterdam, voll der Tugend und Redlichkeit, hoffte auf einen schönen Abschluß einer mustergültigen Hinrichtung.

Währenddessen wurde draußen auf dem Schafott die Zeit für ein paar leichte Auspeitschungen genutzt. Ein Heide, so ein umherziehender Landstreicher, bekam das glühende Eisen in die Schulter gedrückt und wurde, nachdem er fürchterlich gebrüllt hatte, für fünf Jahre aus dem Land gejagt. Ein Dieb, der hinter einem der Knechte des verspäteten Scharfrichters die Leiter hinaufkletterte, gab seinem Impuls nach, auf halbem Wege schnell anzuhalten, eine lange Nase in Richtung des Hinterns des Knechts zu machen und dem Publikum grinsend die Zunge herauszustrecken. Oben wurde er ausgepeitscht zu acht Stuiver pro Schlag.

Das alles verfolgte man lediglich mit mäßigem Interesse. Die tiefe, stille, ernste Freude auf dem Damplatz war auf etwas Schlimmeres, Besseres gerichtet, so ungefähr auf das Beste des Schlimmen, das einem Menschen, und dazu einem Mädchen, passieren konnte. Wie wäre es wohl, wenn sie das mit dir täten?

Elsje Christiaens mußte derweil aus dem Gerichtssaal nach oben gebracht werden. Der Gefängniswärter und sein Sohn hatten sie erneut an den Oberarmen gepackt.

»Jetzt gehen wir die Treppe hinauf«, sagte Simon leise, überflüssigerweise, an ihrem Ohr. Die drei brauchten auf nichts anderes zu achten, als in geziemendem Abstand, wie das Reglement es verlangte, den Herren des Gerichts zu folgen.

»Jetzt nach rechts.«

Der Junge, der seinen Dienst als Gefängnisknecht erst seit kurzem versah, hatte einen merkwürdigen Ausdruck in seinem Blick. Er und das Mädchen hatten einen Abend und einen halben Vormittag miteinander verbracht. Es kostete ihn keinerlei Mühe, sich genau an ihre kleinen, molligen zugreifenden Hände zu erinnern, ihr zu ihm aufblickendes Gesicht. – »Bin ich dran?« »Ja, du.«

Elsje sah dumpf vor sich hin. Sie schien nichts von der bedrückten Stimme an ihrem Ohr und der zitternden Hand an ihrem Arm zu merken.

Man braucht auf dem Weg in den Justizraum nur ein kleines Stück durch den Bürgersaal zu gehen. Es ist fast unmöglich, sogar in diesem einen Moment dort oben an der Treppe, die Augen vor dem blendenden Eindruck von Gold, Blau und Kristall zu verschließen, der am hellichten Tag von der Sonne aus zwei Reihen in der Höhe verschwindender Fenster zusätzlich noch einen gewaltigen Paukenschlag bekommt. Dennoch war zu erkennen, daß das Mädchen nichts davon wahrnahm. Sie blinzelte nicht einmal.

An der Tür zum Justizraum versuchte der Junge ihr die Hand zu drücken. Doch ihr Arm hing herab, als wäre bereits alles Leben aus ihm gewichen.

»Jetzt hier rein ...«

Sie trat über die Schwelle.

In dem Raum hing ein leicht brenzliger Geruch, möglicherweise von dem Feuer im Kamin. Der Pfarrer, derselbe, der ihr in der letzten Nacht Gesellschaft geleistet hatte, stand plötzlich vor ihr.

»Komm«, sagte er einfach. Er reichte ihr die Hand und lächelte sogar.

Es dauerte etwas, bis das Kind des Todes auch nur das Geringste von der neuen Situation begriff, begreifen konnte. Fünfzehn oder sechzehn Männer, aufrecht im Kreis auf dem Boden kniend, wandten ihr das Gesicht zu (Perücken, weite schwarze Kleidung, Blutschals). Die beiden Kissen, die der Tür nach draußen zum Schafott am nächsten lagen, waren noch frei. Es schien, als ob die imposanten Kerle, der Schultheiß, neun Schöffen, drei Bürgermeister, der Sekretär, ein Bote, eine Gunst von ihr verlangten. Ihre roten Gesichter blickten ihr hoffnungsvoll entgegen.

»Ja, hier.«

Ein kleiner Schubs.

So etwas merkt man, wie auch immer: die von Gott bezogene Auffassung, wonach alle Menschen im tiefsten Wesen gleich sind. Elsje wurde ohne Ansehen der Person in den Kreis aufgenommen, und irgendwie spürte sie das. Sie sank mit den Knien auf das weiche schwarze Kissen, das man für sie bereitgelegt hatte. Auch der Geistliche kniete nieder und stimmte, nun da der Kreis geschlossen war, mit geübter Stimme ein uraltes Gebet an, dessen Ausgangspunkt, im Eisen der Zeit bewahrt, von jedermann als normal empfunden wurde. Gott, der gesehen hat, wie das warme Blut Seiner Schöpfung vergossen wurde, verlangt jetzt im Tausch dafür selbstverständlich das warme Blut des Vergießers.

In dem Kreis sahen sich zwei Männer an. Sie hatten das sorgfältige und gewissenhafte Töten schon etliche Male miterlebt, dem Gebet glaubten sie.

»Wenn sie bloß vernünftig ist nachher«, signalisierte Joan Blaeu seinem Kollegen Cloeck auf der gegenüberliegenden Seite.

Er war der Sohn eines Vaters, der vor vielen Jahren nach Dänemark gereist war, um von einem wüsten Gelehrten, dem Gotteswunder Tycho Brahe, alles über das Firmament zu lernen, was nur menschenmöglich war, und danach nach Amsterdam zu kommen, um bis zu seinem Tod Globen zusammenzusetzen und Landkarten zu drucken. Joan Blaeu, wahrer Sohn, der das Werk seines Vaters fortgesetzt hatte, blickte unglücklich von Cloeck, ihm gegenüber im Kreis, zu Elsje.

Dachte er an ihre Heimat, in die auch sein lernbegieriger Vater den Fuß gesetzt hatte? Es kann in einem entfernten Winkel seiner Gedanken mitgespielt haben. Ansonsten war er, Joan Blaeu, in erster Linie ein Mann von sanftem Charakter, verheiratet mit seiner Jugendliebe, einer Vermeulen-

Tochter, die ihm drei tote und sechs lebende Kinder geschenkt hatte. Falls er überhaupt an Füße gedacht hat, dann werden es eher die von Elsje gewesen sein, dem heftigen Kind, das am achtundzwanzigsten April im Schöffensaal verhört worden war und dann den ganzen Bürgersaal der Länge nach durchschritten hatte. Ja, da liegen in drei in Marmor eingebetteten Kreisen die riesigen Karten des sanftmütigen Joan Blaeu. Mit ihren kleinen Füßen war die Mörderin zunächst über seine Südhalbkugel gegangen, danach hatte sie sein mit den Himmelskörpern besätes Firmament durchquert, die Blaeu, Ausbilder der Steuerleute der Vereinigten Ostindischen Kompanie, wie kein anderer kannte, um zum Schluß über die den damaligen Auffassungen entsprechende Nordhalbkugel auf ihre Befrager zuzugehen.

Cloeck hatte sein typisches schiefes Lächeln zurückgeschickt.

»Ogottogott, ja!«

Er war ein Bär von einem Kerl, urgesund, der Ton aß, um als Mann in viriler Form zu bleiben, und sich zu Hause taub stellte, um den Frieden bewahren zu können. Er war stolz darauf, übrigens zu Recht, daß seine Seilerei am IJ, falls nötig, die gesamte baltische Flotte, die hundertneunzig Schiffe zählte, mit Tauwerk ausstatten könnte.

Sie erhoben sich. Alle taten das, auch Elsje. Das Gebet war zu Ende. Es hatte sich von einem sehr dunklen Beginn zu einem kleinen Lichtpunkt am Ende bewegt. Als der Pfarrer vor sie hintrat und seinen Blick in den des Mädchens bohrte, sahen alle, daß sie zuhörte. Möglicherweise wußte sie sogar, worum es ging, hatte den starken Wunsch aller Beteiligten um sie herum bereits erfaßt, sie solle Reue zeigen, tiefes Bedauern, in den letzten Minuten ihres Lebens.

Er fragte sie leise. Mit einer Stimme, die sich kaum von einer Männerhand unterscheiden ließ, die einem übers Haar streicht.

Also, Schätzchen?

Im Justizraum erinnerte man sich an den dankbaren Fall vor einigen Wochen, als man auf der teuflischen Visage eines Kutschers, der nie eine städtische Lizenz hätte bekommen dürfen, im Bruchteil einer Sekunde die Sanftheit der Reue hatte durchbrechen sehen. Der Mann, der wegen des Mordes an einem Kunden gehängt werden sollte, hatte so überzeugend seinen alten Vater und seine alte Mutter um Verzeihung angefleht, daß man beschloß, ihn mit einem Sarg und einem Grab zu belohnen.

Elsje blickte zu dem Geistlichen auf. Ihre Wangen und ihr Mund waren leicht gebläht, als bekäme sie einen Bissen nicht hinunter und dürfe bloß nicht an den nächsten Bissen denken. Man erwartete jede Sekunde ihr herzzerreißendes Schluchzen.

Sie schüttelte sanft den Kopf.

Man glaubte es nicht.

Sie schüttelte den Kopf nicht wie jemand, der nein sagt, sondern wie jemand, der, fassungslos, wieder zu sich kommen will.

Also beugte sich der Pfarrer erneut zu ihr vor, sah ihr noch fester in die Augen als eben und schlug ihr noch einmal vor, das Blut von ihrer Seele zu waschen. Sag, daß es dir leid tut, Kind. Der Tod ist nicht der Tod, das weißt du, sondern Gott, der über dich kommt. Weine, bete, versuch das Vaterunser zu sprechen. Sag, daß du für die Strafe dankbar bist, die du doppelt und dreifach verdient hast, aber erspar dir die zusätzliche Buße eines Todes ohne Vergebung, eines Todes als Tier. Unter den Männern im Raum gab es etliche, die sich fragten, wie derlei überhaupt vor sich ging, bei Frauen. Niemand von ihnen war seinerzeit dabeigewesen, aber einige hatten von dem Mädchen gehört, das vor einundzwanzig Jahren sofort nach der Entbindung aufgestanden war und ihr Kind in die Herengracht geworfen hatte. Solche Dinge geschehen, noch immer natürlich, doch wenn jemand sie sieht, dann ist es Mord.

Elsje blickte zu Boden. Nicht schüchtern, sondern verstockt wie ein alter Esel. Ihre Kopfbewegung, eine unmißverständliche Weigerung jetzt, war kurz. Ihre Vorgängerin war auf Knien gekrochen, hatte geschluchzt und gejammert und versucht, Psalm 23 zu singen. Es muß sehr zu Herzen gehend gewesen sein, und ihre sterblichen Überreste wurden folglich nicht nach Volewijck gerudert, sondern zum Bollwerk an der Bloemgracht gebracht, wo sie außerhalb des Stadtwalls im Schlamm des neuen Friedhofs versenkt wurden.

Leises Geraune erhob sich. Und unter den Schöffen war einer, der sich wie an einem Sonntagnachmittag im November fühlte, wenn Nieselregen den Gewürznelkengeruch des Schlachtens vom Samstag eher zu verstärken als wegzusprühen scheint. Er zog den jüngsten Bürgermeister, der neben ihm stand, am Arm beiseite.

»Blaeu?«

»Bürgermeister. Der Dolmetscher steht zur Verfügung. Er befindet sich, wenn alles seine Ordnung hat, im Nebenraum oder auf der Galerie.«

Der andere nickte. Er hatte auch schon daran gedacht.

»Ruf ihn«, sagte er. »Obwohl wir uns langsam beeilen müssen.«

Tatsächlich hielt sich der Dolmetscher auf der Galerie auf. Der ehemalige Schiffskoch stand dort mit ein paar anderen beim Gebet nicht willkommenen Amtspersonen, dem Gefängniswärter, dem roten Lockenkopf Simon und dem Scharfrichter Chris Jansz. Unter der endlos großen, sich im Dunkel verlierenden Darstellung einer halbnackten Riesin, die eine im Verhältnis winzig kleine Waage zu den Wolken emporhielt, standen sie und ließen eine Pfeife mit Sumatratabak kreisen. Jansz, Meister aller Grausamkeiten, war froh über die Ablenkung, den anderen sein Malheur auf dem Haarlemmerweg erzählen zu können. Sein Wagen hatte auf dem Weg hierher ein Rad verloren.

»Ganz ab?« fragten die anderen.

»Ja, auf einen Schlag. Wir hingen sofort auf halb acht und sind so noch ein ganzes Ende weitergeschlittert.«

Chris Jansz hatte die Nervosität vor seinem Auftreten nie überwinden können. Das war verständlich. Das Publikum haßte ihn. Ihn, nicht seine vom Gesetz geforderte Tat. Mit dem von vornherein skeptischen Blick des Kenners, eines sehr viel ungnädigeren Kenners als bei einem Stierkampf oder Fußballspiel kommender Zeiten, würde man in Kürze seine Handlungen verfolgen. Jetzt packt er die Kleine am Kopf, jetzt drückt er sie an den Pfahl. Beim geringsten Mißfallen würde er mit Geschimpfe, Gejohle, verfaulten Früchten rechnen können. Die Leute haßten seine Hände, nicht die rechtmäßige Handlung an sich. Den Leuten waren die Hände, der Blick, die Schultern, die geschäftigen Beine des Henkers einfach zuwider – nicht seine Bewegungen an sich.

»Und eine Schweinerei war das, ein Matsch, nach dem ganzen Regen der letzten Woche!« sagte er.

Aus dem Augenwinkel sah er Blaeu, den er gut kannte,

aus dem Justizraum kommen. Sein Blick verdüsterte sich. Er war sehr müde. Henkersarbeit ist schwer, und sie waren in letzter Zeit hoffnungslos unterbesetzt. Dank der phantastischen Hochkonjunktur, die zur Zeit in den Städten herrschte, konnten die Leute andere Arbeit finden, und sogar in Familien, in denen das Handwerk seit jeher vom Vater auf den Sohn, vom Onkel auf den Neffen übergegangen war, entschieden sich die jungen Leute heutzutage lieber für die See.

Chris Jansz sah, daß er noch warten mußte, Blaeu war lediglich gekommen, um den Dolmetscher zu holen. Er streckte die Hand aus, Simon gab ihm die Pfeife. Während er den Rauch inhalierte, richtete er den Blick nach oben, sah sich die Darstellung an und dachte kurz daran, was er in dem ärgerlichen Konflikt sagen würde, den er an seinem Standort, Haarlem, gerade mit den Wundärzten ausfocht. Die Gilde erhob Einspruch dagegen, daß er die Heilkunst praktizierte. So, und was war dagegen einzuwenden? Neulich, würde er ihnen unter die Nase reiben, hatte er einer besonders unglücklich in ihrer Küche ausgerutschten Frau die Schulter wieder eingerenkt, eine Kleinigkeit, und noch in derselben Woche hatte er bei einem lauthals lamentierenden Herrn kühl, mit wissenschaftlicher Präzision, einen doppelten Beinbruch perfekt wieder gerichtet. Ohne sich auch nur im geringsten um das Stöhnen und Fluchen zu kümmern, hatte er eine Schiene angelegt und ein paar Binden darum festgezogen. Und er würde noch nicht mal erzählen, daß man ihn gerufen hatte, als er zufällig bereits drei mit Bier verdünnte Krüge Genever intus hatte. Wer, so würde er vor der Gemeinde plädieren, wer hatte denn unterm Strich mehr orthopädische Kenntnisse, sie, die Ärzte, oder er, der dank der gerichtlich auferlegten Strafe des Räderns jeden Knochenteil des Menschen kannte, vom Schlüsselbein bis zum feinen Skelett des Fußes?

»Darf ich?«

Der Gefängniswärter nahm ihm die Pfeife ab. Kurz darauf begannen die Rathausglocken zu läuten. Chris Jansz wurde klar, daß die Arbeit begann; die Rechnung dafür trug er bereits bei sich. Sechs Gulden für das Erdrosseln, acht für das Abnehmen und Aus-der-Stadt-Schaffen des Kadavers, Reisekostenentschädigung zwei fünfzig.

Es war ein sehr kurzer Moment gewesen.

Sie hatten das Mädchen zusammen mit dem Pfarrer und dem Dolmetscher vertraulich beiseite genommen, das Licht von draußen lag auf ihrem Gesicht. Es war blaß, mit den zarten blauen Ringen einer durchwachten Nacht unter den Augen. In einigen Schritten Entfernung die anderen. Sie hofften mit aller Macht auf das, was noch fehlte. Wie gern hätten sie ihr Herz, ihr Gewissen mit diesem schönen, kleinen Wunder beruhigt! Das Kind des Todes, ach, das jetzt doch als Kind Gottes sterben wird! Der Pfarrer war über seinem weißen Kragen bleich vor Hingabe gewesen. Er hatte das Gebet in verkürzter Form noch einmal aufgesagt, sehr langsam, Satz für Satz wegen der Übersetzung. Mit zwingendem Blick hatte er dabei den Dolmetscher angesehen, nicht das Mädchen. Was der ehemalige Schiffskoch nach bestem Können im folgenden daraus machte, konnte er natürlich nicht wissen.

Aber sie hatte zugehört. Das war zu sehen gewesen. Sie hatte ihren Landsmann nachdenklich angeblickt, auch als dieser ihr zum Schluß das Allerwichtigste übermittelte. Daß die Herren hier wissen wollten, ob sie ihre Tat, ihre Last, variierte der Schiffskoch noch, bereue, die ihre zerbrechlichen Schultern erdrücke …

Darauf dieser sehr kurze Moment. Während dessen der eine oder andere im Raum sich fassungslos fragte, was im Kopf des Mädchens vor sich gegangen sein mochte, als ihr Mund dieses dänische Wort sprach, diese eine Silbe, die jeder verstand.

Der Dolmetscher hatte betreten aufgeblickt.

»Sie sagt nein.«

24

Töten, morden

Sie hat mit einer Hand das Beil ergriffen, es mit Hilfe der anderen Hand erhoben, einen Schritt zurück getan und in derselben Bewegung zugeschlagen. Sie hat die Schlaffrau ziemlich hart seitlich am Schädel getroffen, die Wunde begann sofort stark zu bluten. Als die Schlaffrau das Gleichgewicht verlor und unter überraschtem Geschrei gegen sie taumelte, glich es einer Umarmung, ihr Unterkiefer, ihr Hals und die Kleidung waren sofort mit dem klebrigen Blut einer Fremden beschmiert. Sie stieß die Frau mit den Schultern von sich, trat zurück und faßte den Stiel fester. Ihr zweiter Schlag gelang nur halb, da die andere im selben Moment einen Schritt zur Seite tat, und streifte die Schulter. Danach gab es einen gefährlichen Moment, gefährlich nach dem Gesetz des Bösen, denn die beiden sahen einander an, keuchend, freiweg, mit einem Blick, der eine Sekunde lang nichts mit dem Beil zu tun hatte. Elsje sah ein schwammiges Gesicht mit aufgerissenen Nüstern und Tieraugen, Schwein oder Kuh, deren Ausdruck sie, sofern sie es überhaupt gewollt hätte, unmöglich hätte ergründen können. Sie sah, daß die weiße Haube der wie ein Stier blutenden Frau in den Nacken gerutscht und daß die schwere Brust unter einer mit blauem Band verzierten anthrazitgrauen Schürze verpackt war, so ein knöchellanges Ding, das man an den Zipfeln hinten auf Hüfthöhe bindet. Sie hob erneut das Werkzeug, das bereits ganz das ihre war, und gehorchte damit, ohne zu zögern, dem wahnsinnigen Drang, dem festen Entschluß, das Weib zu töten, wenn nötig zwei- oder dreimal.

Ein Zwischenfall.

Ein Zwischenfall zwischen zwei Frauen. Kein einziger Zeuge, die Zeugen sind sie selbst. An diesem Morgen ist niemand in der unmittelbaren Umgebung des Orts des Verbrechens zugegen, die paar Gäste, die die Herberge noch zählt, haben das Haus bereits verlassen, die Nachbarn haben zwar irgendein Geschrei gehört, aber och, vorläufig …

Die eine Frau ist jung. Sie steht erst am Anfang ihres Erwachsenenlebens, das heißt, so ungefähr alles, würde man sagen, liegt noch vor ihr. Was sie bereits kann, ist mähen, Pferde lenken, Hufe auskratzen, Hunde dressieren, Endivie häufeln, Federn aufsammeln, Leinensäcke nähen, Feuer machen, Messer schleifen, alle möglichen kleinen Tiere schlachten, häuten, zerlegen und sie danach pochieren oder braten, und sie weiß auch schon eine Menge aus dem Bereich der von ihr angestrebten Laufbahn, putzen, aufwischen, bürsten, fegen, bleichen, bügeln, ausklopfen. Nur die größte Heldentat des Frauenlebens, ja zu einem Mann zu sagen, hat sich bei ihr noch nicht ergeben, doch statistisch gesehen müßte sich das jetzt bald ändern. Von den elfhundert Dienstmädchen, die alljährlich in die Republik kommen, finden die meisten binnen Jahresfrist einen Mann. Elsje Christiaens. Als Kind war sie manchmal wie ein Schmetterling, so ein lichtdurchlässiges Stück weißer Seide, das auf gut Glück zwischen den Bäumen im Wind umherflattert. Augapfel und Spielball ihrer älteren Schwester. Von keinerlei Zweifel geplagt, erhebt sie heute ein Beil und läßt das schwere Blatt ein wenig sinken, bis hinter ihre linke Schulter. Dabei kommen ihre Ellbogen nach vorn. Instinktiv berechnet sie die Kraft, die sie braucht. Sehr feine Konzentration, so rein wie Pech. Im Begriff, die andere Frau zu erschlagen.

Ein altes, häßliches und nicht einmal wirklich unsympathisches Weib, allenfalls ein bißchen unmoralisch in puncto Geldverdienen. Über sie gibt es nicht mehr zu sagen, als daß sie es irgendwann für eine ausgezeichnete Idee hielt, das Mädchen hier, vor ihrer Nase, mit einem blöden, schlaffen, alternden Junggesellen zu verkuppeln, nicht für immer, sondern lediglich für dann und wann. Ihr Beruf hat sie mitten ins Leben gestellt. Er hat ihr Auge dafür trainiert, in einem Mädchen, das die Miete nur schwer aufbringen kann, untrüglich, automatisch, eine Milchkuh zu erblicken, die durchaus dazu beitragen könnte, daß das Haus ein nettes Sümmchen zusätzlich abwirft.

Jeder Mensch trägt die künftigen Fakten seines Lebens vom ersten Atemzug an in sich. Unglücklicherweise für die Schlaffrau, wie sich zeigt, sind das an diesem Tag die Beilhiebe, die ihr geschickt von einem Mädchen beigebracht werden, das noch nie einer Fliege etwas zuleide getan hat. Ein fügsames Kind, durch und durch gutwillig, wirklich nicht eines dieser Persönchen, bei denen man sich vor einem Zornesausbruch hier, einem Wutanfall da hüten muß. Sie ist allenfalls etwas starrköpfig von Natur. Merkwürdig findet sie merkwürdig, eklig eklig, abstoßend abstoßend. Vergleicht sie die klare Rolle, die hinter einer Gußglasscheibe für sie aufgeführt wurde, mit der vagen Rolle, die sie für sich selbst sieht, dann wird ihr übel.

Trotzdem – man hat in diesem Haus nichts von ihr verlangt, was sie ihren Richtern demnächst, und das ist schon wenige Stunden später, in Worten wird klarmachen können. Was wahr ist, muß und kann gesagt werden, was unsagbar ist, natürlich nicht. Es gibt Dinge, die begreift man mit dem Kopf, der voll von Worten ist, und es gibt andere, die man mit den Händen begreift, sofort, wie eine Schlange, die zubeißt. Als Elsje Christiaens erneut auf die Frau einhieb, bewies sie auf eine ganz eigene, ursprüngliche Weise eine Art Keuschheit, eine Sittsamkeit, die das eine verbergen wollte, etwas Persönliches, Erhaltenswertes, das andere hingegen mit gewaltiger Kraft äußern wollte. Das Beil drang auf Höhe des Scheitels in den Schädel der Schlaffrau ein und verursachte eine Fraktur und einen Bluterguß.

Zwei Frauen, beide am Ende ihres Lebens. Während die ältere sich bereits in sehr schlechter Verfassung befindet, aber noch die Kraft besitzt, laut zu schreien, ist die jüngere in ihrem Element. Es scheint ein Gott zu sein, der durch sie handelt. Völlig klar im Geiste, bar jeder Regung außer dieser, und selbstverständlich kein Funken Reue. Kein Mörder in Aktion kennt Reue.

Inzwischen sind höchstens zwanzig Sekunden verstrichen. Die Ältere hat nun etwas Gerissenes in den Augen, etwas gräßlich Berechnendes. Sie schafft es, ein paar Schritte zur Seite zu schlurfen und die nach innen aufgehende Kellertür aufzudrücken. Elsje, noch immer rasend, weißglühend, wird im nachhinein nicht erklären können, ob sie die andere die Treppe hinuntergestoßen hat oder nicht, es wird sie auch nicht interessieren. Die Frau wankt, durch das aufgelöste Haar kriechen zickzackförmige Rinnsale dunklen Bluts, wie Aale, zu ihrem Rücken. Eine Hand zwischen den Besen, die dort an einer Latte an der Wand hängen, versucht sie sich aufrecht zu halten, ein Fuß tastet nach einer Treppenstufe. Was will sie mit ihrer Flucht in diese ausweglose Höhle erreichen? Würde das starke junge Mädchen ihr nicht mühelos folgen?

Genau dieses Abwägen liegt im letzten Blick eines hervorquellenden Augenpaars über schwarzen Tränensäcken. Das Mädchen auf der anderen Seite der Türöffnung bekommt davon nichts mit. Was sie mitbekommt, ist ein voluminöses Ächzen, tief aus dem Leib gegenüber, das keineswegs wie ein Todesröcheln klingt, im Gegenteil. Das erträgt sie nicht. Und zum erstenmal riecht ihre Nase, daß Blut einen Kupfergeruch hat. Absolut ekelhaft. Sie denkt gar nicht daran, die Frau zu begleiten, wohin auch immer, soll sie doch gehen, soll sie doch zusehen, wo sie bleibt! Alles an der Unglücklichen erregt jetzt ihren Abscheu. Und falls sie die Frau nicht getötet hat, dann hat sie sie eben nicht getötet!

Als die Schlaffrau in ihren Keller stürzt, hat Elsje sich bereits unwillig umgedreht. Das Beil baumelt an ihrem herabhängenden Arm, fällt dann auf die Steinplatten.

Doch das Geschehen ist nach außen gedrungen. Ist schon keine rein persönliche Angelegenheit mehr zwischen der einen und der anderen Frau. Die Häuser am Damrak scheinen direkt aneinandergebaut zu sein, haben in Wirklichkeit aber eigene, durch einige Zentimeter getrennte Mauern. Die Schlaffrau mag instinktiv gewußt haben, daß sie ihr Geschrei am besten in ein hohes, heulendes Register verlagert, wenn die Nachbarn den Alarm hören sollen. Während in Nummer achtzehn ein Bäckerehepaar die Füße bereits in die Schlappen für draußen schiebt, beugt Elsje sich über die Zimmermannskiste im Gang.

Sie ist hochrot im Gesicht. Es kann keine Rede davon sein, daß ihre Raserei, ihr Entschluß, etwas zu tun, was tausendmal schlechter als schlecht ist, abgeflaut ist. Sie betrachtet sich nicht selbst. Sie betrachtet nicht, aus der Ferne, eine in Wirklichkeit kaum existierende Elsje Christiaens, ein hypothetisches Mädchen, das an einem willkürlichen Vormittag in einem willkürlichen Gang voller Kram in einer Werkzeugkiste etwas sucht, das sie vielleicht gebrauchen kann, den kleinen Mund entschlossen vorgeschoben.

Keineswegs. Sie will *weiter.* Ihre rechte Hand verlangt erneut nach einer Waffe, also ergreift sie den Hammer. Während das Ehepaar von Nummer achtzehn in der kleinen Diele erst auf das Mädchen aus dem zweiten Stock stößt und dann auf die nach unten geeilte Hausfrau selbst, stürmt Elsje so schnell sie kann nach oben. Sie hat sich daran erinnert, daß noch immer ein paar Mieter im Haus wohnen, die im Moment zwar abwesend sein mögen, ja, aber gewiß nicht ihre Reisekisten samt Inhalt! Der Hammer liegt angenehm leicht, fest und toplastig in ihrer Hand. Im ersten Stock ignoriert sie das Zimmer des Mannes mit seinem vergeblichen Kußmund und den verlangenden Händen, steigt die zweite Treppe hinauf.

Große Stille dort oben im Haus. In dem Raum auf der Straßenseite ist es noch dämmrig. Sie zieht den Vorhang zurück und sieht sich derweil bereits ungeduldig über die Schulter um. Die Reisekiste des Mieters steht, wo man sie erwarten kann. Als sie sie mit der Linken unter dem Tisch mit der Waschschüssel hervorzieht, spürt sie, wie ihr Herz pumpt. Das Schloß springt nach zwei Schlägen auf. Ehe sie sich's versieht, ist sie schon mit beiden Armen am Wühlen. Gut so, Leinenwäsche, feine Sachen, Schnupftücher, Ärmel, alles überaus lohnend! Von einem heftigen, weiß der Himmel woher zugezogenen Diebesfieber erfaßt, gönnt sie sich nur wenige Atemzüge, bevor sie hinauf in ihr eigenes Kämmerchen steigt, wo sie die Sachen vorerst aufs Bett legt. Jetzt steht sie keuchend unter der Dachluke und faltet einen schönen Mantel auseinander, ein prachtvolles Stück, ohne weiteres verfügbar aus einem Koffer, der wohlgemerkt nicht einmal abgeschlossen war!

Da läutet es. Die Herberge hat eine Glocke neben der Tür, die man aber oben im Haus nur sehr leise hört.

Elsje richtet sich auf, den schönen Mantel in den Händen. Sie lauscht, ihre Aufmerksamkeit ist plötzlich durch etwas draußen erregt.

»Ich glaube, ich muß aufmachen.«

Sie sagt es laut, zögernd.

Als das Getrommel an der Haustür sie von unten erreicht, faltet sie in ihrem Schlafkabuff gerade den Mantel zusammen, äußerst sorgfältig, wie eine Kammerzofe. Eine verschwommene, fast süße Erinnerung an die Umgangsformen aus einer lange verflogenen Vergangenheit ist dabei, sie zu beschleichen.

Es sind Leute an der Tür.

Sie legt den Mantel ordentlich in ihre Reisekiste. Dann läuft sie schnell nach unten.

»Ja, ja. Ich komme schon!«

Draußen wird jetzt nämlich gegen die Schwelle getreten, auch Schreie werden laut.

Sie öffnet die Tür.

Die kleine Gruppe, die sie da anstarrt – ein Ehepaar, das eine Bäckerei mit Pasteten, Torten und kandiertem Kastaniengebäck betreibt, eine Kapitänsfrau und ihr Dienstmädchen, ein schwer invalider Schneider, der mit dem Mund nähen kann, ein Fischhändler, ein Sänger, der zufällig vorbeikam, den Text eines Erfolgslieds auf einem Brett unter dem Arm –, hat eine Frage, und nach einem kurzen, totenstillen Moment spricht jemand sie aus.

»Was ist hier los?«

Elsje zieht eine beflissene Miene. Erst als sie sich mit dem Handrücken eine festgeklebte Locke von der Wange streicht, begreift sie das Problem dieser Leute.

Erst kann sie nicht sprechen. »Meine Nase«, sagt sie dann als Erklärung. »Hat plötzlich … furchtbar geblutet …«

Aber sie wird bereits zur Seite geschoben.

An Bord der Anna Lien, allein mit dem Schiffer, zittert die kleine tropfnasse Dänin wie verrückt. Sie schaut mit leerem Blick vor sich hin und sagt nichts mehr. Das Binnenschiff gleitet mit der kleinen Fock langsam in Richtung Schleuse, wo sie von ein paar Bütteln festgenommen werden wird. Sie hat keine Ahnung, wohin sie unterwegs ist.

Auch die Gegenpartei sagt nichts. Und ob sie irgendwohin unterwegs ist und ob sie das weiß, bleibt vorläufig noch eine religiös-philosophische Frage. Der Leichnam der Schlaffrau liegt mit ausgebreiteten Armen auf dem Kellerfußboden, die Augen starren glasig in die Höhe. Die Nachbarn und Passanten, die sie im Halbkreis umringen, wirken wie Mitglieder eines Chors, die nicht mehr wissen, wie sie die Lippen bewegen müssen. Neugierig blicken sie auf die Entschlafene, die bald vom Leichenbestatter abgeholt werden und völlig in Vergessenheit geraten wird. Daß sie die kleine säumige Zahlerin tatsächlich mit einem Mann verkuppelt hat und außerdem mit der Ewigkeit, wird sie nie wissen.

25

Ich hab's gesehen

Sie hat sich in seinem Kopf eingenistet.

Als der Maler wieder in sein Atelier kam, blickte er automatisch zu dem großen Bild auf der Staffelei, nickte entschlossen – beschneiden, ja gewiß, oben ein Stück weg, den rechten Rand weg – und kehrte ihm dann den Rücken. Das Mädchen, das ihn eigentlich schon den ganzen Tag begleitet hat, Schritt um Schritt, Bild um Bild, gesetzeskonform auf dem Weg in den Tod, hat schließlich für ihn zu leben begonnen. Nicht das nervtötende Glockengeläut, nicht die hilflos wie Kettensträflinge zum Dam ziehenden Zuschauer und auch nicht der Bericht der gewieften Mevrouw Cloeck haben ihm die Augen für sie geöffnet, es war sein Sohn.

Während er sich schon nach der Tasche umsah, die an einem Nagel an der Ateliertür hing, ein altes Ding, eine Art Diebestasche, sehr geeignet, um Zeichensachen darin zu verwahren, wenn man hinausgeht, hörte er in Gedanken noch immer die Stimme seines Sohnes, die ihm erzählte, wie das Mädchen seine Hinrichtung vermasselt hatte.

»Sie wollte nicht«, hatte der Junge sich zwei-, dreimal selbst unterbrochen und ihm dabei die Art von Blick zugeworfen, ohne Hoffnung, ohne auch nur ein Fünkchen letzter Hoffnung, die ihn vor einem knappen Jahr noch außer sich vor Wut hatte geraten lassen.

Jetzt hatte er den Blick nur ernst erwidert.

»Sie ist durch die Seitentür herausgekommen, du weißt schon, ganz rechts«, hatte sein Sohn erzählt und dazu bemerkt, wie seltsam es sei, daß er zunächst eigentlich nicht bemerkt habe, daß wirklich sie es war, das Mädchen von eben, dicht vor seiner Nase im Gerichtssaal, jetzt so weit weg. Auf einmal waren sie da, sie und die beiden Gefängniswärter. Sie tauchten in der Tür auf und traten zu dritt aufs Schafott. »In allseitigem Einvernehmen, so schien es für einen Moment.«

Bis sie also die Augen gegen das grelle Sonnenlicht zugekniffen und dann wieder geöffnet hatte.

11.05 Uhr an einem wunderbaren Maivormittag. Die Glockenschläge der Kirchen in der Umgebung waren bereits von dem per Verordnung vorgeschriebenen Läuten abgelöst worden, das jedes andere Geräusch im Umkreis des Platzes recht gut zu übertönen vermag, freilich nicht immer. Die höchsten Laute der weiblichen Kopfstimme durchdringen alles. Die Zuschauer atmeten auf – da war sie – und schauderten kurz danach aus einem tiefen, zusätzlichen Interesse heraus, als sie merkten, daß die kleine Gestalt da oben Protest anmeldete.

Das Rathaus ist ein Gebäude mit einem außerordentlich starken eigenen Willen. Eines der Mittel, mit denen es diesen Willen durchsetzt, ist die Perspektive, die von einem Linsenschleifer berechnet zu sein scheint, von einem Linsenschleifer oder einem Philosophen. Schaut man von den Fenstern oder von einem häßlichen, vor die Fassade gebauten Brettersteg aus Richtung Platz, dann sieht man die Stadt, als habe man sie mit einem Vergrößerungsglas zu sich herangeholt. Steht man dagegen auf dem Platz, sollte man tunlichst scharfe Augen besitzen. Auch eine gesunde Dosis Vorstellungskraft ist nicht verkehrt, um die Verrichtungen auf dem Schafott anständig verfolgen zu können. Vorstellungskraft macht mitfühlend, sogar poetisch. Aber – Mitgefühl für ein Mädchen, das schon fast nicht mehr von Fleisch und Blut ist?

Augen geschlossen, Augen wieder geöffnet. Das haben die Zuschauer trotz der trügerischen Entfernung genau sehen können. Was sie nicht gesehen haben, in einem Meer von Sonne, waren die Möwen, die Schiffe, die Gebäude, die dich groß, ewig, in klaren, frischen Farben gestrichen, umschließen, und auch die Gesichter haben sie nicht gesehen, bleich und sprachlos, die dich ganz aus der Nähe beäugen, einige mit der Hand über den Augen. Dies sind die Gesichter, an denen du tagelang vergebens vorbeigegangen bist, nach dem einen Gesicht spähend, suchend, das zählt. Heute erwidern sie alle deinen Blick.

Amsterdam verfügte in jener Zeit über zwei Straßenlaternen. Es waren schöne, neumodische Dinger, von einem Kunstmaler erdacht, die in der Abenddämmerung angezündet wurden und dann die ganze Nacht über brannten. Eine davon stand genau vor dem Rathaus. In diesem Moment war, natürlich, ein kleiner Junge hinaufgeklettert. Kein unsympathisches Kind, keineswegs. Versessen aufs Kaputtmachen wie alle Kinder, bat dieser ungeformte junge Charakter meist mit höflicher Stimme um Erlaubnis dazu. »Darf ich sie knacken?« fragte er, wenn seine Mutter irgendeinen Teig anrührte, für den sie ein Dutzend Eier gebraucht hatte. Und nahm, wenn sie nickte, die schleimig-zerbrechlichen Eierschalen von der Anrichte in seine begierigen Fäustchen. Als Elsje Christiaens ganz kurz den überaus neugierigen

Blick des Rattenschnäuzchens auffing, schrie sie schon los, interessierte sich nicht mehr im geringsten für die kleine Zunge, die sich voller Spannung an die Oberlippe drückte, weil sie jetzt mit den Gefängniswärtern kämpfte.

Das Schafott hatte man am Abend zuvor in L-Form an den vorspringenden Teil des ersten Stockwerks gezimmert. In dem Moment, als das Mädchen die Wärter angriff, befand sie sich noch auf der kurzen Seite, von der Außenwand des Justizraums abgeschirmt. Von dort konnte sie nicht sehen, daß ihre Raserei im Begriff war, sich auf ein paar andere Hände zu übertragen, und hätte sie es sehen können, dann hätte es sie kaltgelassen. Die beiden Henkersknechte hatten sich bereits in Bewegung gesetzt, auf der Frontseite des Schafotts, wo sie im Auftrag ihres Chefs die ganze Szenerie für die bevorstehende Unternehmung aufgebaut hatten, Pfahl, Podest, Stuhl und Strick. Dies alles war bereits von den Zuschauern wahrgenommen worden und auch, noch viel schärfer, von den Männern, die ganz in der Nähe vor den geöffneten Fenstern auf ihren vorgeschriebenen Plätzen warteten, nicht aber von dem Mädchen.

Und wie sie sich trotzdem die Kehle aus dem Hals schrie! Aufgrund der eigenwilligen Akustik des Rathauses war das Mädchen vor allem von den Männern an den Fenstern durch das Glockenläuten hindurch zu hören. Das Protokoll schrieb vor, daß das vollzählige Gericht, die neun Schöffen und der Schultheiß, sich die Tötung der Verurteilten anzusehen hatte. Die meisten fanden das nicht angenehm. Und schon gar nicht, wenn das Kind des Todes sich in den letzten Lebensmomenten danebenbenahm. Es gab welche, die sangen, die lachten, die gottserbärmlich fluchten. Am ärgerlichsten und Gott sei Dank seltensten war es, wenn das Ritual, mit Sorgfalt ausgedacht und sacht sanktioniert durch all die Male, in denen es so, genau so vollzogen worden war, derart mit Füßen getreten wurde, wie dieses Mädchen es sich nun erlaubte.

Sie kämpfte.

Elsje Christiaens hatte sich losgerissen. Plötzlich hatte sie ihren kleinen Körper wie eine Puppenspielfigur an ein paar Fäden aufgerichtet, die Arme aus dem Griff der überrumpelten Wärter befreit und dem roten Lockenkopf treffsicher ans Schienbein getreten. Der Junge nahm es hin. Ließ einfach die Arme hängen. Stellte alles ein – er ja, das Mädchen nicht. Jedes Ritual verfolgt die Absicht, die Wirklichkeit auf ein Nebengleis zu schieben. Zeit und Raum verhalten sich anders als sonst. Das Bewußtsein ist wie betäubt. Es bleibt ein erstaunliches Phänomen, daß ein Mensch, als einziger unter den Tieren, sich im Angesicht eines angekündigten Todes so brav dem vorgeschriebenen Protokoll fügt. Kein Schaf, kein Lamm würde das tun. Das Mädchen stand jetzt mit ausgefahrenen Krallen da und kreischte aus voller Kehle.

Der Maler hatte den niedergeschlagenen, unruhigen Blick seines Sohnes fast körperlich auf seinen Händen gespürt.

»Na ja«, hatte dieser gesagt. »Meiner Meinung nach ging sie eigentlich nur auf den Jüngeren los.«

Es war kurz nach zwei gewesen. Er und sein Sohn waren zu Genever übergegangen, mit lauem Bier verdünnt. Das klare Mittagslicht fiel durch das Fenster auf der Straßenseite herein und beschien den Tisch mit den Bechern, den Äpfeln, den Pfeifen und den für vier detaillierte, sehr fein mit dem Stichel eingeritzte Kreuzwegstationen bestens geeigneten

Kupferplatten, die der Sohn nach der Hinrichtung doch noch abgeholt hatte.

Der Sohn sah auf.

»Nur auf den Jüngeren«, betonte er. Es war zu erkennen, daß er noch etwas sagen wollte, doch er schwieg, weil ein Strom von Gedanken ihn beschäftigte.

»Natürlich«, hatte er dann ernst hinzugefügt.

Die Sache hatte für reichlich Konsternation gesorgt. Die gesamte Bilanz der Männerangelegenheit an diesem Vormittag durcheinandergebracht von einem achtzehnjährigen Ding, na gut, immerhin einer Mörderin. Für ein richtiges Handgemenge war natürlich kaum Zeit gewesen. Der Vorfall spielte sich binnen höchstens zehn Sekunden ab, was ausreichen kann, um ihn zu sehen und nie mehr zu vergessen. Strenggenommen war es auch kein Handgemenge. Man sah, jedermann sah, wie Elsje Christiaens mit ihren Fingernägeln über das Gesicht des jungen Gefängniswärters fuhr und daß dieser, Simon, sich nicht wehrte. Unter den Zuschauern gab es einige, die zu verstehen versuchten, warum sie das verstanden. Das tobende Mädchen. Und der rote Lockenkopf, der sie gewähren ließ. Inzwischen hatten die beiden Henkersknechte die Situation natürlich bereits im Griff. Während Simon, auf den kein Mensch mehr achtete, wieder in den Justizraum stolperte, wurde das Mädchen, mit dem er in der Nacht und am Morgen beim Bickelspiel beisammengesessen hatte, zur Vorderseite des Rathauses gebracht.

Sehr großes Interesse jetzt. Entsetzen, ja, wirklich, und auch hier und da Scham, vor allem jedoch düstere Genugtuung, die wir nicht zu unterdrücken brauchen, wenn ein Mitgeschöpf sich einer absurden Gewalt ausgesetzt sieht, die erstens gerechtfertigt ist und zweitens von denen angewandt wird, die über uns stehen. Man schaute zu, mit gottesfürchtiger, anständiger Erregung, gestützt durch das Recht der amtierenden Macht. Elsje wurde von den Knechten resolut mitgezerrt. Ob ihre kleinen Füße mitlaufen wollten oder nicht, es ging unwiderruflich in Richtung des Stuhls mit der niedrigen Rückenlehne, der auf einem kleinen Podest stand, an einem Stück aus dem Norden importierten Baumstamms von der Sorte, auf der hier die ganze Stadt gegründet ist. Sie schaute schon längst nirgends mehr hin, sah nichts mehr, spürte jedoch die Welt auf ihrer Haut. Sie bockte und schrie. Bocken ist die erste Lebensvoraussetzung, wenn man festgehalten wird; läßt man den stählernen Griff um seinen Leib zu, dann ist es vorbei. Und schreien kann unter diversen Umständen sehr nützlich sein, das schmerzbetäubende Schreien und Kreischen gehört zum Frauenkörper. »Sei still!« wird in diesem Moment vielleicht in einem der umstehenden Häuser zu einer Frau gesagt, die mit vorstehendem Bauch und hin und her rollendem Kopf im Bett liegt. »Spar dir die Kraft für die eigentliche Arbeit auf. Noch einen Moment, dann darfst du es rauspressen.«

Die eigentliche Arbeit, das ist für Elsje Christiaens heute der Abgrund, aus dem das Dunkel Woge um Woge heraufsteigt, während sie unter keinen Umständen auf das Licht verzichten will.

Die Hinrichtung artete in eine sehr unordentliche Angelegenheit aus. Das Mädchen wurde von den Knechten hastig auf das Podest gezerrt und mit dem Rücken zum Pfahl auf den Stuhl gedrückt und festgebunden. Es ging alles so chaotisch zu, daß kaum einer bemerkte, daß der Scharfrichter seinen Platz bereits eingenommen hatte. Plötzlich war er, wo er zu sein hatte, Chris Jansz, hinter dem Rücken seiner Patientin, den Strick wie ein fingerfertiger Gaukler einsatzbereit in den Händen. Obwohl niemand aus dem Publikum vor einundzwanzig Jahren dabeigewesen war, wußten alle, wie abgeklärt, ja heilig Elsjes Vorgängerin sich der Tötung unterworfen hatte. Völlig verwirrt von der Häufung ungeheuerlicher Ereignisse in ihrem Leben sowie anschließend von der Zelle und der sanften Stimme des Pfarrers, war die minderjährige Mutter des ertränkten Säuglings vor ihren Richtern auf die Knie gefallen. Nicht um zu flehen, sondern um sich für die Strafe zu bedanken, die sie ihr auferlegten. Am Gerichtstag hatte sie selbständig das Podest bestiegen und sich mit weit offenen Augen gesetzt, lächelnd, ohne Erwartung und damit auch ohne Angst, wie jemand, der nach Hause gekommen ist. Ausgezeichnet zu sehen für das gerührte Publikum, hatte der Scharfrichter ihr den Strick bedächtig, fachmännisch um den Hals legen und dann mit einer typischen kurzen Bewegung urplötzlich anziehen können, die nichts von ihrer furchterregenden Kraft zeigte, wodurch der Eindruck entstand, diese Erdrosselung unterscheide sich nicht nennenswert von der Art und Weise, wie auf ihren sauberen Fliesenboden bedachte Hausfrauen ihre Hennen und Perlhühner vorzugsweise töten.

Diesmal ging es anders zu. Weil sich das Mädchen immer noch wehrte, stand vor allem der plumpe Knecht auf der Seite des Damplatzes armfuchtelnd im Blickfeld. Was für ein Ringen, um Elsje auf den Stuhl mit der niedrigen Rükkenlehne zu kriegen. Im Publikum war wahrscheinlich der kleine Voyeur auf dem Laternenpfahl der einzige, der richtig, auf nur wenige Meter Entfernung, hat verfolgen können, wie dem Mädchen eilends die Luftröhre abgeschnürt wurde. Trotzdem hat jeder gemeint zu sehen, was der kleine Junge sah, auch später, in der Erinnerung. Man war dabei, man nahm daran teil, sah gefesselt der pikanten Grausamkeit zu, die sich vor jedermanns Augen vollzog, manche waren drauf und dran, böse auf dieses verflixte Mädchen zu werden.

Dann war es plötzlich vorbei. Ein Mädchen, das nicht mehr atmen kann, kann auch nicht mehr schreien, mag sie den Mund noch so weit aufreißen und die Augen dazu. Es wurde still, will sagen, die Glocken kamen jetzt zu ihrem Recht. Vor allem die Männer, die von Amts wegen ganz nah, an den Fenstern, saßen, hatten wohl genau gemerkt, was in den Umgebungsgeräuschen plötzlich fehlte. Und auf dem Schafott, dem Podium, wurde es auch in anderer Hinsicht still. Die Gruppe, die die Schlußszene bestritten hatte, das Mädchen, der Henker und die Knechte, fror in jener akuten Reglosigkeit ein, die in den Filmen späterer Jahrhunderte Standfoto genannt werden würde. So etwas dauert immer ein bißchen. Um ganz sicher zu sein, daß die Lungenbläschen kein Molekül Sauerstoff mehr aufnehmen, das Herz kein Tröpfchen Blut mehr pumpt und die Seele nicht den kleinsten Reiz mehr an die sterbliche Hülle weitergibt, braucht es, wie jeder Henker weiß, einige Zeit.

Das Zeichen zum Aufbruch kam vom Schultheiß und den Schöffen, die sich von den Fenstern entfernten, zurück in den Bauch des Rathauses. Das Glockengebimmel wurde dünner, reduzierte sich auf einen vereinzelten Schlag und verstummte. Der Menge schwindelte es noch. Sie fragte sich, was jede Menge sich fragt, bevor man sich wieder zerstreut: Was haben wir hier eigentlich gewollt? Dann glitten als erste die Kinder von den Schultern herunter.

Unter den davonziehenden Zuschauern befand sich ein junger Mann, der beschloß, jetzt doch noch schnell die Besorgung zu machen, derentwegen er von zu Hause fortgegangen war.

Und ganz tief im Rathaus, in einem Raum neben den Zellen und der Folterkammer im Souterrain, lag ein anderer junger Mann bäuchlings auf dem Bett und schluchzte. Als seine Mutter ihm einen Becher Anismilch brachte und ihm den Rücken streichelte, begann sein Körper so heftig zu zukken, daß sie einen Putzlappen holen mußte. Erbrochenes und Anismilch tropften vom Bettzeug auf den Boden.

Der Maler stand mit dem Gesicht zu der Diebestasche. Er trug noch seinen alten Morgenrock und die Pantoffeln, seine bevorzugte Arbeitskleidung für drinnen, die er gleich gegen die Hose und Schuhe tauschen würde, in denen er am Vormittag in die Stadt gegangen war. Die Glocke von gegenüber hatte gerade wieder die Viertelstunde geschlagen. Es war noch ziemlich früh am Nachmittag, das Licht noch geeignet, im Atelier zu arbeiten. Der Maler rieb sich in Gedanken übers Kinn, hinter seinem Rücken ein Bild mit einem stillen Liebespaar, in sich selbst und ineinander versunken, nahezu reglos, doch mit einer Farboberfläche versehen, die aussah wie von einem Verrückten mit Messer und Pinsel hingeknallt. Er ging zur Tür, nahm die Tasche vom Haken und packte ein.

Papier.

Feine Pinsel.

Schwarze, rote und weiße Kreide.

Brettchen.

Wasser.

Gebundenes Büchlein mit präparierten Blättern aus abwaschbarem Pergament.

Gänsekiel, Rohrfeder, Metallfeder.

Braune und schwarze Tusche.

26

Die Häßlichkeit

Der Maler ging die Prinsengracht entlang, auf dem Weg, ein totes Mädchen zu zeichnen. Maler können darstellen, was sie wollen. Denken sie sich etwas aus, einfach im Atelier, dann nennen sie das: aus der Phantasie malen. Bilden sie etwas ab, was genau so in Wirklichkeit existiert und das sie mit eigenen Augen gesehen haben, dann sagen sie, es ist nach dem Leben gemalt. Der Maler war auf dem Weg, ein totes Mädchen nach dem Leben zu zeichnen.

Das Besondere ihrer Situation bestand nicht sosehr darin, daß sie tot war – was ist daran schon Besonderes? –, sondern daß sie getötet worden war, und damit hatte Gott ausnahmsweise nichts zu tun gehabt. Es war ausnahmsweise nicht der Bezeichnete selbst gewesen, die Höchste Autorität, die Hand an sie gelegt hatte, nein, sie wurde auf Anordnung redlicher Geschäftsleute am Ende einer nicht völlig makellos verlaufenen Zeremonie, schade, am Pfahl erdrosselt, bis der Tod, dieser Tod, eintrat. Wer würde denn ein so furchtbar häßliches Motiv zeichnen wollen?

Der Maler folgte dem nördlichen Bogen der Prinsengracht, die bei den Kais am IJ endet. Dort wollte er ein Boot nehmen.

Schönes Wetter. Gutes Wetter, um draußen zu zeichnen. Die meisten Amsterdamer, die ihn, ein wenig gebeugt, vorbeigehen sahen, erkannten ihn, den alt gewordenen Künstler, nicht mehr groß in Mode, aber noch immer sehr angesehen. Und nicht zu vergessen: teuer! Am Goldstandard seiner Werke, um es mal so zu nennen, hatte er stets halsstarrig festgehalten, nach dem Konkurs darin mindestens ebenso halsstarrig unterstützt von seinen Sachwaltern, dem Sohn und der verstorbenen Hausfrau.

Beim Wirtshaus an der Ecke Brouwersgracht standen die Gäste draußen. Durch die offene Tür konnte man eine Theke voller Bierpfützen sehen, doch niemand hatte Lust, bei diesem Wetter drinnen zu sitzen.

»Hallo, Maler. Gehst du zum Bollwerk?«

Keine abwegige Frage. Die Befestigung des nahe gelegenen Stadtwalls, eine von insgesamt vierundzwanzig, war ein beliebter Ausguck, fünf Meter hoch, von dem aus der Stadtmensch sich gerne mal ansah, wie die Leere aussah. Leer, überhaupt nichts. Eine ebene Fläche, das Knarzen der ewigen Mühlen, die man auf allen diesen Bollwerken findet, und der Geruch von überschwemmtem Land. Was diese umherstreunenden Künstler da nur suchten?

Er überquerte die Brücke und kam zum Beginn des Spaarndammerdijk, den er schon oft mit größtem Vergnügen entlanggewandert war. Diesmal ließ er auch den Deich links liegen. Die alte Strecke, die sich kurvig, einem Aal gleich, entlang dem Sloterdijkpolder nach Haarlem und Bloemendaal schlängelte, nahm sich jetzt kümmerlich aus gegen den Weg, der schnurgerade entlang der hypermodernen Wasserstraße zum Treideln der Schiffe etwas weiter landeinwärts verlief.

Doch er gab alten Dingen den Vorzug.

Den halbverfallenen kleinen Bauernhöfen auf der Innenseite des Unterdeichs, mit Feder und Pinsel in Braun und Fahlviolett. Einem Mann, mit schwarzer Kreide und gräulichem Pinsel, der auf weiß der Himmel was steht und in dem Wasser angelt, das nach einem der hoffnungslosen Deichdurchbrüche, die dieses Gebiet immer wieder heimsuchen, seinen Hinterhof erreicht hat. Den schiefen Zäunen, zerzausten Bäumen, Mühlenrümpfen, Kuhschädeln im Vordergrund einer absackenden Kate, die er allesamt mit der Kaltnadel spiegelbildlich auf ein paar Platten verewigen wird. Den Hektaren Sumpf und schwierig trockenzulegendem Tiefmoor, auf denen er die Bannpfähle, die das Rechtshoheitsgebiet Amsterdams markieren, ein wenig höher oder dicker machen wird, in dem Maße, in dem sie das kompositorisch von ihm verlangen.

Man wird alles schön finden.

In ein paar hundert Jahren sogar unglaublich schön.

Doch zu dem armseligsten Gebiet der ganzen Umgebung hat er sich bisher noch nie übersetzen lassen. Volewijck ist nicht nur häßlich wegen der Leichen, die dort hängen, sitzen oder – Körperteil für Körperteil – in die Grube fallen, über der ihre Galgen errichtet sind, Volewijck ist auch für sich genommen äußerst häßlich. Eines Tages werden auf diesem sich senkenden Stück Moor Wohnviertel mit Häusern entstehen, die man als durchsonnt bezeichnen wird, ein reizendes Gärtchen vorn, ein reizendes Gärtchen hinten, eines Tages wird hier am pragmatischen, günstig gelegenen IJ ein Forschungslabor der Firma Shell gebaut werden, einer Gesellschaft, die so weltumspannend ist, daß sogar ein Trip, ein Cloeck oder ein Bürgermeister de Graeff das organisatorisch nicht für möglich gehalten hätte, und die mit Brennstoffen handelt, im Vergleich zu denen die Sumpf- und

Schlammherkunft dessen, was man hier, in Volewijck, in den Öfen verheizt, ein Witz ist. Torf ist übrigens teuer, und die Winter sind lang für die fünf oder sechs Familien, aus denen die hiesige Bevölkerung besteht.

Reusensteller, Aalfischer, Schilfschneider, Vogeljäger. Ihre Häuser ohne Seitenwände, dafür mit schwarzen, mit Wasser vollgesogenen Spitzdächern bis hinunter zum Boden könnten ja möglicherweise das Interesse eines Malers wekken, der sie der Mühe des Zeichnens wert fände, sie selbst fanden nichts daran. Arme Menschen sind arme Beobachter, deren Augen lediglich auf die Banalitäten des Alltags gerichtet sind. Man schaut auf den Schlick, man schaut auf das Schilf, man schaut auf die Vögel. Auf die Leichen schaut man nicht, nicht, weil man Angst vor ihnen hätte, jedenfalls nicht bei Tag, sondern weil man an sie gewöhnt ist. Man sucht höchstens den Himmel über ihren Köpfen ab. Einst wird in dieser Gegend, ein Stück weiter, ein Wohnviertel entstehen, das man das Vogelviertel nennen wird. Gute Idee, einerseits. Vögel sind schön, sie regen die Phantasie an. Volewijck ist, wie der Name sagt, immer reich an Vögeln gewesen. Die künftigen Menschen werden am Vogelkai wohnen, in der Kormoranallee, der Ganterstraße, der Entenstraße, der Krähenstraße, der Rohrdommelstraße, kurz und gut, mehr als zwanzig Vögel bekommen eine ehrenvolle Adresse. Die größte, breiteste und längste Straße wird Möwenallee heißen.

Der Maler, auf dem Weg zu jenem häßlichen Ort, der dem sehr häßlichen Tod gewidmet war, hatte mit Schülern und Freunden natürlich oft genug über *das Schöne* gesprochen.

Einmal hatte er mit einem älteren, vornehmen Freund

aus Den Haag über das abgeschlagene Haupt der Medusa diskutiert, grausig gemalt vom Kollegen und hochverehrten Konkurrenten Peter Paul Rubens.

»Großartig, aber ich persönlich hätte es nicht gern in meinem Haus!« hatte der ältere Freund gesagt, derselbe, der ihn einst, in seinen jungen Jahren, auf diese gewaltige Reise zu den Schönheiten Italiens hatte schicken wollen. »Wirklich nicht!«

Worauf der Maler zunächst bedächtig genickt, dann etwas wie »Das Antlitz dieser bösen Frau... Ja, noch immer schön« gemurmelt und sich schließlich in Schweigen gehüllt hatte, um in aller Ruhe, liebevoll, an die Farbe des Gesichts und des vom Rumpf getrennten Halses zu denken, gelblich wie ein Stück Steckrübe, das beim Kochen zerfällt, was ihm völlig natürlich erschien.

»Ein schönes Motiv«, hatte der Mann aus Den Haag gesagt, »bleibt sogar in den Händen eines Stümpers noch immer annehmbar. Aber etwas Häßliches, selbst wenn es von einem Meister gemacht ist...?«

Wie gewöhnlich etwas knapp an Zeit, auf der Durchreise zum Hof der Oranier, bei denen er ein und aus ging, hatte er sich bereits erhoben, um seinen Hut vom Tisch zu nehmen.

»Rauchen Sie Ihre Pfeife doch fertig«, hatte der Maler ihn noch zu halten versucht. Sie hatten sich in seinem Haus in der Breestraat befunden.

Während der Freund sich vor dem Spiegel den Hut aufsetzte, hatte er schnell noch ein anderes, dem Maler ebenfalls wohlbekanntes Kunstwerk erwähnt.

»Meine Frau brachte es nicht fertig, sich das anzusehen.«

Er drehte sich wieder um, in den Augen den entsetzten Blick seiner Frau Suzanna, als diese der Kopie eines Tizian ansichtig wurde, eines der scheußlichsten Gemälde, die es überhaupt auf der Welt gibt: die Häutung bei lebendigem Leibe des kopfunter an einem Ast hängenden Marsyas, halb Mann, halb Bock.

Die beiden hatten sich einen Augenblick lang angestarrt und an das Bild gedacht. Dann hatte der Maler, dessen Ton, dessen Pinselstrich völlig natürlich war, mit einem Seufzer der Rührung die Arme ausgebreitet.

Die Wirklichkeit malen. Als einzigen, wahrhaften Lehrmeister der Schönheit die Natur akzeptieren. Aber – was ist die Natur des Todes?

Er näherte sich jetzt der Betriebsamkeit der Häfen. Schon von weitem schlug ihm der Lärm entgegen. Jenseits der Brouwersgracht schreit jeder und alles immer lauter, bis hin zu den Aushängeschildern. In sich gekehrt, aber außerstande, *nicht* hinzuschauen, las er die in roten Buchstaben gepinselte Aufschrift an einer Schornsteinfegerei – AUFS DACH HINAUF! – und dachte in diesem Moment nicht, jedenfalls nicht bewußt, an den anderen Hingerichteten, der ihn vor über dreißig Jahren einmal beschäftigt hatte, den kräftig gebauten Mann, splitternackt ausgestreckt auf dem Tisch. Trotzdem war ihm sein erstes Gruppenporträt, in dem Datum und Name selbstbewußt im Bild selbst auftraten, noch lebhaft in Erinnerung.

Natürlich war es damals kalt gewesen, Ende Januar. Eine öffentliche Obduktion war nur im Winter möglich.

»Setzen Sie sich da hin«, hatte ein Helfer des Anatomen zu ihm gesagt und ihn am hereinströmenden Publikum vorbei zu einem kleinen sechseckigen Tisch direkt neben dem großen Tisch dirigiert.

Noch jung, noch eingeschüchtert von der Gewichtigkeit und makabren Erregung, die sich nun im Raum ausbreiteten, hatte er auf den Toten geblickt, der mit steifem, von den Leichengasen aufgeblähten Brustkorb direkt vor ihm lag. Er zwang sich, die Augen offenzuhalten, nicht wegzuschauen. Wie seltsam lebendig der Schnurrbart aussah. In seinen Ohren begann es beunruhigend zu sausen. Er spürte, daß er sich jetzt besser sofort an die Arbeit machte.

Das Licht war weiß und weich, gedämpft von Schneebahnen, die die Fenstersimse bedeckten. Während der etwas heruntergekommene kleine Saal sich füllte, hatte er den Toten bereits gezeichnet – der Mann hieß 't Kindt –, der nach einem wertlosen Leben heute seinen Nutzen beweisen würde. Leichen waren ein besonders schwer zu beschaffender Artikel. Die Anatomieabteilung der Universität zu Leiden kämpfte um sie mit der Abteilung der gierigen Menschenhäuter, wie man sie dort nannte, in Amsterdam. Beide Städte mochten zwar das Patent besitzen, einige Male im Jahr einen Toten zu sezieren, gemeine Kriminelle, an andere war gar nicht zu denken, aber komm da mal einer dran! Körper und Seele waren eins. Auch die Eltern und Kinder von Verbrechern wehrten sich heftig gegen das Seziermesser. War das Nicht-Bestatten an sich schon eine zusätzliche Strafe, die verlorene Seele am Schandpfahl – aber nach dem Tod noch einmal getötet zu werden, das ging zu weit!

Die Zeremonie begann, die Autopsie, ein Wort, das nichts anderes als das Sehen mit eigenen Augen bedeutet. Einen Zeichenstift in der Hand, sah der Maler, dreißig Jahre jünger als heute, wie der Anatom Tulp, umringt von sechs Wundärzten, mit einem raschen Schnitt die Bauchhöhle von 't Kindt öffnete und die Eingeweide herausschöpfte.

Von dieser Operation zeichnete er nichts, sondern konzentrierte sich weiter auf Haltung und Gesicht des Gehenkten, der nun einmal nicht wie all die anderen nachher noch mal kurz in sein Atelier kommen konnte, um nachzuposieren. Daß die eisige Kälte aus dem Raum verschwunden war, merkte er nicht, ebensowenig daß gegen den Gestank Wacholder verbrannt wurde. Während die Stunden verstrichen, füllte er Blatt um Blatt mit Köpfen, Haltungen und der Position der Ärzte als Gruppe, rings um das, was er für sich längst als das Herzstück des Gemäldes bestimmt hatte. Den unverbesserlichen 't Kindt, der erst kürzlich wieder einen Mantel gestohlen hatte, jetzt nackt, kalt, grünlich und mausetot. Tatsächlich im Begriff, sowohl Tulp wie auch ihm selbst zu Ehre und Ansehen zu verhelfen.

Der Arm des Diebes war an der Reihe. Er paßte gut auf. Die Funktionsweise von Arm und Hand war eine Spezialität des Doktors, aber auch, in anderer, grundlegenderer Hinsicht, von ihm selbst.

»Die Beuge- und Strecksehnen, die vom Unterarm aus die Muskeln an den Knochenenden der Hand fixieren …« hatte Tulp vor einigen Wochen bei der Vorbesprechung im Atelier seine Ausführungen begonnen. Als er sie um die Essenszeit beendete, hatte er, nach einem kurzen Hüsteln, den Maler gefragt: »Was lächeln Sie so?«

»Ich lächle, weil ich es schön finde«, hatte der Maler geantwortet, in dem das Werk bereits detailliert umhergeisterte. Sich gegen das Dunkel abzeichnende etwas weniger dunkle Mäntel, blitzweiße Kragen, Gesichter, ein oder zwei Hüte und der Tote, der aus dem Lehrbuch zu seinen Füßen gleichsam hervorgeschoben worden ist. Dann, unmittelbar verbunden mit einem auf dem Gemälde unsichtbar gehaltenen Bild aus diesem Buch: der freigelegte Arm und die Hand, deren Sehnen mit einer kleinen Zange von einem anderen Arm und einer anderen Hand zur Demonstration etwas angehoben werden. Rot, alle Proportionen eine Spur vergrößert, echter als echt.

Ja ... so muß es sein ... genau so ... sehen Sie, meine Herren ...

Er war über die Fußgängerbrücke zu den Anlegestegen der Nieuwe Waal gegangen. Die schon etwas tiefer stehende Sonne gab dem Wasser die Farbe von verbeultem Kupfer. Von diesem westlichen Teil des Hafengebiets aus betrug die Entfernung hinüber nach Volewijck lediglich eine knappe Meile, doch die hohen, gelöschten Schiffe zu beiden Seiten des Stegs behinderten den Blick auf die Halbinsel.

Er brauchte nicht lange suchend um sich zu blicken. Über die Stegleiter, die ein Stück weiter zum Wasser hinunterführte, kletterte gerade ein Mann in einem zerschlissenen Soldatenmantel herauf.

»Sie suchen Transport?«

Der Schiffer, der hinkend auf ihn zugekommen war, nickte in Richtung Zentrum, wohin die meisten von hier aus wollten.

Er sagte, er wolle hinüber auf die andere Seite.

Für einen Moment sah er, wie sich das Gesicht vor ihm bösartig verzerrte.

»Müssen Sie natürlich selbst wissen«, antwortete der Mann und wandte sich bereits wieder zu der kleinen Treppe um, da er offenbar davon ausging, der Fahrgast werde ihm schon folgen, was dieser auch tat.

Er kletterte hinter dem Schiffer nach unten. Zwischen

den Heringsfängern dümpelten ein paar dieser kleinen, wendigen Boote, Einmaster, in die man den Fisch umlud. Er setzte sich auf das Brett zwischen die Körbe. Der Schiffer zog eine Flasche aus seiner Innentasche, nahm einen Schluck, hielt sie schweigend seinem Passagier hin und zog das Segel hoch. Der Maler nahm ebenfalls einen Schluck. Das Boot segelte langsam zwischen den großen Schiffen hindurch, die einander vor dem Himmel verdrängten. Er sah die Umrißlinie des gegenüberliegenden Ufers in der Ferne auftauchen. In der Nachmittagssonne, bei angenehm frischem Wind, fuhr er zu dem Bestimmungsort, an den Elsje auf einer anderen Strecke schon vor einigen Stunden gebracht worden war.

27

Die Trauergondel

Wasser. Brackwasser, halb süß, halb salzig, aus der Zuiderzee und der Amstel stammend, die der Stadt das Leben geschenkt haben. Das Boot, so eine kleine Pinasse, deren Vordersteven leicht hochgebogen ist, fuhr über das Damrak in Richtung IJ. Noch war kein Segel gesetzt, das heißt, es wurde gerudert: von dem einen Henkersknecht, der gleichzeitig steuerte. Der andere stand mit einem Stock vorn auf dem kleinen Vordeck. Das Fahrzeug war größtenteils offen.

Das jämmerliche Ende ihrer Reise, wiederum per Schiff. Sie hatten die Bahre auf den Holzrost gestellt. Elsje lag mit dem Kopf unter dem kleinen Verdeck, ihr roter Rock, ihre Hände und ihre Stiefelchen waren zu sehen, falls jemand das wollte. Die Etappe jenseits der letzten Etappe. Ein extra Stück, eine Zugabe. Wie unaufhaltsam schnell alles für sie gegangen war, sosehr die Umstände auch versucht haben, ihre Reise zu dehnen, zu behindern, zu verzögern! Das gefährliche Treibeis zwischen Jütland und Schweden, der Schnee, der die Absicht hatte, jede Strecke zu verwischen, der Transport unterernährter Ochsen, der doch eigentlich bis zum letzten Tier hätte verweigert werden müssen … Was soll der Nervenzusammenbruch eines manisch-depressiven Leibdieners in Gottes Namen mit Elsjes Lebensgeschichte zu tun haben, was sonst als – eine Woche Verzögerung?

Nur eine Woche!

Akzeptieren, daß ihre Vergangenheit Vergangenheit ist. Oder? Elsje fuhr über das Wasser des Damrak, die beiden Henkersknechte beförderten sie geschickt durch den hektischen nachmittäglichen Binnenschiffsverkehr, und was sie als Gepäck mitnahm, war ihr Leben, Szene für Szene aufgebraucht. Unter ihr schwappte ein bißchen Bilgenwasser von einer Bordwand zur anderen. Auf den Booten und Kais ringsum wurde geschrien und gesungen, der übliche Wahnsinnslärm, ohne die geringste Verbindung zu der sehr stillen Barkarole, die *sie* nach wie vor hören konnte. Szenen, Orte, Momente, alle sehr nah. So nah, daß sie ihr noch ganz gehörten, daß sie noch gut zu ihnen hätte zurückkehren können, um zu fragen: Was geht da vor sich? Wo bin ich?

An ihrem letzten Nachmittag, gestern, am Freitag, dem zweiten, hatte Elsje sich noch bis sechs Uhr in ihrer Zelle befunden. Sie hatte gefroren. Die beiden offenen Gitterfenster der Zellen standen über die Gangfenster in direkter Verbindung mit dem Innenhof, zu dem Wind und Wetter freien Zugang hatten. Am Tag zuvor hatte man ihr dort offiziell ihr Urteil verkündet, unter freiem Himmel, wie das Reglement es vorschreibt. Doch der Himmel war gar nicht frei gewesen, sondern geschlossen und grau vor Regenwolken, wie im übrigen schon während der ganzen Woche. Erst in der kommenden Nacht sollte er aufreißen für den morgigen sonnigen Tag.

Genau wie alle Gefangenen vor ihr wanderte auch sie langsam über die Klinkersteine, mit denen der Zellenboden gepflastert war, vier Schritte der Länge, vier der Breite nach. Eine halbe Armlänge über ihrem Kopf ein ordentlich abgezogenes Rippengewölbe. Woran soll man in solchen Momenten denken? Am besten an gar nichts. Als sie zu dem Fenster links von der Tür kam, blieb sie stehen und schaute dabei nicht in den Gang vor ihrer Zelle, sondern nach unten. Diese tiefen Fensterbänke befinden sich, wenn man ein Gespür dafür hat, exakt auf der bequemen Höhe eines Tisches zum Schreiben. Sie beugte sich über den Stein, sah ein paar eingeritzte Striche und Krakel, schob ihr Häubchen auf die Seite und zog die kräftige Haarnadel, mit der ihr Knoten zusammengehalten wurde, heraus.

Da sie nicht sofort wußte, was sie tun sollte, blieb sie mit der Nadel in der Hand über den Stein gebeugt stehen. Buchstaben, sah sie, und ansonsten ein paar von diesen eigensinnigen Verzweiflungszeichnungen, gerade und gebogene Linien, die man, so vereinfacht sie auch sind, sofort als Bäume und Blumen erkennt. Nicht ein einziger Vogel. Während das Haar ihr seitlich am Gesicht herunterfiel, begann sie zu ritzen.

Den Damrak hinunterzufahren geht immer schnell. Der Fluß strömt von selbst zum IJ. Das kleine Boot war schon fast bei den Häfen angelangt. Rechts nur noch die letzten paar hohen Wohnhäuser der Warmoesstraat, die Westfassaden im Wasser. Aus den Fenstern von Küchen und Hinterhäusern beugten sich Dienstmädchen, sie kratzten Töpfe aus, schüttelten Federbetten auf, leerten einen Eimer Fischabfälle, einen Nachttopf, einen Kübel. Tüchtig zupackende Dienstmädchen in Strohpantoffeln. Geschickt, schnell von Begriff, ungebildet. Wenn sie ihren Namen schreiben müssen, malen sie ein Kreuz, und das genügt.

Sie wußte es noch. Sie hatte bereits mit dem *E* begonnen. Soviel Unterschied es auch macht, ob man eine Schreibfeder oder eine Haarnadel zwischen den Fingern hält, wie anders es sich anfühlt, ob die Hand über Papier gleitet oder ein schlammfarbenes Stück Bentheimer Stein bearbeitet: Sie spürte sofort eine seltsame Vertrautheit. Es war die Vertrautheit wie in einem klaren Traum, Entfernung und Zeit spielen keine Rolle, was man erlebt ist wundersam bekannt, gehört zu einem, aber es geschieht alles außerhalb der Marge. Ihr Name also. Vier Buchstaben. Einst während eines Wirtshausbesuchs von einem Mann gelernt, noch jung, gerade eben nicht mehr als Junge zu bezeichnen, der seine Hand um die ihre gelegt hatte, während am Tisch neben ihnen ein Lied gesungen wurde, dem keiner von ihnen beiden lauschte.... *De Leevde, ach*... Ihre Finger wurden sehr kalt. Der Wind vom Innenhof zog wie immer unter den Gittern durch, Wärme aus der Vergangenheit kann dagegen nichts ausrichten. Ragnar war ein mordsverliebter junger Mann gewesen, hoch aufgeschossen und außerdem eine gute Partie, der fest vorhatte, sie glücklich zu machen. Elsje ritzte das leichte *L* und machte sich an das schwierige *S*. Es wurde sechs Uhr. Als der Gefängniswärter nach seinen Schlüsseln griff, um das Kind des Todes für den letzten Abend und die letzte Nacht in die Folterkammer zu bringen, war sie fertig, hatte sie mit ihren vier Buchstaben die vier Mauern einer Festung errichtet und sich mitten hineingesetzt. Sie erinnerte sich an Ragnar, sie erinnerte sich an sich selbst, und sie erinnerte sich an den nächsten Moment, unantastbar, ewig wie jeder Moment: seine große, geduldige Hand um ihre Hand, die Stimme an ihrem Ohr, die sagte: Ja, so... so mußt du es machen... sehr gut, jetzt noch ein kleiner Querstrich... Und sie sah gleichzeitig sein stolzes Lächeln, dicht über ihrem gesenkten Kopf, das ihr sagte, er werde alles, was sie nur wolle, für sie tun, dieser

Moment sei erst der Beginn eines ganzen Lebens, das er für sie mit Wärme, weichen Laken, weichen Kleidern, gutem Wein, gutem Brot, mit Kindern füllen werde und vor allem mit seinem rasenden, in bestimmten Momenten fast nicht auszuhaltenden Hunger und Durst nach ihrem schönen, weichen Körper, einem Hunger und Durst, die nie, noch nicht einmal in der Ewigkeit, zu stillen und zu löschen sein würden.

Der Schlüssel knirschte im Schloß, die drei Riegel wurden zurückgeschoben.

Sie waren jetzt auf dem IJ. Sofort traf sie der mäßige Wind von Westen, der heute wehte. Der Knecht auf dem Vordeck stieg herunter und zog das Segel hoch. Die Backbordseite des kleinen Schiffs mit seinen geklinkerten Planken, Hautschichten gleich, hob sich folgsam ein ganzes Stück aus dem Wasser. Die Bahre verschob sich kaum auf dem schrägen Boden, Elsje blieb liegen, wie sie lag, nur ihr Rock wehte ein wenig hoch und bedeckte jetzt eine ihrer kleinen kalten Hände, noch kälter als gestern.

Beim Betreten des Raums hatte sie die Augen aufgerissen. Zitternd war sie zum Kamin gegangen, als hätte sie dieses Feuer noch nie, auch nicht am Vortag, als sie zum drittenmal verhört wurde, gesehen.

»Geh ganz nah ran«, hatte der Gefängniswärter gesagt und, als sie es tat und die Hände ausstreckte: »Magst du einen Becher Wein? Was willst du essen?«

Blicke des gegenseitigen Einvernehmens.

Danach war es der Sohn gewesen, der ihr den Teller weiße Bohnen mit gehacktem Hammelfleisch brachte, diesmal ordentlich auf einem Tablett. Mit dem Fuß die Tür der Folterkammer hinter sich zutretend, lachte er sie zögernd an. Sie saß auf einem niedrigen Stuhl, einer Art Altweiberstuhl, vor den Flammen. Als verstünde er sie ganz und gar, griff er zuerst nach dem großen, randvollen Becher mit bernsteingelbem Wein, schob ihn ihr in die Hand und stellte erst dann das Tablett auf den Holzklotz mit den von den Brandeisen versengten Stellen. Sie nahm tatsächlich sofort ein paar große Schlucke.

Nach einem kurzen Gespräch war der Junge aufgestanden, um die Würfel und Bickelknöchelchen zu holen.

»Darf ich auch wissen, wie du heißt?« hatte Elsje ihn gefragt, als er nach einigen Minuten zurückkam.

»Simon.«

Während sie gemeinsam den Teller leerten, spielten sie. Manchmal gewann der Junge, manchmal sie. Was machte es schon für einen Unterschied. Trotzdem spielten sie ernsthaft. Die Zeit verstrich und mußte ihren Instinkt unterdrücken, bekam fast keine Gelegenheit, zurückzuspringen oder, nicht einmal das, vorauszueilen zu morgen.

Gegen zehn war Simon von seinem Vater gerufen worden, Bettzeit, außerdem war der Pfarrer eingetroffen. Dem schläfrigen Wärterssohn war es recht gewesen. Er und Elsje hatten da schon eine Weile wortlos im Halbdunkel vor sich hin gedöst. In einem hohen symmetrischen Saal, geschlossen wie eine bei Nacht gestrandete Arche, schließt auch der Geist sich. Der Pfarrer fand ein Mädchen vor, das sich keine große Mühe gab, ihn anzuhören, seine Worte zu übersetzen oder ihm wenigstens ins Gesicht zu blicken. Auch er war jung. Auch dieser Geistliche gehörte zu den, gemessen an ihrem bescheidenen Mädchenleben, gar nicht so wenigen jungen Männern, die auf sie eingeredet hatten. Dieser stand kerzengerade vor dem Feuer, schritt dann wieder an den Foltergeräten entlang oder hockte vor dem verstörten Kind, das nickte, lächelte und unsicher wegschaute, die runden Wangen nach oben gerichtet.

Kurz bevor es halb zwölf schlug, gab er auf. Er streckte sich, schluckte ein Gähnen hinunter.

Auch er war müde geworden.

Nachts werden die sechzehn Tore der Stadt geschlossen. Eine Kompanie Berufssoldaten geht, in Patrouillen aufgeteilt, als Nachtwache durch die Straßen, angeführt vom Hauptmann, dem Leutnant oder einem der Sergeanten. Es ist ein Gotteswunder, daß die Musikantengruppe, die in jener Nacht auf dem Nieuwezijds Voorburgwal zu lärmen begann, wohlgemerkt direkt hinter dem Rathaus, nicht festgenommen wurde. Es waren drei, und sie hatten außer ihren kalten, lauten Stimmen einen tragbaren Leierkasten und zwei levantinische Oboen bei sich. Auch ihr Lied war eigentlich aus der Levante importiert, doch die Worte hatten sich natürlich längst, opportunistisch wie Worte sind, zum Amsterdamerischen bekehrt.

Sie saß schwitzend auf dem Steinpodest, auf dem man ihr mit einer Matratze und einer Decke ein Lager bereitet hatte. Sie hatte sich nach dem Abschied ihres zweiten Wegbegleiters kurz hingelegt, hielt es aber nicht aus, zuerst weil sie sich schrecklich einsam fühlte, danach wegen eines Knäuels fremdartiger Ungeheuer, erstickender Visionen, die sich ihr in rasend schnellem Wechsel aufzudrängen versuchten.

Sie hob verwundert den Kopf.

Wie still es jetzt auf der Straße ist
Jeder, der nach Haus gehn mußt'
Ist nach Haus gegangen
Und jeder, der reden mußt'
Hat zu Ende geredet

Und der lieben mußt', küssen
Hat geliebt, geküßt
Wie still es jetzt auf der Straße ist
Jeder, der leider! seufzen mußt'
Hat leider! geseufzt.

Auf der Strecke zwischen dem IJ und der Halbinsel Volewijck segelten an diesem Nachmittag ein Dutzend Schiffe gen Amsterdam oder kamen von dort. Ihre Logbücher würden nichts Besonderes über den heutigen Tag vermelden. Kein Sturm, keine Piraten, keine Quarantäne, keine Zusammenstöße. Und von den kleinen Booten, die zwischen den großen alles mögliche ausheckten, kleine Geschäfte, Dienstleistungen, würden die Seiten sowieso schweigen. An diesem Sonnabend, dem dritten Mai, beförderte ein kleines Schiff mit hochgebogenem Vordersteven, eines dieser Minipinks, die sich sowohl für die Gracht als auch für das IJ eignen, ein zu Tode gebrachtes Mädchen. Zwischen ihrem Kopf und dem kleinen Vorratsschrank an der Bordwand lag das einzige, was man ihr auf ihre Reise mitgegeben hatte, ein Beil, verschwommen und unscharf im Schatten des Verdecks.

28

Wenn eine Frau will (2)

Er kannte den Kalvarienort natürlich. Na klar, wie jeder, der gern Schlittschuh läuft. Wie herrlich sie doch gewesen waren, diese Touren! Der dumpfe, stille Winter in der dumpfen, stillen Stadt. Und dann die Kälte, die auf einmal die Zügel straffer anzieht, manchmal schon Ende November. Man läuft zwischen den eingefrorenen Schiffen bei Kattenburg los, man müht sich über die Huckel aus gelbem, aufgestautem Eis am Rande des Hafenbeckens und zieht sich die Mütze über die Ohren. Man ist ins pure Licht hineingefahren. Unter einem ein schwarzer Spiegel, von dem man zu Beginn die Augen nicht abzuwenden wagt, doch ganz normal verhält man sich schon nicht mehr. Von allem befreit, fährt man von Osten genau in die Sonne nach Westen und nimmt Kurs auf die Bahn von meist vorzüglicher Qualität entlang der Halbinsel Volewijck.

Sie lief oft vor ihm, in jenem ersten Winter. Das gehört einfach zu einer Friesin, Ungeduld, Kraft. Sie wird noch viel närrischer vom Eis als ein Amsterdamer. Bei jenem einen Mal trug sie ein fuchsbraunes Wollkleid mit einem dicken blauen Mantel, weit abstehend wie ein umgedrehter Flachskorb, bis in Kniehöhe.

Blick über die Schulter, Tempo verringern. Sie liefen in diesem Moment an den Kuchen- und Getränkebuden am

Galgenfeld vorbei und hatten beide die Aufschrift *Hier Ausschanck von Orangenliqueur* gesehen.

»Hm, lecker«, seufzte sie und atmete tief.

Sie trank mit kleinem, gespitztem Mündchen.

»Ja, schmeckt es dir?« fragte er gemütlich.

Sie nickte.

Er blickte, fast verzückt, auf ihre roten Lippen, das blonde Haar, das sich unter dem Rand ihrer Pelzmütze hervor über Stirn und Wangen ringelte, und sehnte sich dringend, aber schön, genüßlich ohne Eile, nach der Nacht. Sie waren rund fünf Monate verheiratet. Keine Schwangerschaft, noch nicht, jetzt noch nicht. Sie glitt zurück zum Ausschank, um ihr leeres Glas abzustellen, und kam wieder zu ihm zurück. Er sah sie mit ihren noch urgesunden feurig geröteten Wangen, wie sie in die Leere des Lichts schaute.

»Und fast kein Wind«, sagte sie, die nur schwach flatternden Fähnchen an den Buden inspizierend. Er konnte sehen, daß sie Lust hatte, Lust, weiterzulaufen. Er selbst hätte gern noch ein Gläschen getrunken. Betrunken wurde man nicht auf dem Eis, nicht trunkener, als man von den ersten Schwüngen an ohnehin schon war. Er sah auf das fröhliche Treiben um sie herum. Die Buden im Uferschilf, mit der Rückseite zu den Kadavern an den Galgen, waren eine bestens geeignete Raststelle für die etwas seriöseren Läufer, aber auch für die kleinen Gesellschaften, die sich mit Pferd und Schlitten auf die andere Seite hatten schleppen lassen, um den Blick auf die eingefrorene Stadt zu genießen oder um auf dem schönen, glatten Eis eine Partie Krocket zu spielen.

Sie waren weitergelaufen, nach Norden in Richtung Waterland abbiegend. Erst auf dem Rückweg würde sie, die

Kleine Rote, neben ihm laufen wollen, dann würde auch sie an zu Hause denken.

Nicht klein und nicht einmal wirklich rothaarig. Nur bei einer bestimmten Beleuchtung bekam das Blond den Ton von Feuer. Doch Spitznamen tun nun mal, was sie wollen, entspringen sie doch in der Regel einem ganz willkürlichen Moment. In diesem Fall war das ein lange verflogener Moment in der Schenke Zum letzten Stuiver gewesen, wo der Wirtin plötzlich eingefallen war, daß sie den Maler, damals noch Junggeselle, gelegentlich in Gesellschaft einer aschblonden beziehungsweise kastanienbraunen Freundin bedient hatte. Und nach einer kurzen Zeit der Abwesenheit also jetzt mit dieser.

»Hör mal.«

Die Wirtin, mit den Händen unter der Schürze ihre Brüste haltend, beugte sich über die Theke zu ihm vor, weil sie ihm etwas zu sagen hatte. Er hatte, allein, für ein schnelles Glas Platz genommen. Die Schenke lag in der Nähe des Hauses, in dem er damals wohnte und arbeitete.

»Ja, Miep.«

»Diese kleine Rote …«

Es hatte einen Moment gedauert, bis ihm aufging, daß sie die hochgewachsene Friesin meinte, fast so groß wie er selbst, mit der er hier in der vergangenen Woche ein Glas Met getrunken hatte.

»Ja?«

Die Wirtin zog ihre Hände hervor, legte sie gespreizt auf die Theke und sah ihn todernst an.

»Zu der mußt du *sehr* gut sein.«

Er hätte durchaus grinsen und lachen können, die Frau hatte ja keine Ahnung, doch er hatte nur genickt und »die kleine Rote« gedacht. Nachdem er gezahlt hatte, hatte er der Wirtin ein dankbares Lächeln geschenkt, warum, wußte er selbst nicht.

An jenem Tag war sie also erst vor ihm hergelaufen und dann, auf dem Nachhauseweg, ganz dicht neben ihm. Dieses Schlittschuhlaufen als Paar ist etwas sehr Schönes, wenn man die Bewegungen des anderen kennt und vorausahnt, Hüfte an Hüfte, Arme verschränkt, Hände gefaßt. Die ganze Zeit auf diesen magnetischen kleinen Abstand zwischen einem selbst und dem anderen eingestellt, flitzt man durch eine unermeßliche Welt, die kalt, frisch und bereits ein wenig dämmrig ist. Sie wurde nicht schwanger in jener Nacht, und das war überhaupt nicht schlimm. Vielleicht wird sie heimlich, zwischendurch, nach mehr als fünf Monaten, ein Stoßgebet gen Himmel geschickt haben. Davon wird eine Frauenumarmung kein bißchen weniger wollüstig, keineswegs. Erst ganz am Ende des Winters kam ihr großer Triumph. Dein Mann kann *das*, und das ist seit seinem ersten Gruppenporträt nach Ansicht aller, die es wissen müssen, außerordentlich viel, aber du …

»Ja! Nein! Was! Bist du sicher?«

Sie hatte am Fenster gestanden. Sie hatte, als wäre das eine Antwort, ihren Knoten gelöst und ihr glänzendes rotblondes Haar ein paarmal geschüttelt. Sie war sich sicher.

Der kleine Sohn, Bart, wurde zu Beginn des darauffolgenden Winters geboren und starb im nächsten Februar.

Ihre Trauer war allumfassend. Von da an schien sie zu wissen, was Totsein ist. Alle Toten, die sie bis dahin gesehen hatte, so strahlte sie achtlos aus, waren, wie sich bei näherer Betrachtung herausstellte, lediglich Umstände, die das Leben ein wenig verändert hatten, Leute, die nicht mehr vorbeischauten oder sich nicht mehr mit zu Tisch setzten. Nur dieser eine hatte ihr mit seinem weißen Gesichtchen, erst drei Monate alt und schon so stolz, offenbar zu sagen vermocht, daß Totsein *das* war. Das. Ihr gemeinsames Leben änderte sich nicht. Alles im Haus lief so, wie es vorher gelaufen war. Er hatte gerade in jener Zeit ein paar ziemlich hoffnungslose Bilder für den Prinzen, eine Grablegung und eine Auferstehung, erneut in Angriff genommen, bei denen er einfach nicht hinbekam, was er wollte und was die Bilder selbst wollten, was sie grollend von ihm verlangten. Welche Erleichterung, abends dann nach einer kleinen Radierplatte zu greifen, eine zusätzliche Lampe anzuzünden und sie zu fragen, ob sie ihm eben mal Modell sitzen wolle!

»So?«

»Ja, mein Liebes.«

»Wo soll ich hinschauen?«

Sie hatte, das Häubchen auf dem teilweise hochgesteckten Haar, ihr Gesicht zu ihm erhoben, fragend, freundlich und – immer, ob sie es wollte oder nicht – wissend. Sie war etwas dicker geworden, auch die Tränensäcke, diese reizenden kleinen Kissen unter ihren Augen, waren etwas stärker ausgepolstert.

»Ja, so. Sieh mich an.«

Er selbst sah am darauffolgenden Abend in den Spiegel. Ritzte sich selbst mit feinen, kaum ungeduldigen Strichen in den Vordergrund der häuslichen Szene, während er besorgt die Topographie von Linie, Form, Hell und Dunkel prüfte.

Danach kamen die Winter, in denen er sie nicht aufs Eis bekam, mal weil sie schwanger war, mal – einfach so. Bis zum Winter 40/41, als der Frost erst in der Woche vor Weihnachten einsetzte, dann aber gleich unerhört streng. Das IJ war im Nu zugefroren. Kühl, sorgfältig hatte sie an der Küchenanrichte ihre Schlittschuhe in Ordnung gebracht.

Worauf sie also erneut von der Stadt hinüber zu der Eisbahn entlang der Halbinsel Volewijck liefen. Diesmal er vor ihr her, ihr Windschutz bietend. Sie hustete bereits zu jener Zeit, war bereits krank, noch nicht sehr, aber doch genug, um froh über die Kraft ihres Mannes zu sein. Natürlich konnte sie es noch, alles ging gut. Er hörte sie versiert die Schlittschuhe aufs Eis setzen und brauchte sich nicht einmal umzudrehen, um zu wissen, wie hübsch sie aussah, dank der geheimnisvollen Schönheit, die ein unerschütterliches Verlangen jeder Frau verleiht. Bei den Buden vor den Galgen hatten sie einen Becher Anismilch und einen Genever getrunken. Als er zur Seite schaute, war sie genau so, wie er sie sich auf dem Weg hierher vorgestellt hatte, blaß und angespannt, wach und müde, entschlossen, lieb, frivol, schon von vornherein willig wie ein leichtes Mädchen oder wie eine Frau, die nach drei toten Kindern jetzt endlich, nach sechs Jahren Ehe, koste es, was es wolle, ein Kind will, das am Leben bleibt. Ihr letzter Gang zu einem Stückchen auf die Seite geschobenem Basalt im Fußboden der Zuiderkerk lag gerade vier Monate zurück. Das Federgewicht in seinen Armen war ein Mädchen gewesen und wie ihr zwei Jahre älteres Schwesterchen nach seiner Mutter benannt, Neelie. Beide Mädchen hatten drei Wochen gelebt.

Er hatte sie interessiert die Augenbrauen hochziehen sehen: Da kam ein Mann mit einem großen, zappelnden Fisch in den Händen auf Schlittschuhen auf die Bude zu.

»Wo hast du den denn her?« fragte sie, nachdem der Mann vor ihnen gestoppt hatte.

Der Mann, den Blick bereits auf den Alkoholfäßchen, verkündete stolz: »Zuerst dachte ich, es ist eine Brasse, aber es ist ein Hecht!«

Sie hatte laut losgelacht, und einen Augenblick lang hatte er wieder wie ganz zu Anfang die Friesin gesehen, in die er sich verliebt hatte, alias die Kleine Rote, die über alles lachen konnte. Jede Spur von Traurigkeit war aus ihren Augen verschwunden, genau wie die Lebensweisheit, die sie inzwischen erlangt hatte, die Todesweisheit, an die sie auf eine einfache, natürliche Art und Weise gewöhnt zu sein schien, eine Blessur, die da ist und nicht vergeht und mit der man folglich jeden Tag und auch nachts, in den intimsten Augenblicken, konfrontiert ist, weil es nun mal nicht anders geht. Und immer, wirklich immer waren sie von Kindern umgeben! Jeder hatte welche! Jeder! Die Nachbarn, die Ladenbesitzer, die Verwandten, die Freunde, es wimmelte nur so von dem Kroppzeug, das einem auf den Schoß krabbelt und einen an den Haaren zieht! Er hatte sie immer gern gezeichnet, und sie hatte die hingestrichelten Skizzen auch immer gern sehen wollen, hatte gerührt gelacht, wenn er ihr das Zeichenbüchlein, das praktische Täfelchen mit den abwaschbaren Blättern, vor die Nase hielt. Ach herrje, wie süß. Einmal jedoch verließ sie den Kreis im Wohnzimmer und trottete die Treppe hinauf in den ersten Stock. Früher Abend, das Atelier lag in Dunkel gehüllt, aber nicht ganz, denn der Himmel war nicht bewölkt, es war Vollmond. Was konnte er zu dieser Stunde tun? Nichts, nur schauen. An der Wand gegenüber den Fenstern stand das große Bild eines Jägers, der seine Beute, eine Rohrdommel, an den Füßen in die Höhe hält. Er beugte sich etwas näher zu ihm hin. Nickte nachdenklich. Fühlte sich schon wieder besser als gerade eben. Sehr gut, dachte er und inspizierte in diesem Augenblick nicht die Schatten und die Melancholie des Männergesichts, wie durch einen Trauerflor gesehen, sondern die vortrefflich gelungene Bauchpartie des abgeschossenen Vogels, Federn, Flaum, Licht. Die pure Freude, das alles auf diese flotte, treffsichere Weise zu malen, spürte er noch immer in den Fingern.

Die Unwirklichkeit von Wasser, das hart wie Stein geworden ist, löscht nicht die Verzweiflung im Herzen, bringt aber doch den Übermut zurück.

»Wollen wir nach Hause?« hatte sie gefragt.

Er sah, daß die Luft auf dem Eis sie stark belebt hatte. Er spürte ihre Bereitschaft, ihre Gier. Die Frau, die will – es gibt keinen Mann, der nicht wie hypnotisiert darauf reagiert, ein solcher Umschwung benötigt nur wenige Herzschläge. Komm! Er nahm ihre Hand, das Band zwischen ihm und ihr bestand aus Verliebtheit. Das ganze Drum und Dran – Windeln, Wickeltücher, Mützchen, die gewaschen und zum Trocknen aufgehängt werden mußten – floß weg in einen sehr dunklen Hintergrund. Unselige Mutterschaft und pure, lichte Weiblichkeit sind völlig verschiedene Welten. Als sie nach Hause kamen, sagte sie, sie sei müde, wohlig müde, und wolle ins Bett, bei geschlossenen Vorhängen.

Das Kind wurde haargenau vierzig Wochen später geboren. Mitte September, es war noch sehr schönes Wetter. Das Haus strömte voll mit Bewunderern.

Daß eine erschöpfte Mutter doch so ein kräftiges, handfestes Bürschchen zur Welt bringen kann!

Danach hat sie ihr Söhnchen noch prächtig das Hindernis der ersten Monate nehmen sehen, als wären sie nichts anderes als das, was sie waren, Herbstsonne und Bäume, die zuerst golden wurden und dann kahl und schwarz. Niemand konnte sie davon abhalten, selbst zu stillen, und was ihr darin rundheraus recht gab, war das immer schwerer werdende Bündel, das sie in ihren Armen herumtrug, herumtrug, als müsse sie es auf die andere Seite der Wüste bringen. Der erste Winter des Jungchens, sein erster Frühling. Auch das hat sie alles noch erlebt.

Er war sehr beschäftigt gewesen, gerade in diesem Jahr. Wegen eines kolossalen Schützengemäldes, an dem er arbeitete, hatte er eine Lagerhalle im westlichen Hafengebiet gemietet und war tagsüber selten zu Hause. Nachts im Bett lauschte er ihrem Husten, half ihr, das Blut auszuspucken, betete im stillen, wenn er sie wieder gleichmäßig atmen hörte, bat den guten Gott, ihr noch ein wenig Zeit zu schenken, notfalls nur ein Jährchen, und sank in einen Schlaf, in dem die Details seines Gemäldes ihn mit den reizendsten, frechsten Vorschlägen bedrängten.

Am 5. Juni, morgens, haben sie den Notar kommen lassen.

Elf Tage später verhandelte er über ein Eigentumsgrab in der Oude Kerk.

Sie waren neun Jahre zusammengewesen.

Wenn er nach Hause kam, in der ersten Zeit nach ihrem Tod, wußte er nicht recht, was er dort sollte. Man fängt dann schon bald an herumzukramen, ziellos Gegenstände zu betrachten. Auf diese Weise zog er im Magazin seines Ateliers einmal ein vergessenes Skizzenbüchlein hervor und schlug es auf. Sein Atem stockte. Sie. Seine junge Verlobte an einem Sommertag in Friesland. Unter einem Strohhut hervor blickt sie unbekümmert in seine immer wieder zu ihr aufsehenden Augen, ihrer Schönheit sicher, sanft, unschuldig, von jedwedem Drama unberührt.

Er schloß das Büchlein und auch die Augen. Es war nicht zu ertragen. War sie im tiefsten Grunde ihres Wesens dieses, buchstäblich dieses Bild gewesen? Die Sanftheit, der Frohmut in Person, hinter dem niederträchtigen Rücken des Schicksals?

29

Noch nicht

Als sie mit dem Boot näher kamen, hatte der Maler das Mädchen sofort bemerkt. Man hatte sie in einer Reihe mit zwei ihrer elenden Vorgänger an dem Weg plaziert, der zu dem wichtigsten Blickfang in diesem Gebiet führte, dem Galgenrund. Während das Boot auf einen Sandstreifen im Schilf zusteuerte, hatte der Maler das Mädchen mit dem Gesicht zur Stadt an dem Pfahl hängen sehen, auf dem Gemeindearbeiter sie vor ein paar Stunden ausgestreckt festgebunden hatten, bevor sie ihn mit dem geteerten unteren Ende sechs Fuß tief in der Erde versenkt hatten.

»Was bekommst du von mir?« fragte der Maler.

Der Fährmann verlangte einen Stuiver.

Der Maler bezahlte, wollte den Mann loswerden, hatte keine Lust auf eine wie auch immer geartete Anteilnahme seitens dieser lustlosen, mißtrauischen Person an dem, was er hier tun oder auch nur anschauen wollte. Er würde schon irgendwie in die Stadt zurückkommen, ein Stück weiter, am Zollhaus, lagen Boote.

Während der andere davonsegelte, blieb der Maler noch kurz stehen, kniff die Augen halb zusammen, lauschte der Stille. Bei dieser Brise von West hörte man nur das trockene Rascheln im Schilf und die Rufe einiger Vögel. Er ging ohne Interesse an den anderen Kadavern in Richtung des Mädchens, dort ganz rechts in der schmutzigen, reglosen Landschaft, die ihm merkwürdig vertraut vorkam, auch wenn er nicht daran dachte, daß er eine solche Landschaft einst fast genau so als Durchblick im pechschwarzen Hintergrund einer Grablegung verwendet hatte.

Noch hübsch, noch frisch, noch leichenblaß.

Bestürzt schaute der Maler eine Weile auf das festgebundene und -genagelte Kind und ließ währenddessen die Tasche von seiner Schulter in den Sand gleiten. Elsjes Füße in den Rentierlederstiefelchen hingen in Höhe seines Huts. Man hatte das Mädchen mit Schultern und Kopf zwischen zwei aus dem Holzpfahl nach vorn ragenden Gaffeln festgezurrt und um ihren Rock in Bauch- und Kniehöhe zwei kräftige, jeden Einblick verhindernde Stricke geschlungen. Mit denselben Stricken hatte man sie auch noch an den Pfahl gebunden und mit langen Nägeln am Holz festgemacht. Er und das Mädchen. Er mit der Zeichentasche zu seinen Füßen, sie mit dem Beil an einer der Gaffeln neben ihrem Kopf, das jedermann erklären sollte, warum ihr Tod, sehr öffentlich, ja, nicht der ihre war, sondern der einer wachsamen Stadt, die ihre schändliche Sünde um keinen Preis innerhalb ihrer Mauern duldete.

Schon kniete er neben der Tasche. Immer wieder zu seinem Modell aufblickend, wie er es auch in seinem Atelier getan hätte, wählte er den richtigen Zeichenstift, das Tuschefläschchen und das Büchlein mit dem abwaschbaren Pergament. Die ersten paar flüchtigen Skizzen zeichnete er, konzentriert hinauf- und hinunterschauend, in dieser Haltung, auf einem Knie, zu ihren Füßen. Um sie herum völlige Stille. Früher hatte er seine schnellen Impressionen oft so festgehalten, ein Knie auf dem Boden, das andere diente dann als Tisch. Jetzt richtete er sich schon bald wieder auf, wobei er sich auf eine Faust stützte, entdeckte zwischen angeschwemmtem altem Krempel die gewölbte Seitenwand eines Bottichs, zog das kaputte Ding näher heran und setzte sich.

Alles von ihr festhalten. Ihre Stiefelchen. Ihren Rock, der sich um den eingeschnürten Bauch und die Knie bauschte. Ihre hochgezogenen Schultern, mit der Jacke bedeckt, die bis zum Kinn hochgerutscht war und dadurch nichts von dem zeigte, was man mit ihrer Kehle und ihrem Hals angerichtet hatte. Die Falten des Ärmels. Die steif gewordenen Arme, Jungmädchenarme, die ein Stückchen nach vorn ragten. Ihre Hände, die untätigen jungen, kräftigen Hände von Elsje Christiaens. Das unvermeidliche Beil. Das Gesicht.

Der Maler arbeitete jetzt mit der Feder auf einem größeren Blatt Papier, doch die Zeichnung selbst wurde sehr klein. Alles von ihr wiedergeben, auf dem mit einer dünnen Wachsschicht präparierten bräunlichen Untergrund. Der Pfahl, an dem sie hing, ragte noch ein Stück weit über sie hinaus. Drückte man in Gedanken die beiden nach vorn zeigenden Holzstücke links und rechts von ihrem Kopf zur Seite, dann sah man den Querbalken. Das Mädchen war erst ein paar Stunden tot. Noch keinerlei Verwesung. Seelenlos, aber noch nicht körperlos. War sie das noch? Das Gesichtchen mit dem fast geschlossenen Mund spiegelte Jugend, Schmerz, Unverständnis. Und einen Hauch von Empörung.

Zeichnen ist die Ruhe deiner Gedanken. Der Maler hatte einen feinen Pinsel genommen und lavierte die Zeichnung jetzt mit verdünnter graubrauner Tusche, wobei er einige helle Flecken aussparte. Er stellte alles genau nach der Wirklichkeit dar. Seine schweren Brauen waren zusammengezogen, Augen und Mund verrieten Anspannung. Doch ob es möglich ist, den Tod zu erforschen, darüber machte er sich keine Sekunde lang Gedanken. Sein Verständnis war in diesem Moment rein zeichentechnischer Natur. Schon richtete er sich wieder auf. Die Zeichnung war fertig.

Ob sie etwas von dem verborgenen Tod selbst, etwas Winziges, über dessen strenge Grenze hinaus vielleicht doch sichtbar machte?

Der Maler betrachtete die Zeichnung und stellte fest, daß sie schön geworden war, genau was er wollte, nur das. Er ließ die Luft kurz über die Papieroberfläche spielen, damit die Tusche trocknete.

Jetzt wollte er noch eine von der Seite machen.

Ausschließlich das Mädchen. Als er sich an ihre linke Seite stellte, um sie aus diesem Blickwinkel zu zeichnen, hätte er mit einem einzigen Blick das gesamte Feld mit seiner zutiefst traurigen Zurschaustellung umfassen können, der Luft und den Vögeln ausgeliefert. Er hätte, wenn er das gewollt hätte, auch gut die schöne Biegung des Wassers darum herum wahrnehmen können, die langsam dahinsegelnden Schiffe und die Blaue Mühle auf dem äußersten Bollwerk der Stadt. Doch er saß schon wieder und schaute zu dem Mädchen hinauf. Fast unmöglich, in seinen Blick nicht auch ihren direkten Nachbarn einzubeziehen, der, in schräger Linie etwas höher als ihr Kopf, mit seinen halbverwesten Resten breitbeinig wie ein Faulenzer auf seinem Rad oben auf einem Pfeiler hockte. Aber der Maler war bereits mit ganzer Aufmerksamkeit bei der Arbeit, die Feder zwischen Daumen und Zeigefinger, halb versteckt in seiner Handfläche.

Also noch einmal, damit es nie mehr verschwinden

konnte: die Stricke um den Rock, die den Bauch eins
ten, noch einmal die Stiefelchen, die sie zu ihrem ach
ten Geburtstag geschenkt bekommen hat, noch einmal die Jacke und das runde Gesicht des Mädchens, das von hier aus betrachtet unendlich traurig aussieht, aber nach wie vor makellos ist, noch ganz ihr gehört. So, von der Seite, macht ihr rechter Arm noch viel auffallender diese Bewegung nach vorn, aktiv, als wolle er etwas, der Maler sah es sich gebannt an. Mit nur wenigen Strichen modellierte er die lebensechte Form des hilflos herabhängenden totenbleichen Händchens.

Er und Elsje. Von oben, mit den Augen der Vögel betrachtet, die sie beide, während sie in der Luft kreisen, bereits eindeutig im Blick haben, wirken sie wahrscheinlich klein und eng miteinander verbunden. Aus großer Entfernung aufeinander zugereist. Und jetzt diese Szene. Die Begegnung eines sehr dummen Mädchens und eines Mannes, der absolut nicht weiß, wohin mit seinem Kummer, aber viel vom Malen versteht. Was sie verbindet, verdichtet sich in diesem Moment. Wie wenig es doch braucht, damit er fortdauert, nicht nur für kurze Zeit, sondern für immer.

Eine kratzende Feder.

Der Nachmittag schreitet voran. Das Licht um die beiden wird bereits etwas violetter und gelblicher. Das typische Licht eines Nachmittags Anfang Mai. Der Raum über ihnen ist still und unglaublich hoch, aber da sind eine Menge Vögel, die dann und wann in eine der tieferen Regionen fliegen, kreisend und schwebend auf der Suche nach Kost, um ihren Kropf zu füllen, oder einfach so, man weiß nicht, warum. Der Himmel gleicht langsam dem eines alten Altarbilds, doch der Maler achtet nicht darauf. Diese zweite Zeichnung, ebenfalls klein, kaum zwei mal drei Daumen, ist noch nicht fertig. Seeadler und Möwen müssen noch warten, was sie auch tun, dies ist ihre Welt, aus der das Mädchen nicht weglaufen wird. Doch vorläufig noch sitzt am Fuße des Schandpfahls ein alter Mann mit Hut, der zeichnet.

Der Tag ist fast zu Ende. Er war lang. In der tiefstehenden Sonne segeln die Schiffe noch immer auf den Hafen zu oder kommen von dort. Der Maler mischt Tusche mit ein wenig Wasser. Er schaut zum wiederholten Mal zu dem Mädchen hoch und beugt sich dann wieder über das Papier auf dem Zeichenbrett. Mit einem flachen Pinsel gibt er den Falten um Elsjes Bauch und Beine, der Unterseite ihres Arms und der Seite ihres Gesichts vorsichtig, mit Hell und Dunkel spielend, Volumen.

Die erste, die mich auf Elsjes Spur brachte, war die bedeutende Amsterdamer Historikerin I. H. van Eeghen. Im Zuge meiner Studien las ich ihren Artikel und sah die dazugehörige Reproduktion im *Jaarboek van het Genootschap Amstelodamum.* Jahre später begegnete ich dem Mädchen erneut in einem schönen Kapitel des Buchs von Geert Mak *Amsterdam. Biographie einer Stadt.* Der wirkliche Wegweiser zu Elsje aber war der Maler, dem dieser Roman, gemeinsam mit ihr, gewidmet ist.

M. de M.

Inhalt